1.ª edición: febrero, 2014

para el sello B de Bolsillo
Consell de Cent, 425-427 - 08009 Barcelona (España)
www.edicionesb.com

Printed in Spain
ISBN: 978-84-9872-921-4
Depósito legal: B. 27.478-2013

Impreso por NOVOPRINT
Energía, 53
08740 Sant Andreu de la Barca - Barcelona

Lobo

NIEVES HIDALGO

1

Burgo de Osma, 1793

El anciano elevó la copa y brindó por el soberano, Carlos IV, como el resto de los que se congregaban en el salón. A través del líquido ambarino observó al joven que, reclinado con cierta indolencia en la chimenea, tenía la mirada perdida en el exterior.

Don Enrique de Maqueda y Castejón atravesó la pieza hasta llegar a él. Su nieto parpadeó al reparar en su presencia y esbozó una media sonrisa.

—Salud, abuelo.

—Salud. Por un largo y próspero reinado de nuestro monarca.

Las oscuras cejas de Carlos de Maqueda y Suelves, marqués de Abejo, formaron un arco perfecto a la vez que un rictus de sarcasmo asomaba a sus labios.

—¿Me dejas que modifique el brindis, abuelo? Por un próspero y feliz reinado de Su Majestad, doña María Luisa Teresa y de su nuevo favorito, Godoy.

Don Enrique echó un vistazo nervioso a su alrededor.

—Baja la voz, demonio. ¿Quieres que algún desgraciado te delate como contrario al rey?

La reprimenda fue respondida por un leve encogimiento de hombros y un gesto de hastío.

—No soy contrario al rey, sino a los excesos de nuestra soberana. De todos modos ¿a quién le importaría si me delatan?

—Me importaría a mí —protestó el anciano—. Si quieres matarte enrólate en cualquier guerra, pero no quiero que te detengan en mi casa.

—¿Detenerme por decir en voz alta lo que muchos piensan?

—Hay cosas que es mejor mantener en silencio. —Le tomó del brazo y se lo llevó hasta el extremo más alejado del salón, donde ningún invitado pudiera escucharlos. Sobre todo, donde no pudiera oírlos el juez, don Gonzalo Torres, un individuo de pocos escrúpulos y leal seguidor de la caprichosa mujer que ocupaba el trono de España—. Carlos, vigila tu lengua. Hay enemigos en cada rincón.

—Te estás poniendo pesado, viejo.

Don Enrique contuvo su genio. De buena gana le hubiera abofeteado, pero Carlos ya no era un niño. Rondaba la treintena, se había convertido en un hombre capaz de amilanar a cualquiera solamente con una mirada cuando le salía el genio. Y le salía con frecuencia. Era alto, ancho de hombros como lo fue su padre y arrogante —bastante arrogante, a decir verdad—, lo que a él le acarreaba constantes quebraderos de cabeza. Su sarcasmo resultaba desesperante en ocasiones, pero no podía culparlo. En otros tiempos Carlos no había sido tan mordaz. Siete largos años y circunstancias adversas habían hecho mella en su espíritu, antes bromista. Siete largos años ya desde que...

El joven pareció adivinar los pensamientos de su abuelo y le pasó un brazo por los hombros.

—Perdóname. Tienes razón, como siempre. Soy un insensato. Pero es que eres la única persona con la que me puedo desahogar y decir lo que realmente pienso.

Don Enrique asintió, le palmeó el brazo y se alejó, atendiendo la llamada de uno de los invitados. Carlos observó su andar cansino, echó una mirada general al salón y se escabulló de allí.

El aire helado y cortante le golpeó al salir al exterior, pero fue una liberación. Sin preocuparse por la temperatura, caminó hacia los confines del jardín con las manos metidas en los bolsillos de la chaqueta, buscando un poco de paz. Necesitaba estar a solas, olvidarse de todo, perderse en el silencio.

Sabía que no podía recriminar a su abuelo haber invitado a don Mauro Fuentes y a su esposa, doña Catalina. El matrimonio no era responsable de lo que sucedió hacía años, pero tenerlos allí, frente a frente, despertaba en él recuerdos dolorosos, nunca olvidados, que regresaban con punzante nitidez. Las normas sociales le habían obligado a presentarles sus respetos, pero ellos no fueron ajenos a su frialdad y poco después, con la excusa de una incómoda jaqueca de doña Catalina, abandonaron la casa. Le quedó claro que tampoco el matrimonio esperaba encontrarle allí, puesto que se le hacía fuera de Soria.

Buscó un banco y dejándose caer en él elevó la mirada al cielo. Los nubarrones que acechaban amenazando tormenta estaban en consonancia con su estado de ánimo. Igual que hacía tanto tiempo, cuando aquella perra de Margarita Fuentes... Una ráfaga de furia lo atravesó porque, lejos de relegar al olvido a la mujer con la que se casó, su recuerdo seguía latente y agudo como una herida recién infligida. Era imposible borrar de su mente la imagen de la hembra que lo traicionó y humilló. Lo había intentado por todos los medios a su alcance, había hecho lo indecible por cauterizar esa estocada sin conseguirlo.

Se había marchado de España, enrolándose en varios ejércitos y jugándose la vida en confrontaciones que ni le iban ni le venían. Todo para olvidar. Pero al regresar, al encontrarse de nuevo arropado por las mismas cosas de antaño, sus fantasmas particulares tomaron forma, hiriéndolo en lo más hondo.

Le recorrió un escalofrío al invocar, tercamente, la maldita tarde gris y desapacible en que Margarita llevó a cabo una venganza que le pilló por sorpresa, completamente desprevenido. A su pesar, recordó...

Ella le había pedido que salieran a dar un paseo en el carruaje. La ventisca levantaba briznas de hierba y azotaba sin piedad la provincia, pero su joven y bella esposa había insistido y él, como el estúpido enamorado que era en aquel entonces, no pudo negarse.

Tomaron un coche y, cubiertos por una gruesa manta de piel, se encaminaron hacia las montañas. Él llevaba las riendas y Margarita reía ante la perspectiva de encontrarse en pleno campo durante una tormenta. Siempre le encantaron las tormentas. El peligro la llamaba y su carácter atrevido había supuesto, acaso, lo que más le encandiló al conocerla.

Carlos ni imaginaba siquiera lo que le esperaba a varios kilómetros de la hacienda. Cuatro individuos armados les salieron al paso obligándole a detenerse. Quiso resistir-

se, pero no había previsto una emboscada y no llevaba arma alguna, así que fue reducido con facilidad. El tipo que capitaneaba a los atracadores arrancó a Margarita del carruaje para subirla a su caballo y él, al intentar impedirlo, recibió el culatazo de un arma en la cabeza que lo dejó inconsciente.

Cuando despertó se encontraba en una cabaña de pequeñas dimensiones y bastante sucia. El frío mordió su carne, despejándolo por completo. Le habían quitado abrigo, chaqueta y camisa y, lo que era más preocupante, lo habían atado a una viga del techo.

Buscó a su esposa en la penumbra que reinaba en la cabaña, azuzado por el pánico más absoluto por la suerte que hubiera corrido la joven mientras probaba, inútilmente, a soltarse de las ligaduras. Solo consiguió despellejarse las muñecas y aumentó su desesperación cuando llamó a Margarita a voces y nadie contestó. Temiéndose lo peor, acrecentándose el nudo que notaba en el estómago, obviando el dolor de su piel lacerada, reanudó sus esfuerzos para liberarse.

Sin embargo, su amadísima esposa estaba en perfectas condiciones. Al menos, eso hubiera jurado cuando la vio entrar en la cabaña... aferrada a la cintura del sujeto que la montara en su caballo.

Carlos retó al hombre con una mirada cargada de cólera. Era tan alto como él mismo, con el cabello de tono pajizo y ojos claros que lo observaron con desprecio.

El marqués de Abejo no entendía nada. No podía comprender por qué su esposa estaba tan aparentemente tranquila y abrazada a aquel individuo desconocido.

—¿Se encuentra cómodo, marqués? —preguntó su oponente con un tonillo de burla.

Carlos no contestó y clavó sus oscuros ojos en su esposa buscando una respuesta a tan perturbadora situación.

—Margarita, ¿qué significa todo esto?

Ella se le acercó despacio, con ese modo de andar tan suyo, confiado y valiente. ¿Qué otra cosa podía pensar el de Maqueda sino que ella estaba disimulando, buscando el modo de burlar a quienes les habían secuestrado? Margarita siempre había destacado por su coraje y, con seguridad, ahora lo estaba poniendo a prueba. Pero a él le aterrorizaba que se expusiera, lo que estaba haciendo en ese momento.

—Significa, Carlos —le escuchó decir—, que nuestro contrato ha finalizado.

Los ojos del marqués se entrecerraron, clavados en ella. Su tono seco, un tanto jactancioso, bien podía ser una treta más para despistar a sus atacantes. Pero también podía tratarse todo de una broma pesada; su esposa era bastante dada a ellas. Aunque a él, maldita la gracia que le hacía haber recibido un golpe y estar congelándose, colgado de una viga.

—Si es una de tus bufonadas, cariño, no pienso reírme —gruñó, volviendo a tirar de las cuerdas que lo mantenían sujeto—. Como chanza, ya es suficiente. Suéltame.

—No entiendes nada, ¿verdad? —Se le acercó más para pasar la yema de sus dedos por su mentón—. Realmente, nunca lo has hecho. Ni esto es una broma ni van a soltarte, porque llevo planeándolo mucho tiempo y ya es hora de tomar venganza.

Hasta entonces, Carlos no había tenido miedo en toda su vida. Sin embargo, en ese instante, estupefacto, sin capacidad de reacción a una frase cargada de desprecio, lo sintió como algo tangible que se le clavaba en el cuerpo.

Intentó colocar las piezas del rompecabezas, pero la mirada femenina hablaba de represalias y, como dijese, de venganza. ¿Venganza por qué? Tironeó de las ligaduras con más ímpetu, rayando en la violencia.

—¡Suéltame, Margarita!

—Me voy, Carlos —le dijo ella. Su gesto de asombro provocó en la joven una risa cansada, de mujer que está de vuelta de todo—. Eres un pobre iluso.

—Quiero que me expliques...

—No tengo tiempo para explicaciones, pero supongo que te debo una, aunque solo sea para que don Enrique conozca mi desquite.

—¿El abuelo?

—Tu abuelo, sí. Tu abuelo, que preparó mi boda, convenció a mis padres de que eras un buen partido —se le endureció la voz mientras sus pechos subían y bajaban por la respiración agitada—. Compró su palabra como el que compra reses, Carlos. Compró su voluntad. ¡Y yo he soportado todo un largo año de castigo desde que nos casamos, señor de Maqueda! Es suficiente. Ahora, será él quien padezca la insensatez de sus actos.

A Carlos empezaba a dolerle la cabeza. Lo que ella estaba diciendo carecía de toda lógica. No imaginaba a su abuelo comprando la voluntad de nadie para conseguirle esposa, él solo se bastó y sobró siempre para conquistar a una mujer. Margarita debía de haberse vuelto loca porque, además, hablaba de haber penado por estar casada con él cuando, desde la ceremonia, no habían hecho sino disfrutar de una continua luna de miel donde ambos se demostraron su amor.

—Este es el hombre al que amo. —Ella regresó junto al otro—. El hombre al que siempre he amado. Ya no me

importa que conozcas su nombre: Domingo Aguado. Grábatelo en la cabeza, Carlos. Que todos lo hagan. Nos marchamos a América para comenzar allí una nueva vida, lejos de ti, del engendro de tu abuelo y de la avaricia de mis padres.

—Has perdido el juicio...

—Es posible. Cualquiera pensaría que me he vuelto loca por abandonar tu dinero, tu título y tu hacienda. Pero nada más lejos de la realidad, esposo. Simplemente, tomo mi camino le guste o no al resto del mundo.

—¿Nunca quisiste casarte conmigo? ¿Es eso lo que tratas de decirme?

—¡Nunca quise casarme con nadie que no fuera Domingo!

—En el nombre de Dios —murmuró Carlos, atónito—. Entonces, ¿por qué lo hiciste? ¿Por qué consentiste, Margarita?

—Porque no me dejaron otra alternativa. O accedía a casarme contigo o iba a parar a un convento. Entonces no podía escapar, pero las tornas han cambiado. Francamente, cariño... nunca tuve vocación de vestir los hábitos.

A Carlos el mundo se le caía encima. Escuchaba una confesión que era incapaz de asimilar. Las palabras de protesta se le atascaban en la garganta, pero no sabía qué podía argumentar frente a una resolución que parecía inamovible. Y le comía la rabia. Por saberse burlado, por haber estado locamente enamorado de una mujer que ahora le escupía en la cara su desprecio más absoluto. Se sentía el hombre más imbécil de la Creación. Porque él la seguía amando. Sus palabras no podían ser más que un desvarío, tenían que serlo. ¿Cómo era posible que hubiera podido disimular lo que realmente sentía durante tantos meses? ¿Cómo había sido capaz de responder en la cama con un ardor que lo había seducido por completo?

—Si vas a marcharte —dijo entre dientes, haciendo un esfuerzo para no gritar su frustración—, hazlo cuanto antes.

—Lo haré. Pero antes quiero dejar mi despedida para tu abuelo.

Margarita le lanzó una última mirada y permitió que su acompañante la tomase del talle para sacarla de la cabaña. Antes de traspasar la puerta se volvió y, casi a modo de disculpa, le musitó:

—No es contra ti, Carlos. No tengo nada que reprocharte como marido; me has cuidado y dado cuanto capricho deseaba. Pero eres el único medio para lastimar a don Enrique. —Por sus pupilas pasó un ligero relámpago de duda que desapareció al instante—. Lo siento.

Luego se marchó, abrazada a aquel hombre, perdiéndose ambos entre los copos de nieve que habían comenzado a caer, como un fantasma que dejaba al marqués de Abejo con el alma hecha jirones. Desapareció como si nunca hubiera formado parte de su vida.

Demolido por lo que acababa de suceder, Carlos pareció perder las fuerzas y quedó colgando de la viga, sin ánimo ya para intentar soltarse. Le importaba muy poco lo que sucediese a partir de ese momento porque acababa de perder lo que para él era más preciado. Le daba igual si lo mataban.

Fijó la mirada en los dos sujetos que se habían quedado en la cabaña. Uno de ellos, el más bajo, desvió los ojos, como si se sintiera incómodo con la situación. El otro, sin embargo, un tipo alto y fornido, de cabeza afeitada y cuello grueso como el de un toro, que lucía una cicatriz que le atravesaba el mentón, sonreía con ironía.

—¿Tenéis orden de matarme? —les preguntó.

El que parecía no querer tomar parte en aquello, cambió el peso de su cuerpo de un pie a otro, se metió las manos en los bolsillos de la raída chaqueta que lo cubría y guardó silencio. El más fuerte se acercó, masticando sin cesar el mondadientes que bailaba en sus labios.

—No exactamente —le dijo, aunque su respuesta no hizo que Carlos se sintiera más seguro—. Solamente hemos de darte un escarmiento. Una lástima, porque particularmente me gustaría rebanarte el gaznate. Me revientan los aristócratas.

Por los oscuros ojos del de Maqueda cruzó un brillo de tormenta. Sí, había muchos como aquel desgraciado en toda la geografía española. Rabiosos como lobos, capaces de asesinar a otro simplemente por ostentar un título de nobleza. Claro que la aristocracia se había ganado a pulso, en muchas ocasiones, la inquina de la plebe, disfrutando sin mesura de privilegios mientras el pueblo llano pasaba calamidades e, incluso, moría de hambre. ¿Cómo culparlos? Él no lo hacía. Y aunque no se incluía en el saco de los depravados, reconocía que ahora recogía lo que habían sembrado.

—Germán —intervino su compañero—, creo que sería mejor largarnos y dejarlo estar.

—No me perdería la diversión por nada del mundo, Pascual.

—¡Entonces acabemos cuanto antes, bastardos! —les incitó el joven.

El bandido se aproximó para sujetarlo salvajemente por el cabello, obligándole a echar la cabeza hacia atrás. Sus ojos quedaron a centímetros, retándole.

—Cuando acabe contigo no sabrás lo que es el orgullo, marqués —prometió el rufián.

Soltándolo, se puso a espaldas de Carlos, que se tensó, convencido de que iba a molerlo a golpes. Soportaría lo que fuera con tal de seguir con vida porque en su pecho la desidia se había tornado furia. Buscaría a Margarita aunque fuese en el fin del mundo para hacerle pagar su infamia. Pero ni el estar preparado para los golpes que vendrían pudo evitar que lanzara un grito de dolor cuando un puño se le clavó en los riñones. Aun así, tomó aire, intentó mantener la compostura y no doblegarse, jurándose no volver a quejarse.

El segundo golpe, en las costillas, lo dejó sin respiración.

El llamado Pascual no quería ser testigo de la paliza ni intervenir en ella, así que salió al exterior. Desde fuera, a pesar de todo, seguía escuchando los golpes. Su obligado compinche de rapiña era un sujeto brutal, gozaba con el sufrimiento ajeno. Él no había estado de acuerdo en tener que ensañarse con el muchacho. Si la zorra de su esposa había decidido abandonarlo, bien estaba, a ninguna mujer debería obligársele a aceptar un matrimonio forzado y sus motivos podía tener para vengarse. Pero mandar que golpeasen al hombre que la había alimentado y protegido... que incluso la había amado, era propio solo de las alimañas. Encendió una pipa, dispuesto a no entrar en la cabaña hasta que Germán hubiera terminado el desagradable trabajo. Él podía ser un ladrón, pero no un criminal. Lo que deseaba era acabar con ese feo asunto y llevar a cabo la segunda parte de su misión: llevar al joven marqués al pueblo y dejarlo a las puertas de la hacienda de don Enrique de Maqueda y Castejón, a modo de mensaje de una mujer implacable y vengativa. Hubiera deseado no mezclarse en todo aquel maldito trabajo, pero no tuvo más opción que aceptar si quería comer. No olvidaba que, aca-

so, debiera la vida a Domingo cuando le contrató. Como tampoco olvidaba que aquel salvaje de Germán, que ahora disfrutaba golpeando al marqués, se ensañó también con él hacía tiempo. Aún conservaba las marcas del látigo en su espalda por haberle robado una botella de vino. Nunca supo por qué no mató a Germán tras recuperarse de la paliza. Posiblemente porque le amedrentaba enfrentarse a su fortaleza, porque era un maldito cobarde y siempre era mejor continuar con vida. Pero tarde o temprano Germán pagaría lo que le hizo, cada una de las marcas que le dejó en la espalda, cada uno de los gritos de dolor que no fue capaz de silenciar. Cada humillación.

Los contenidos gemidos del prisionero se le clavaban en los oídos y Pascual comenzaba a sentirse enfermo de asco por sí mismo, al no ser capaz de intervenir y parar aquella locura.

Nunca, nadie, le había dado una oportunidad, y el hambre le había obligado a unirse a despojos como Domingo y Germán, que lo trataron como a un camarada. Pero en el fondo de su alma se rebelaba por haber hecho un pacto con ellos. Robar alguna gallina, una cabra, incluso las joyas de alguna dama emperifollada y chillona ante el agujero de una pistola que la apuntaba a la cabeza, no le había importado. Era ley de vida: unos lo tenían todo y otros debían buscarse las habichuelas como podían, aunque fuese fuera de la Ley. A fin de cuentas, era una Ley hecha solamente para los poderosos y no para el pueblo, por lo que podía saltársela. Sin embargo, el trabajo de ahora le superaba. Hacía tiempo que le rondaba por la cabeza abandonar el grupo y emprender una vida nueva, lejos, tal vez en América. Tan pronto pisaran el Nuevo Mundo intentaría volver a ser un hombre honrado, lo que fue hacía años, antes de que las vicisitudes de la vida le lanzaran a un camino de perdición.

Germán salía en ese momento de la cabaña, acalorado, con una sonrisa sádica en los labios, y Pascual no disimuló su repugnancia. Lo vio acercarse al pozo y sacar un cubo de agua antes de regresar al interior.

—¿Has terminado? —le preguntó.

—Aún no.

Pascual, aunque remiso, vació su pipa y siguió sus pasos. Al entrar, se le puso un nudo en la garganta. El muchacho se había desmayado y en su cuerpo habían comenzado a formarse cardenales.

—Bajémoslo y acabemos de una vez —le pidió a Germán.

El otro se limitó a lanzar el agua al prisionero y este recobró la conciencia.

—Te dije que no he terminado.

Pascual supo entonces que, aunque doña Margarita había ordenado solamente un castigo, aquel cabrón tenía en mente acabar con el joven.

—¡Déjalo ya, coño! Es más que suficiente.

—Cállate.

—Si continúas vas a matarlo, y no son esas las órdenes que tenemos. Además, nos están esperando.

—Pues que esperen. Quiero acabar lo que he empezado.

El puño cerrado de Germán golpeó de nuevo las costillas del joven marqués con saña inusitada. Carlos boqueó, pero ya era incapaz siquiera de gritar y solo dejó escapar un agónico gemido. Al mazazo siguió otro. Y otro. Y otro...

Pascual se adelantó para sujetar la muñeca de su compañero.

—¡Basta ya te digo! —bramó.

—Si no eres suficientemente hombre como para estar aquí, mueve tu culo y piérdete.

—¡Condenado seas! Vas a acabar matándolo. ¿No ves que ha vuelto a desmayarse? Si acabas con él es muy posible que la propia doña Margarita te saque las tripas. Déjalo ya, es solo un chiquillo y lo estas destrozando.

Germán le miró con ira, como si estuviera a punto de agredirlo a él, pero pareció pensárselo mejor. Si algo habían aprendido ambos era que Domingo, el jefe, era capaz de matar a cualquiera que se saltara los deseos de su mujer. Se secó el sudor que le corría por el rostro con la manga y buscó su chaqueta.

—Está bien. Larguémonos.

—Antes hemos de dejarlo en la hacienda.

—¡Que se pudra! —rezongó Germán—. Yo tengo que llegar a Portugal y tomar un barco.

—¡Estas loco! Las órdenes son llevarlo hasta allí.

—No pienso arriesgarme a que nos descubran. Tú eres el loco, Pascual. ¿Qué mierda nos importa este mequetrefe? No es más que un cabrón con dinero. Si se muere aquí, solo será un cabrón menos.

Pascual siempre había sido un hombre de principios, aun cuando se había visto obligado a juntarse con escoria como el tipejo que le retaba a desobedecer los mandatos de doña Margarita. No tenía un interés especial por salvar al prisionero, puesto que habían sido los de su clase quienes le abocaron a convertirse en un bandolero. Pero aquel chico tampoco le había hecho nada y ya había recibido castigo suficiente. Reconocía además que el joven se había portado valerosamente, sin chillar como un cerdo. En cierta forma le recordaba a él mismo hacía años. Siempre ad-

miró el coraje y denostó la crueldad. Acaso, por eso, tomó una decisión que, sin él saberlo, conformaría su futuro. Sacó la pistola y apuntó a Germán.

—O cumples lo ordenado, maldito desgraciado, o te meto una bala en las tripas.

El grandullón le dedicó un momento de atención y luego se echó a reír.

—Deja el arma si no quieres que se te dispare, compadre. ¿O es que quieres probar tú la medicina? Ya lo hiciste una vez, ¿recuerdas? —Al tiempo que hablaba, intentó sacar su propia pistola.

Se escuchó una detonación. La cínica sonrisa en la boca de Germán se convirtió en un rictus de asombro. Sus ojos se velaron observando, atónito, el agujero que acababa de abrirse en su pecho y la sangre que manaba de él. Lentamente, sus rodillas se doblaron, sus dedos perdieron fuerza y soltó la pistola. Se derrumbó sin una palabra.

Sin asomo de culpa, Pascual guardó el arma, escupió sobre el cadáver de Germán y se olvidó de él.

Una hora después atravesaba las puertas de La Alameda, la hacienda de don Enrique de Maqueda, aun a sabiendas de que su decisión podría costarle la horca. Pero su conciencia le obligaba. Haber abandonado al muchacho en medio de la intensa nevada que ya cubría los campos, hubiera sido tanto como matarlo.

2

El contacto de una mano en su hombro alejó a Carlos de los aciagos recuerdos. Prestó atención a Pascual, el hombre que le salvase la vida y que, desde entonces, había permanecido a su lado convirtiéndose en su mano derecha y confidente.

—¿Qué hay, Pascual?

El aludido le puso una capa sobre los hombros.

—Hace un frío de mil diablos, señor. ¿Qué está haciendo aquí?

—Pensando, amigo mío. Pensando.

—Debemos irnos, nos están esperando. ¿Va a despedirse?

Carlos echó un vistazo hacia el salón iluminado. En el interior, los invitados continuaban divirtiéndose y hasta ellos llegaban las notas musicales de un arpa.

—¿Para qué? Mi abuelo ya está acostumbrado a mis desapariciones y los invitados no me echarán de menos.

Pascual le siguió dos pasos por detrás mientras rodeaban la mansión, camino de las caballerizas. Proteger las espaldas del marqués era una costumbre adquirida hacía años de la que era difícil desprenderse. Desde que arriesgó el cuello para salvar a Carlos de Maqueda siempre iba a su vera, protegiéndolo, pendiente de sus órdenes, ojo avizor a cualquier peligro. Se había convertido en su perro guardián y se sentía cómodo con su trabajo.

Había cosas, sin embargo, con las que no estaba del todo de acuerdo con su patrón, pero se jugaría la vida por él si era preciso, porque si bien era cierto que él lo llevó hasta la hacienda tras la salvaje paliza de Germán, también lo era que el joven le correspondió salvándolo de la horca cuando le incriminaron con el secuestro. Carlos había pasado varios días en cama y hasta temieron por su vida. La fiebre lo mantuvo postrado y pocos daban una moneda por su recuperación. Entretanto, Pascual se pudría entre rejas a la espera de un juicio que lo llevaría al cadalso, dando carpetazo a una vida de desgracias, a una existencia vacía y sin futuro, siempre con la Ley pisándole los talones. Sin embargo, cuando el joven marqués de Abejo recuperó la conciencia, y su abuelo le relató lo sucedido, no perdió el tiempo para tomar cartas en el asunto.

—Confesó haber matado a su compañero —le había dicho don Enrique—. ¡Pobre diablo! Pero no lamentaré que lo cuelguen por lo que te han hecho.

En contra del criterio de su abuelo, Carlos envió una nota a las autoridades. En ella, no solo retiraba los cargos contra el asaltante, sino que exigía su liberación inmediata. Su nombre y su título tuvieron el peso suficiente para que a Pascual lo dejaran libre. El cadalso debería esperar para mejor ocasión.

A pesar del tiempo transcurrido, Pascual seguía notando un cosquilleo incómodo recordando el episodio. Pero el mal trago le había servido para abandonar definitivamente el mal camino.

Desde ese día, pues, el antiguo bandido había vivido a la sombra de Carlos de Maqueda, fue su compañero en su andadura por América y, poco a poco, se convirtió en su hombre de confianza, a veces en el compañero de juergas. A su regreso de tierras americanas para establecerse definitivamente en España, una vez superado el dolor por la traición de Margarita, supieron de la muerte de la muchacha. Pascual no se alegró, pero tampoco elevó una oración por el alma de aquella arpía. Según les contó don Enrique, el barco que ella y su amante tomaron en la costa portuguesa había naufragado cerca de las Azores. La vida del de Abejo parecía tomar un rumbo nuevo, lejos del martirio sufrido y, sin embargo, los hechos que acontecían en la ciudad lo habían lanzado a emprender un camino sinuoso. Fue entonces cuando Pascual se convirtió, también, en su cómplice. Cómplice de una nueva identidad que muy pocos habían llegado a conocer.

Lo observó mientras preparaban las monturas.

Con el correr de los años, Carlos había cambiado. Se había convertido en un hombre cínico, muchas veces cáustico, tenaz y demasiado atrevido. Sobre todo en su relación con las mujeres. Pascual había sido testigo de múltiples conquistas allá en América, pero ninguna hembra había ocupado durante mucho tiempo el corazón del joven marqués. Contrariamente al temor de don Enrique de no verlo casado, lo que deseaba a toda costa, a Pascual lo que le preocupaba de veras era que, haciéndose eco de las penurias de los más débiles, Carlos liderara una lucha particular en contra de los que ejercían el poder absoluto. El joven no veía con buenos ojos que la reina hiciera de su capa un sayo, ordenando la existencia del soberano y dejando en manos poco apropiadas los designios del país. En eso, ambos estaban de acuerdo.

Ahora, Carlos de Maqueda tenía dos rostros: por un lado, era el aristócrata educado y elegante que asistía a fiestas, camarada de los que, como él, nacieron en buena cuna; el otro perfil, el oscuro, el peligroso, le situaba al lado de los proscritos que vivían en las montañas calizas de Soria, en el cañón del río Lobos, donde las cuevas eran su techo y el buitre leonado el único testigo de sus andanzas.

Pascual rememoró el modo en que había comenzado todo.

Don Gonzalo Torres, el juez de Burgo de Osma, con su persecución implacable de los más desafortunados y la sentencia inhumana a un campesino acusado de impago de impuestos, había despertado al demonio justiciero que Carlos llevaba en su interior. Don Gonzalo se había negado a dar un aplazamiento a la deuda, tomó posesión de la pequeña y exigua granja de aquel desgraciado dejándole, junto a su mujer y sus cuatro hijos, en la calle. De nada sirvieron las súplicas del pobre sujeto.

Nadie, y menos aún el marqués de Abejo, podía culpar a ese campesino de convertirse en un ladrón para poder sacar a su familia adelante. Se habían refugiado en una cueva llevándose los pocos enseres que les permitieron y, aquella misma noche, el lugareño bajó a la villa. Intentó robar un par de gallinas, pero le descubrieron y los hombres de la Ley le persiguieron como una jauría de perros sedientos de sangre. Dos días más tarde, ante la aceptación de unos y la repulsa de otros, fue juzgado y colgado. Habían dejado el cadáver balanceándose en medio de la plaza, como escarmiento para el resto de los que se opusieran a la Ley... y al juez.

Carlos y él supieron de los hechos tras su regreso de un viaje a Madrid. Carlos no dijo una palabra ante la andanada de blasfemias de don Enrique cuando les puso al día. El viejo había mediado sin resultado para rebajar la condena del campesino y le hervía la sangre recordando su cuerpo colgado en la plaza. Aquella muerte fue el detonante, la pólvora que encendió la mecha en el corazón del joven marqués. Tenían que parar los pies a don Gonzalo. Así que, ocultando su personalidad tras ropas negras y un pañuelo que le cubría el rostro, Carlos de Maqueda reunió a un pequeño grupo de hombres en las montañas. Seres desesperados que habían sido tratados con injusticia, esquilmados y humillados.

Desde hacía meses, traían de cabeza al juez y a sus deleznables secuaces: robos en los graneros de don Gonzalo, animales que desaparecían, ataques al cuartel... El juez había tomado represalias, por supuesto, enviando a buscar a los asaltantes a las montañas. Pero lo único que consiguieron fue regresar a la villa en lamentables condiciones. Y a pie, puesto que los bandidos se quedaron con sus monturas. Los continuos escarnios a sus hombres aumentaban la cólera de don Gonzalo y servían de mofa a las gentes.

Los forajidos —o libertadores, como se les empezaba a conocer ya en Burgo de Osma— redoblaron los ataques: excarcelaron prisioneros, diezmaron más aún los bienes del juez y consiguieron atemorizar a los guardias a sus órdenes. Su número aumentó con otros que se fueron uniendo a ellos para acatar las directrices de aquel diablo vestido de negro, que no disimulaba que se divertía en cada ataque.

Don Gonzalo Torres no gozaba de demasiados partidarios. Y, tal vez por eso, el bandido surgido de la nada como un fantasma había terminado por convertirse en el héroe local, el Robin Hood que muchos habían estado aguardando.

El apodo «Lobo» corrió de boca en boca. Decían que era astuto como ese animal. Un misterio y una esperanza a la vez. El único que parecía capaz de enfrentarse a los desmanes del juez.

Nadie sabía quién era Lobo salvo cuatro hombres, sus más allegados. Solamente ellos conocían su verdadero nombre y su rostro, el resto de la banda lo ignoraba.

Lobo fue como la lluvia tras la sequía y, en gran medida, desapareció el terror a las represalias de don Gonzalo. Si no tenían dinero para el pago de los impuestos que eran justos, el bandolero lo aportaba —la mayoría de las veces con monedas que salían directamente de las propias arcas del juez, otras de las suyas y, en alguna ocasión, incluso de las de don Enrique de Maqueda.

Pascual detuvo su caballo junto al de su jefe.

Se apearon, dejaron ocultas las monturas y atravesaron en silencio y con cuidado el claro del bosque hasta llegar a la cabaña.

Nada más entrar, alguien prendió la mecha de una lamparilla de aceite que iluminó la pequeña y espartana estancia.

—Silvino, Cosme, Zoilo —les saludó el joven.

—Hola, patrón —contestaron a coro.

—¿Qué habéis averiguado? —les preguntó sentándose y sirviéndose un vaso de aguardiente.

—Se los llevan a Madrid. —Fue Cosme, un sujeto fornido y moreno, quien contestó.

—¿Cuándo?

—Al amanecer.

—No nos queda mucho tiempo. Debemos actuar esta misma noche.

—La prisión esta muy custodiada.

—Lo sé, Silvino —convino Carlos—. El cambio de guardia es a las cuatro de la madrugada, ¿verdad?

—A las cuatro en punto.

—Entonces, lo haremos a esa hora.

—Es peligroso para usted, señor. Deberíais quedaros en...

—¿Y qué no lo es en esta vida? ¿Vais a rajaros ahora?

—¡Que nos condenen si no hacemos lo imposible por salvarlos de esos puercos!

—No hay más que hablar —zanjó el marqués—. Esperadme a las tres junto a la ermita. Haremos del cambio de guardia algo... muy especial.

Pascual vio la chispa de temeridad en los ojos oscuros de su patrón y sintió, como otras veces, un nudo en el estómago. Cualquier día el juez, o sus guardias, o los hombres de refuerzo que hacía cuatro semanas había contratado aquella rata apestosa, descubrirían que el marqués de Abejo no era otro que Lobo, y entonces... Se encogió de hombros y desechó los funestos pensamientos.

Tras despedirse, salieron de la cabaña a intervalos de varios minutos regresando a la villa a tiempo de personarse otra vez en la fiesta de don Enrique, antes de que la dieran por concluida.

Carlos entró en el salón como si regresara de uno de sus múltiples escarceos amorosos y se despidió de los invitados de su abuelo, que ya iban regresando a sus casas.

Don Enrique aguardó hasta que había salido el último huésped para enfrentarse a su nieto. Sus ojos, tan oscuros como los del joven, brillaban de enojo contenido.

—¿Qué has estado haciendo?

Carlos dejó que una lenta sonrisa anidase en sus labios. Con parsimonia, se sentó, se sirvió una copa de vino y se recostó dejadamente. Levantó la copa como si fuera a brindar y dijo:

—¿De veras quieres, viejo, que te lo explique... paso a paso?

El anciano bufó como un gato escaldado.

—Cualquier día me darás un disgusto, maldito demonio que Dios confunda.

El joven dejó escapar una carcajada, se levantó, se acercó a él y le pasó un brazo sobre los hombros.

—Abuelo, yo también te quiero.

3

Afueras de París, 20 de noviembre de 1793

Phillip de Clermont abrazó a su hija intentando disimular las lágrimas que arrasaban sus ojos claros. Cuando la soltó, la muchacha desapareció entre los brazos de su esposa, Adriana Torres, la española con la que se había casado hacía ya veintitrés años. Ella no fue capaz de mantenerse serena, aunque guardó la compostura lo mejor que pudo.

—No perdamos tiempo —apuró Phil—, la turba llegará aquí en cualquier momento.

Michelle de Clermont miró a sus padres sintiendo que el mundo desaparecía bajo sus pies. Era la primera vez que iba a separarse de ellos. Tal vez, para siempre. Pero no quedaba otro remedio. Si seguían juntos era más fácil que les localizaran y arrestaran, pero dividiéndose tendrían una oportunidad, sería más arduo para quienes les acechaban localizarlos en el bosque. Ella misma, vestida como una campesina, trataría de mezclarse con la plebe, llegar a la costa y tomar un barco que partiese de Francia, alejándose del Terror. Sus padres irían a otra parte de la costa, y le habían prometido ponerse en contacto con ella en cuanto estuvieran en lugar seguro. No les iba a resultar fácil, ella lo sabía, pero aún les quedaban unos cuantos amigos de verdad que les habían ofrecido su colaboración.

La joven volvió a abrazarse a ambos con fuerza, escondiendo el temor que la embargaba. Se secó las lágrimas y dijo:

—Esperaré vuestras noticias.

—Márchate ya, mi amor —rogó el señor de Clermont.

—*Mademoiselle*, por favor —instó Claire, la fiel criada que la acompañaría en su viaje.

Michelle asintió, regalando a su sirvienta una sonrisa cariñosa. Claire estaban tan asustada como ella misma y ansiosa por partir. Dio un último beso a sus padres, se cubrió la cabeza con la capucha de la raída capa que había echado sobre sus hombros y salieron de la mansión por una puerta de servicio.

No miró atrás.

No podía.

De haberlo hecho, le hubieran fallado las fuerzas para abandonar a sus padres. La vaga esperanza de que todos pudieran escapar con bien de aquella locura se iba desvaneciendo según sus pies la alejaban de la casa que, hasta entonces, había sido su hogar. Pero no quedaba más que poner distancia porque los revolucionarios estaban por todas partes, sus padres eran conocidos, siempre había alguien que deseaba delatar en esos tiempos a los que gozaban de más privilegios. Un arresto constituía acabar en la guillotina, igual que habían acabado muchos de sus amigos y conocidos.

Hasta que el desastre financiero de Francia obligó a Luis XVI a convocar en 1789 los Estados Generales con el fin de solicitar nuevos impuestos, la vida de Michelle y su familia había transcurrido plácida y sin sobresaltos. Su padre regentaba las tierras, su madre organizaba reuniones benéficas para ayudar a los necesitados y ella estudiaba, montaba a caballo o acudía a bailes. Nada preveía los sucesos que vinieron después.

La Asamblea quedó dividida: por un lado nobleza y clero, por otro el Tercer estado. Los representantes del Tercer estado se autoproclamaron Asamblea Nacional y, reunidos en el Juego de Pelota, juraron dar al país una constitución que igualase a todos los franceses, rebajando o aniquilando el poder de la nobleza.

Aunque nobles y clero quisieron formar parte de la Asamblea, el pueblo de París vio en esa petición una maquinación para arruinar su ideales.

El 14 de julio de 1789 una chusma encolerizada había tomado La Bastilla, símbolo del autoritarismo real. Luego se sublevaron los campesinos de varias provincias, se declararon abolidos los derechos feudales y se publicó la Declaración de los derechos del hombre y del ciudadano. El pueblo de París marchó contra Versalles y obligó al soberano a regresar a París con su familia.

Desde entonces, todo había ido de mal en peor.

Mientras caminaba presurosa en medio de la noche seguida por Claire, Michelle recordó los hechos con un escalofrío de pánico. En ese tiempo, ella estaba a punto de casarse con un joven de buena familia llamado Gerard de Montralon. Ahora, tanto él como el resto de sus parientes estaban muertos.

Seguramente, ni los propios insurrectos habían imaginado en qué acabaría todo, pero lo cierto es que se extendió el rumor de la existencia de un complot aristocrático que, con ayuda extranjera, quería acabar con la Revolución. La fuga repentina del rey y su posterior captura en Varennes fue un duro golpe para los que deseaban que todo volviera a la normalidad. Si la Revolución quería subsistir debería proclamarse la República, clamaron algunas voces. Al mismo tiempo, y sin haber resuelto los problemas internos, Francia se enzarzó en una absurda guerra contra Austria, tratando de extender a ese país los ideales revolucionarios.

Francia perdió la guerra y la devaluación monetaria dio paso, en el verano de 1792, al estallido del conflicto.

El rey había anunciado su decisión de exonerar a los girondinos, pertenecientes a la legislativa y causantes del problema, a lo que la Asamblea respondió enviando a París un contingente de guardias nacionales.

A partir de aquí, la Revolución continuó de modo imprevisible. En la jornada del 10 de agosto el pueblo invadió las Tullerías unido a los guardias marselleses. La Asamblea, ante los hechos, depuso al rey y, bajo las indicaciones de Robespierre, decidió convocar la Convención Nacional. El mismo día que las tropas francesas vencían a los prusianos en Valmy, se reunía la Convención. Algunos intentaron salvar al soberano, pero el 21 de mayo de 1792 moría guillotinado, con lo que la corriente más revolucionaria alcanzó la victoria. El jacobino Robespierre y Saint-Just eran sus líderes.

A Michelle se le escapó un sollozo rememorando tan amargos días.

Lo que pasó después no fue sino un cúmulo de atrocidades sin límite. Se dio orden de arresto contra 29 diputados girondinos y se instauró lo que la historia conocería por el Terror. El Comité de Salvación Pública, del que formaban parte Robespierre, Saint-Just, Danton y Marat, presidió el poder. Comenzaron los juicios sumarísimos contra clérigos, aristócratas y políticos, acusándoles de sospechosos de conspiración. Hombres y mujeres, sin distinción, fueron arrastrados hasta la guillotina entre el clamor de un pueblo enfervorizado que enarbolaba las banderas de la liberación.

De poco le había servido a Phillip de Clermont, su padre, que durante toda su vida fue un hombre justo tratando a todos sus sirvientes más como amigos que como criados. De poco o nada, que su esposa, aquella española de buena familia, hubiese atendido a los enfermos arriesgándose a un contagio, y repartido dinero entre los menos afortunados. Hasta la mansión de Clermont llegaron los revolucionarios guiados por la denuncia de un sujeto que, debido a sus múltiples robos, había sido expulsado de la casa señorial. Aquel individuo había acabado por unirse al Tribunal Revolucionario, acusó a la familia y ellos quedaron marcados. Gracias a la advertencia de un amigo pudieron preparar la huida antes de que aparecieran y les arrestaran. Phillip determinó que su esposa y él escaparían hacia Inglaterra, donde tenían conocidos, y Michelle iría a España. Escapar todos juntos constituía un peligro porque podrían reconocerlos con más facilidad. Por eso decidió que Michelle se refugiara en el país en el que se encontraba su cuñado. Dos frentes serían más difíciles de interceptar.

Michelle distinguió el carromato a la salida del bosque. No era más que una carreta desvencijada y sucia, tirada por un jamelgo quejumbroso que no parecía tener fuerzas suficientes para llevar a cabo su cometido. Se asió de la mano de Claire y corrieron hacia el hombre que les aguardaba bajo la persistente llovizna. No hubo saludos. Las hizo subir a la carreta, las cubrió con paja, ordenó que se mantuvieran en silencio pasara lo que pasase, y emprendieron la marcha.

Arrebujada en su capa, Michelle no pudo contener las lágrimas por más tiempo, preguntándose una y otra vez si sus padres conseguirían ponerse a salvo. Ellos también habían desestimado los trajes costosos, cambiándolos por ropas burdas y mantenía la esperanza de que pudieran pasar por simples campesinos. Se mordió los labios al evocar la última imagen de su madre, que siempre vistió como una dama, envuelta en raídas telas, los ojos hinchados por el llanto, su hermoso cabello recogido de cualquier forma bajo la amarillenta toca. No parecía la gran mujer que era. Y hasta hubiera dicho que se la veía avejentada.

Dejó vagar sus pensamientos por días pasados, mientras el traqueteo del carro la sumía en la somnolencia. Tenían que llegar a la costa, conseguir embarcar para España y reunirse con su tío, don Gonzalo Torres, en tierras de Castilla. Para el embarque y para sus futuros gastos, llevaba una pequeña bolsa con dinero y joyas que colgaba de sus caderas, bajo sus ropas. Constituían una pequeña fortuna y lo único con que contarían de ahora en adelante Claire y ella.

La incomodidad, los golpes cuando cogían un bache del camino y el picor que le producía la paja con la que iban cubiertas, no la dejó descansar. Estaba muerta de miedo y solamente la firme mano de Claire, sujetando la suya, le insufló valor.

4

Soria, 2 de abril de 1794

Carlos se sacudió el polvo del camino que se adhería a su capa y golpeó su sombrero contra la pernera del pantalón antes de entregárselo al criado que aguardaba pacientemente.

—¿Dónde esta mi abuelo, Teo?

—En el saloncito verde, señor.

El joven se volvió hacia Pascual, tan agotado como él mismo por el largo viaje. Apenas habían descansado desde que salieran de Madrid tras la nefasta reunión a la que acudiera.

—Refréscate un poco y espérame dentro de una hora en casa de Silvino.

Pascual asintió, dio media vuelta y se encaminó hacia la cocina dispuesto a beberse un buen vaso de vino.

Por su parte, el marqués subió de dos en dos las escaleras que conducían al segundo piso y se encerró en las habitaciones que siempre estaban dispuestas para él en casa de su abuelo. Antes de hablar con el viejo tenía que adecentarse y suavizar su agriado humor.

La mala sangre no le había abandonado desde hacía

días. Todo en España parecía ir de cabeza y su sueño de conseguir ayuda para que el maldito don Gonzalo Torres fuera destituido de su cargo, había resultado una falacia. A nadie parecía importar demasiado en aquellos días que un degenerado egoísta, como era el juez, se estuviera llenando los bolsillos con impuestos ilícitos. Claro que ¿por qué habría de interesar semejante minucia, cuando el país entero estaba hundiéndose en el estiércol?

Por si fuera poco, su otra misión en Madrid había fracasado estrepitosamente. Había viajado en compañía de Pascual con la intención de encontrar apoyos para sacar al ex ministro Floridablanca del atolladero en el que estaba metido. Desde 1792, las cosas iban de mal en peor para José Moñino, protegido del marqués de la Ensenada y nombrado por Carlos III fiscal del Consejo de Castilla, embajador en Roma y sustituto de Grimaldi en la Secretaría del Estado. Floridablanca había caído en desgracia. Las intrigas de algunos codiciosos como Manuel Godoy y Álvarez de Faria, al que amparaba la reina con todo descaro, acabaron por dar con él en presidio, acusado de abuso de poder y fraude al Estado.

Mientras Carlos se desnudaba, un par de criados subieron agua que volcaron con cuidado en una tina de bronce. Les dio las gracias, esperó a que salieran y lanzó al suelo la última prenda que lo cubría. Se metió en la bañera, recostó la cabeza y cerró los ojos. Pero las preocupaciones estallaban en su cerebro como fogonazos.

El maldito Godoy había hecho las cosas bien, no podía negarlo. Había conseguido el favor del soberano y la protección de María Luisa, el título de duque de Alcudia y la Consejería del Estado. Floridablanca le estorbaba y supo idear la forma sutil de quitarlo del medio.

Carlos estaba convencido de que Godoy, aquel hombre de aspecto fornido y rostro redondo, sería capaz de aliarse con el mismísimo Satanás con tal de conseguir sus fines.

No le había servido de nada hablar con unos y otros en Madrid, buscar a los amigos de Floridablanca, estudiar una salida para restablecerlo en su puesto. Necesitaban liberarlo porque era el único hombre que podía poner un poco de cordura a los estrambóticos acontecimientos que azotaban a la corte española y, por ende, a todo el pueblo.

Salió de la tina maldiciendo su fracaso. Se secó, se rasuró a conciencia y abrió el armario para buscar ropa limpia. Zapatos de hebilla, medias oscuras, pantalón ajustado a sus largas piernas, camisa blanca, chaleco de brocado y levita. Se pasó los dedos por el cabello echándolo hacia atrás y dio un vistazo a su reflejo en el espejo.

—Al menos estás presentable —se dijo a sí mismo.

El reloj dorado que descansaba en la repisa de la chimenea, cuya esfera sujetaban dos ángeles, dio la hora. Apenas le quedaban unos minutos para saludar a su abuelo y reunirse de nuevo con Pascual. Blasfemó entre dientes y salió con premura.

Había tenido que abandonar todas las actividades relacionadas con Lobo durante su ausencia, pero sabía que tan pronto entrara en el salón, su abuelo le pondría al día de los desmanes de don Gonzalo. También haría referencia a los ataques de los bandoleros, por descontado. Escucharía con paciencia, aunque ya conocía esa parte del relato, no en vano había dejado todo atado y bien atado antes de marcharse de Soria. Si Lobo no actuaba, más de uno podría haber sospechado ante la coincidencia de su alejamiento y la falta de actividad del bandolero, así que fue Silvino quien hizo las veces tomando su segunda identidad.

Se colocó la corbata, revisó los volantes de los puños de su camisa, estiró el bajo de la chaquetilla, tomó aire y empujó la puerta del salón.

Michelle de Clermont festejó la ocurrencia del caballero y hasta se ruborizó un poco por su insinuación. Desde luego, pensó ella, don Enrique de Maqueda era todo un personaje y los años no parecían haber restado coraje a sus ojos ni a su lengua. Pero era imposible enfadarse con él porque resultaba, sencillamente, encantador. Tan distinto a su tío...

Observó de reojo a su pariente. Y se confirmó su primera impresión. No entendía el motivo por el que él y don Enrique tenían amistad, si es que así podía llamarse. El de Maqueda era un cascarrabias maravilloso, lisonjero y aún atractivo; los que trabajaban para él parecían sentirse cómodos y contentos, siempre pendientes del más mínimo deseo del noble. Por contra, su tío, al que casi no conocía —solo le había visto una vez cuando ella tenía ocho años—, era tal y como le recordaba: un hombre malencarado. La pésima impresión que había causado en ella cuando visitó París se incrementaba ahora. Gonzalo Torres la había recibido con un rictus de desconfianza, seguramente porque pensaba que ella no supondría más que una carga. Y aunque su actitud cambió cuando le mostró el dinero y las joyas que conservaba y que él se encargó de guardar, suavizando su semblante con una sonrisa, seguía pareciéndole un sujeto frío y desagradable.

—Entonces, queda decidido, muchacha —decía don Enrique muy animado—. A finales de mes.

—Debo insistir, señor de Maqueda —protestó el

juez—, en que no es la fecha más adecuada. Sabéis que debo ir a Madrid y...

—¡Mejor! —El dueño de la casa se echó a reír—. Así podré flirtear con vuestra sobrina a solas.

Michelle volvió a dar rienda suelta a la risa. Lo estaba pasando divinamente. Hacía tiempo que no se encontraba tan cómoda y agradecía a don Enrique su buena acogida y su humor. Desde que llegaran a La Alameda y conociese a ese caballero, había conseguido olvidar todo el horror de los meses pasados, su penosa huida, la muerte del hombre que las ayudó, el apestoso camarote del barco en el que viajaron con otras cinco mujeres, hacinadas como animales y sin ningún tipo de higiene, el trayecto inacabable desde la costa hacia Castilla... El viaje resultó espantoso. Y cuando finalizó y esperaba encontrar consuelo en brazos de su tío, su desangelada recepción la había llenado de amargura. Entendía que apenas la conocía, que eran unos extraños, pero a fin de cuentas les unían lazos de sangre y ni siquiera tuvo el apoyo moral que necesitaba. Don Gonzalo ni preguntó por la suerte de su hermana Adriana y de su cuñado. No parecía preocupado de si habían conseguido escapar o habían terminado bajo el filo de la guillotina y ella, que se debatía en la horrorosa duda, estuvo a punto de dar media vuelta y regresar por donde había venido. Eso sí, recordó la muchacha con malestar, su tío se había interesado por la propiedad que Adriana había heredado a la muerte de su abuela paterna, situada en la costa catalana.

A Michelle le asaltaba la incertidumbre de si él no estaría haciendo ya planes en el caso de que su madre muriese a manos de los revolucionarios. Sabía, porque ella se lo había dicho en ocasiones, que aquella herencia era más que suficiente para vivir con desahogo si debían abandonar Francia. Por lo que le contó, la hacienda estaba al cargo de un sujeto llamado Lázaro Rovira, que había trabajado para la abuela.

Por todo ello, el resentimiento hacia su tío y el encanto de don Enrique acabaron por decidirla.

—Me parece bien, señor Maqueda.

—¡Niña! —se encrespó el juez—. Ahora estás bajo mi tutela y soy quien debe decidir...

—Deje de protestar, don Gonzalo —cortó Maqueda—. Será en esa fecha y... —Le distrajo que abrieran la puerta y al ver a su nieto se levantó con rapidez y fue hacia él—. ¡Muchacho!

Michelle miró con interés, asomada por un lado del sillón que ocupaba, al recién llegado, porque la visita parecía haber insuflado aún más vida a don Enrique.

Carlos ni se fijó en ella, medio escondida como se encontraba tras las orejeras de la butaca. Pero sí vio a Gonzalo Torres y su gesto se agrió sin poder evitarlo. Desentendiéndose del juez a pesar de que suponía un desplante, abrazó a su abuelo.

—¡Muchacho! —repitió don Enrique—. Creí que te habías quedado definitivamente en Madrid.

—He pasado solamente a saludarte, viejo, pero tengo cosas que hacer, así que no me quedaré mucho tiempo.

—Pero...

—Estaré de vuelta para la cena, lo prometo. —Dedicó una parca mirada a don Gonzalo—. Si me disculpa usted, señor juez...

Gonzalo Torres asintió en silencio. Tampoco a él le

agradaba demasiado la compañía del joven. Carlos de Maqueda y Suelves era un perfecto caballero, solicitado en cada reunión social y perseguido por todas las madres con hijas en edad casadera. Pero había algo en sus ojos que le provocaba escalofríos, aun cuando siempre se comportaba con total corrección.

Carlos hizo ademán de marcharse pero su abuelo lo detuvo al decir:

—Quiero presentarte a alguien.

El marqués había conocido a muchas mujeres, tenía la lengua larga y la sonrisa dispuesta para cualquier damisela, pero cuando se enfrentó a los ojos azules de una sirena de cabello dorado, no encontró las palabras y, por un momento, su abuelo y el juez dejaron de existir.

—Seáis quien seáis, señora, me habéis hechizado.

Don Enrique carraspeó y les presentó:

—*Mademoiselle* Michelle de Clermont es la sobrina de don Gonzalo, hija de doña Adriana, su hermana. Mi nieto, Carlos de Maqueda y Suelves, marqués de Abejo.

Ella le ofreció la mano y él la tomó inclinándose para besarla sin dejar de observarla como un halcón, aunque estuvo en un tris de soltarla escuchando el parentesco que la unía al juez. Michelle medio sonrió, asombrada por los cambios repentinos que mostraban los oscuros ojos masculinos.

—*Enchanté, monsieur*.

Lobo sonrió sin proponérselo al escuchar ese tono dulce. Dos palabras y acababan de desarmarlo.

—*À votre service, mademoiselle.*

5

Michelle se fijó en la figura que el espejo le devolvía mientras Claire recolocaba sus rizos y sonrió ante la perspectiva de la fiesta. Don Enrique había prometido que sería todo un acontecimiento social y sabía Dios que ella estaba falta de un poco de alegría, aunque se le aceleró el corazón pensando que el marqués de Abejo estaría también allí.

Claire observó el brillo inusitado de sus ojos y enarcó las cejas.

—¿Hay algo que yo deba saber, señora?

La muchacha se volvió ampliando la sonrisa y tomando las manos de la otra entre las suyas.

—Me hace falta esta fiesta, Claire —dijo—. ¿Lo entiendes?

—Entiendo que ese joven caballero español parece haberos afectado, *mademoiselle.*

Michelle se echó a reír.

—Es muy atractivo, ¿verdad?

—Lo es, ciertamente.

—Y muy galante.

—Pero me parece que a vuestro señor tío no le agrada demasiado.

—Dice que es muy estirado. ¿Tú crees que es muy estirado, Claire?

—Yo no creo nada.

—¡Oh, vamos!

Claire se hizo la remolona. Llevaba mucho tiempo al servicio de Michelle, sabía que ella estimaba sus cotilleos y sus advertencias, aunque rara vez hacía caso de sus consejos. De todos modos ella seguía dándolos, porque la quería y deseaba lo mejor para ella.

—Bueno. Si mi opinión sirve de algo... el marqués de Abejo me parece un hombre interesante, pero un poco... arrogante. —Lo había visto una sola vez, dos días antes, cuando llevó un ramo de flores para la muchacha.

—¿Arrogante?

—Eso dije. Altivo, orgulloso... Peligroso.

—¡Por Dios! —La carcajada de Michelle fue franca.

Claire no hizo más asunto y buscó la capa para ponerla sobre los hombros de su señora.

—Recordad portaros como una dama.

—¿No lo hago siempre? —bromeó.

Claire puso los ojos en blanco y no contestó. Ciertamente, la hija de Phillip de Clermont había tenido una educación principesca, pero no siempre era comedida. Ella conocía sus escapadas de la mansión para disfrutar de los mercadillos o montar su brioso potro campo a través.

—Estaré despierta para cuando regreséis, señora.

—No es necesario, Claire. —La besó en la mejilla—. Te prometo que mañana te contaré con todo detalle lo que ocurra en la fiesta, pero no quiero que te caigas de sueño esperándome, seguramente se alargará hasta altas horas de la noche. Ya me las arreglaré sola.

—Pero habrá que desvestirla, quitarle las horquillas del cabello y...

—Claire. —La tomó por los hombros—. Hemos pasado muchas cosas juntas desde que huimos de Francia. La dama que era desapareció en alguna parte del camino. Ahora soy muy capaz de vestirme sola.

—Pero ahora vuelve a ser una señorita. Y yo, su dama de compañía.

—Ni una palabra más. Mañana hablaremos.

Claire acabó por ceder. Era imposible llevar la contraria a la muchacha cuando se empecinaba en una cosa. Además, tenía razón, les habían pasado demasiadas cosas desde que escaparon y la joven había madurado.

Michelle repasó una vez más su apariencia y asintió satisfecha. Llevaba el cabello recogido sobre la coronilla, como era la moda en España, y el vestido le sentaba maravillosamente. Al menos eso sí se lo tenía que agradecer a su tío. O tampoco, puesto que sus ropas y las de Claire habían salido de su propio dinero.

Una punzada dolorosa se alojó en su corazón recordando la última fiesta en la mansión de los Clermont. Gerard, el hombre con el que había estado destinada a casarse, había paseado con ella por los jardines y hasta conseguido robarle un único beso junto a la plazoleta donde solían tocar los músicos en las noches de verano. Desechó el recuerdo con amargura. No debía pensar en el pasado, pero lo hacía porque las noticias sobre la suerte de sus padres se retrasaban. Si habían podido escapar, deberían haber escrito a su tío. Una y otra vez se repetía que tenían que haber conseguido su objetivo, que estarían ya en Inglaterra y que, en poco tiempo, recibiría la ansiada carta y podrían volver a reunirse los tres. Ni quería imaginar que hubiesen sido arrestados.

Con el ánimo más decaído, aceptó la ayuda de un criado para ascender al carruaje que ya aguardaba en la puerta. Hacía frío, así que se cubrió las piernas con la manta de piel y se acomodó tras descorrer la cortinilla de la ventana para poder admirar el paisaje durante el trayecto. Le gustaba aquella tierra fría y un poco salvaje. Disfrutaba cabalgando cada mañana, durante horas, sintiendo la helada brisa sobre el rostro. Era un mundo desconocido para ella, muy distinto al que había visto hasta entonces, pero le agradaba.

Desde la casa de su tío a la de don Enrique de Maqueda, había unos cinco kilómetros, así que don Gonzalo había dispuesto que fuera acompañada por una escolta de cuatro hombres. Y armados hasta los dientes. Asomó la cabeza para comprobar que, en efecto, la seguían. Acostumbrada como estaba a la libertad, a la muchacha le parecía demasiado una escolta tan nutrida. ¿Qué podía pasar en tan corto trayecto? España no estaba en guerra y sus gentes eran pacíficas y agradables en el trato.

Cerró la cortinilla y se recostó, imaginando a qué damas conocería, con qué caballeros hablaría, cuántos la sacarían a bailar. El dolor por la suerte y ausencia de sus padres no podía alejarla del deseo de volver a sentirse viva y, sobre todo, de hacer quedar bien a su tío. Por encima de todo, suspiraba por ganarse su cariño. Hosco o no, era el único pariente en ese país y le debía respeto. Cierto que el semblante siempre adusto de su tío no ayudaba a tener con él una relación cariñosa, pero forzosamente debía tener su lado bueno, no en vano él y su madre llevaban la misma sangre. Fuera como fuese, conseguiría acercarse a él.

Abstraída en sus pensamientos, se asustó cuando el

carruaje dio un busco bandazo. Casi al momento, el sonido de un disparo rasgó el aire y el coche frenó en seco haciéndola caer de rodillas y golpearse con el asiento de enfrente. Al incorporarse, se le enganchó la capa, rasgándose. Con una maldición en los labios acabó de levantarse, alarmada al escuchar los exabruptos en español que no acabó de entender pero que le sonaron a palabrotas.

Un tanto indecisa se asomó justo en el instante en que sonó un nuevo disparo y los equinos se encabritaron, lanzándola de nuevo contra un costado de la cabina.

Cuando consiguió recobrarse y abrir la puerta, se encontró con algo inesperado: los guardias que la custodiaban formaba círculo protegiendo el coche.

—¿Qué está pasando? —preguntó al más cercano.

—Cierre la puerta, señorita.

—Pero qué...

Entonces los vio. Eran tres hombres. Montaban a caballo y estaban situados sobre una loma cercana, a la derecha del camino. Se le cortó el resuello imaginando que acababan de darse de bruces con algunos de los bandidos de los que su tío le había hablado. Una mezcla de temor y curiosidad hizo que su sangre galopara más aprisa por sus venas.

Los guardias abrieron fuego de nuevo. Pero los asaltantes, si es que realmente lo eran, se encontraban demasiado lejos para poder ser alcanzados por las balas.

Michelle achicó los ojos para poder distinguirlos mejor, aunque apenas eran tres figuras oscuras. No hacían nada, salvo observarlos. Como si esperaran algo.

Igual que habían aparecido, se esfumaron tras dar media vuelta, perdiéndose al otro lado de la colina. Uno de los guardias acercó su montura hacia ella, se inclinó y le advirtió:

—Cierre esa puerta de una vez, señorita.

—¿Quiénes eran?

Entonces volvió a escuchar aquel nombre que provocaba un rictus de odio en los labios de su tío cuando lo mencionaba: Lobo.

6

Cuando las puertas de La Alameda se abrieron para ella, Michelle lamentó una vez más el altercado sufrido en el camino y su lastimosa apariencia. No solo se le había rasgado la capa, sino que su vestido estaba manchado y del esmerado peinado que Claire le hiciese escapaban los mechones en desorden. Don Enrique fue informado de inmediato de lo sucedido por uno de los hombres de la escolta, y ella se vio rodeada por personas desconocidas que comenzaron a interrogarla.

—¿De verdad se ha encontrado con Lobo?

Todos, hombres y mujeres, parecían querer saber lo mismo. Don Enrique pedía calma a sus invitados, trataba de abrirle hueco, pero la noticia había causado un revuelto entre los asistentes, suponía el acontecimiento de la noche y nadie quería perderse detalle de lo acontecido. Cuando el grupo de personas comenzó a hacerla sentir que se ahogaba, alguien la tomó del brazo, se abrió paso entre los curiosos y la condujo a un lugar apartado. Michelle reconoció de inmediato a Carlos de Maqueda.

—Lamento este recibimiento, *mademoiselle*, pero la curiosidad es el mayor defecto de los españoles.

A Michelle se le colorearon las mejillas bajo aquella escrutadora mirada oscura. Condenó mentalmente a los bandoleros por ser los causantes de presentarse en la fiesta de modo tan horrible, despeinada y desarreglada. Sobre todo, porque el marqués de Abejo lucía impecable con su traje oscuro y su camisa nívea, que hacía resaltar más aún el tostado de su atractivo rostro.

—Y yo acabo de aumentar esa curiosidad con mi intempestiva llegada, ¿verdad?

Carlos dulcificó el gesto. Tomó su capa y se la entregó a un criado. Luego, apenas sujetándola del codo, guardándose mucho de poner distancia entre ella y los invitados, a los que su abuelo continuaba tratando de calmar, la condujo hacia la salita en la que se encontraban las mesas con viandas y bebida. Le sirvió una taza de ponche que ella aceptó agradecida.

—Cecilia, el ama de llaves de mi abuelo, se encarga en persona de prepararlo, ¿sabe? —dijo él en tono confidencial—. Le vendrá bien ahora para quitarse el susto, pero lo carga bastante, así que tenga cuidado de no tomar demasiado esta noche.

Michelle no pudo disimular una sonrisa.

—¡Vaya por Dios! —escucharon la voz de don Enrique que se les acercaba—. Creí que no conseguía poner paz. ¿Cómo se encuentra, muchacha?

—No ha sido tan aparatoso como parece, don Enrique. Ni siquiera se acercaron al carruaje.

El anciano no pareció más tranquilo por su respuesta.

—Le pido disculpas por el atropello y por el modo en que ha sido recibida en mi casa.

—No se preocupe. Su nieto acaba de decirme que la curiosidad es como un deporte nacional en España.

—Lo es, ciertamente. Pero es que no se puede remediar cuando está de por medio ese condenado sujeto.

—La guardia de mi tío dijo que se trataba de Lobo.

—Eso parece.

—Yo solo pude ver a tres jinetes en la distancia. Diría que resulta un tanto aventurado afirmar tan rotundamente que se trataba de ese bandido, incluso para quien se haya enfrentado a él cara a cara.

—Si me acompaña, *mademoiselle* de Clermont, le indicaré dónde recomponer su peinado —se ofreció Carlos.

Ella echó mano instintivamente a sus rizos, repentinamente molesta.

—Os quedaría muy agradecida, señor.

—Volvemos en un minuto, abuelo.

Mientras salían, Michelle fue muy consciente de que cada par de ojos estaba fijo en ellos. Y también de los disimulados cuchicheos que se iban extendiendo entre los distintos corrillos. ¡Menuda entrada acababa de hacer!

Carlos la llevó por un largo y amplio pasillo que desembocaba en otro más estrecho y llamó a una puerta. Les abrió una mujer madura, alta y delgada. Su gesto serio se dulcificó al ver al marqués.

—¿Señor?

—¿Puede hacer algo con el peinado de la señorita y limpiar un poco su vestido, Cecilia? Su carruaje ha tenido un encuentro con Lobo.

La mujer solo demostró que se sentía alterada por la noticia con un leve parpadeo. Prestó atención a la joven que lo acompañaba y le dejó el paso franco al cuarto.

—Me ocuparé enseguida de todo, señor.

Carlos oprimió ligeramente entre sus largos dedos la mano derecha de Michelle.

—Os estaré aguardando. Quiero el primer baile.

—Es vuestro, *monsieur*.

Cecilia hizo entrar a la joven, echó una mirada al de Abejo por encima del hombro y cerró la puerta en sus narices. Una lenta y cínica sonrisa estiró los labios de Carlos. El ama de llaves de su abuelo le conocía bien, se dijo, y había adivinado su interés por la muchacha. Suspiró y regresó al salón mientras pensaba que, en efecto, la francesita era una preciosidad. Una fruta verde aún, pero del todo apetecible, aunque fuese sobrina de don Gonzalo.

Tras las presentaciones de rigor, los invitados y hasta Michelle se fueron olvidando del percance. Bailó la primera pieza con el marqués de Abejo, como había prometido, y hubo de conceder la segunda a don Enrique, al que la edad no había restado gallardía en la danza.

La reunión transcurría de forma agradable. Algunos otros caballeros solicitaron a la joven una pieza y ella se la concedió gustosa. Pero para su desencanto, Carlos de Maqueda no volvió a acercarse a ella, parecía más interesado en dedicar su tiempo y su atención a otras damas. Maduras o jóvenes, todas se mostraban encantadas con sus halagos.

A medianoche se encontraba exhausta y le dolían los pies, pero lo estaba pasando tan bien que daba por buena la ligera incomodidad. Al menos, por unas horas, había conseguido olvidarse de la angustia por la falta de noticias de sus progenitores. Inclinó la cabeza a modo de agradecimiento a su última pareja de baile y rogó un descanso al siguiente caballero que se acercó a ella.

—¿Me acompañaría entonces a beber algo?

—Será un placer.

Michelle, inocente ella, pensaba que los invitados habían olvidado su incidente, pero apenas entraron en la salita, donde su acompañante le sirvió un vaso de limonada, se encontró rodeada por un grupo de mujeres. El caballero no tuvo más opción que dejar el camino libre a las damas, se despidió y la abandonó al grupo de curiosas.

—Señorita de Clermont, ¿pudo usted ver a ese bandolero?

—¿Cómo es Lobo?

—¿Es tan terrible como se cuenta? ¿O es guapo y aguerrido?

—¿De verdad no llegó a atacarlos?

—Cuéntenos lo que ocurrió, por favor.

Michelle volvió a sentirse angustiada, pero intentó responder a cada una de las preguntas.

—¡No puedo creer que no atacaran! —protestó una de las mujeres tras escuchar su escueta explicación—. Todo el mundo sabe que es un desalmado. Si no quiere decirlo, lo comprendemos, pero... ¿Seguro que no intentó...? Bueno, ya sabe usted.

—Pues no, no lo sé —rebatió la joven muy tiesa, un tanto molesta por su insistencia—. Ya les he dicho, señoras, que ni siquiera se acercaron.

—¡Ese depravado! —refunfuñó la señora Montes, una matrona de pelo canoso y opulento pecho que mostraba sin decoro, nada adecuado para su edad—. Deberían atraparlo y colgarlo de una soga.

—Acabará justo así —aseguró otra.

—Asaltar a una dama es lo último que se podía esperar de ese degenerado rufián —argumentó una tercera.

—Señoras, por favor —les rogó Michelle—. Hasta es

posible que no se tratara de ese bandido, estaban lejos. Y no nos atacaron, de veras. Bueno... hubo disparos, pero creo que fueron los hombres de mi tío quienes los hicieron.

—Ya lo decía yo. Seguro que era él y fue el que disparó.

—¡Por supuesto!

—¿Qué otro se atrevería a...?

A Michelle empezaba a dolerle la cabeza. Se preguntó si no hubiera sido mejor mentir descaradamente y contar a aquellas mujeres lo que realmente deseaban escuchar: una aventura sangrienta.

—Nadie puede imaginar lo que ese hombre es capaz de hacer si una mujer cae en sus manos —aseveró, muy confiada, la señora Montes.

—Posiblemente, señoras, cortarle la cabeza.

Todas se volvieron a la vez soltando exclamaciones de sorpresa, prestando atención a esa inesperada voz masculina.

—¡Oh, Carlos! Es usted un monstruo —rio una de las damas.

—Siempre tan cínico —la coreó, como una gallina clueca, otra.

—Pensé que necesitaban un poco de aliciente en la conversación —repuso él con una sonrisa irónica.

—No es que nos guste hablar de ese bandolero, marqués —negó descaradamente una de las mujeres—. Pero debe reconocer que es un tema que levanta ampollas. Ese harapiento está causando estragos entre las buenas gentes.

—Sin embargo, el pueblo lo adora —le rebatió él.

—¡Es un vulgar ladrón! Y espero que don Gonzalo pueda darle caza lo antes posible o nadie va a encontrarse seguro en la provincia.

—Lobo, Lobo, Lobo —refunfuñó Carlos—. Mis queridas y adoradas señoras, no he oído otro nombre desde hace horas.

—¡*Mademoiselle* de Clermont ha sido asaltada! —protestó la señora Montes.

—Por lo que yo sé, ese bandolero, si es que era él, no hizo más que observar desde lejos.

—Pero pudo haber causado una desgracia.

—Desde luego.

—¿Qué hubiese pasado entonces? ¡Por el amor de Dios!

—Que habría quedado deslumbrado por una belleza de cabello dorado —les contestó con toda la sorna de que era capaz—. Y no imagino lo que podría haber sucedido si hubiera encontrado un ramillete de flores como ustedes. Posiblemente se hubiera quedado ciego.

Un coro de risas y caídas de pestañas agradeció la lisonja conjunta. Luego, viendo que él parecía no tener ojos más que para la muchacha, se fueron alejando para dejarles a solas.

Michelle le dedicó una mirada que nada tenía de agradecimiento. Se acabó su bebida y le dijo:

—Gracias por acudir de nuevo en mi ayuda, marqués. Pero sé cuidarme sola, así que espero que no se convierta en una costumbre.

Divertido ante su repentino malhumor, Carlos le arrebató la copa para depositarla en la mesa y preguntó:

—¿Quiere beber algo más de ponche?

—No, muchas gracias. Como usted decía, estaba cargado. No me gustaría acabar ebria.

A Michelle le pareció descubrir una chispa de picardía en sus ojos oscuros. Cuando Carlos sonrió, no pudo pensar en otra cosa que en que resultaba un seductor de pies a cabeza.

—Prometo no abusar de usted —musitó a media voz.

Ella tragó saliva y clavó los ojos en su boca por un instante. Acalorada, desvió la mirada hacia el salón. Su comentario era desvergonzado, pero había levantado en ella un temblor que le costaba controlar porque, desde que le viese esa noche, su imaginación se había disparado hacia pensamientos nada infantiles. Sí, lo reconocía aunque le irritase. Se había estado preguntando qué se sentiría dejándose lisonjear por él. Sin embargo, ahora, cuando casualmente parecía estar haciéndolo, se sentía avergonzada. Elevó el mentón y le respondió:

—Tampoco yo se lo... se lo permitiría, *monsieur.*

A Carlos le divirtió verla ante él, tan erguida, tan guerrera... y tan poco segura de lo que afirmaba.

—*Touché, mademoiselle* de Clermont. Pero hágame caso... No prometa nada que no sea capaz de cumplir.

7

El humo de las fogatas se extendió por el campamento. Hacía un tiempo de mil diablos a pesar de estar en mayo, y amenazaba tormenta. Lobo se envolvió más en su capa mientras observaba con interés los últimos preparativos.

Hubiera dado cualquier cosa por no tener que salir aquella noche, pero no quedaba otra solución. Alzó la cabeza y miró de nuevo el cielo plomizo.

Los hombres y mujeres del campamento escondido en las montañas, junto al nacimiento del río Lobos, se afanaban en cubrirlo todo con lonas y meter cuanto pudieran en las cuevas antes de que comenzara a llover.

Viéndoles trabajar, a Lobo le sabía mal que esos campesinos, la mayoría perseguidos por la justicia de don Gonzalo Torres, no pudieran encontrarse al abrigo de un techo y junto al calor de una chimenea. Pero así estaban las cosas y de momento era imposible pensar en que regresaran a sus casas. Las cuevas constituían su único hogar hasta poder restablecer el orden en la provincia. Hasta que el condenado Torres fuese destituido de su cargo y ocupara su lugar un sujeto más justo y respetable, alguien que dejara vivir al pueblo en paz y armonía.

Él apenas podía hacer más de lo que ya hacía, pero cada día pesaba más en su alma la degradación de aquellos seres despojados de todo, obligados a vivir como alimañas en los montes, lejos a veces de sus familias, temerosos siempre de las posibles partidas de guardias que podían localizar su guarida y arrestarlos. Porque si eso sucedía, su destino no sería otro que la horca o un pelotón de fusilamiento. En el mejor de los casos, la cárcel. Ni más ni menos que su propio destino si se descubría su verdadera identidad.

Silvino se acercó a él y le saludó con un movimiento de cabeza.

—Estamos preparados.

—En marcha, entonces —respondió, incorporándose.

El otro, uno de los pocos que conocían su auténtico nombre, se le quedó mirando un momento. Los ojos de Lobo tenían el mismo brillo que el de un depredador antes de una incursión: audaces y peligrosos. Por eso le habían puesto aquel apodo. Si no le conociese tan bien, Silvino se hubiera sentido intimidado por esa mirada ardiente que apenas se veía ahora tras el pañuelo que cubría su rostro y el ala del oscuro sombrero que le caía sobre la frente. Lobo siempre iba enmascarado cuando estaba en el campamento. No era falta de confianza en quienes le seguían y apoyaban, lo hacía por protegerlos. Cualquiera de sus seguidores podía caer en manos de los hombres de don Gonzalo. Y si nada sabían, nada podrían decir. Así era mejor para todos y así se hacía.

Ahora estaban necesitados de provisiones. La carne escaseaba, al igual que las legumbres y la leche. Incluso quedaba poco vino con el que calentar las tripas, de modo que era hora de hacer otra visita a la hacienda del juez.

Silvino afianzó su sombrero y se alejó en busca de los caballos. La partida se compondría en esa ocasión de diez hombres, entre ellos Cosme, Zoilo y él mismo. Pascual no tomaría parte en la escaramuza porque se había quedado en Los Moriscos, la hacienda del marqués, cubriendo las espaldas de su señor por si hubiera visitas inesperadas. Para todos, el de Abejo sufría aquella noche de una terrible jaqueca.

Bajaron la montaña en silencio, amparados por la oscuridad, con el sonido del viento y el susurro de los cascos de los caballos como único acompañamiento. Las nubes habían llegado como algodones negros y en ese momento ocultaban la luna. A pesar de conocer el terreno que pisaban, aumentaron el cuidado por miedo a que algún caballo tropezara y se rompiera una pata. No podían permitirse tal lujo. Y mucho menos, una baja humana.

Lobo dirigió al grupo hasta llegar al camino que iba a la villa y allí se detuvo. Se irguió sobre su potro negro y atisbó a un lado y otro. Luego hizo una señal y volvieron a ponerse en movimiento hacia su objetivo.

Ajeno al contratiempo que se le avecinaba, don Gonzalo apuraba una copa mientras charlaba animadamente con sus invitados: don Íñigo de Lucientes, don Manuel de Reviños y sus respectivas esposas, doña Laura y doña Esperanza.

Torres esperaba sacar buen provecho de aquella reunión. Había ofrecido su casa a los dos caballeros sabiendo que su influencia en la provincia le vendría estupendamente si conseguía ponerles de su lado. No podía negar que necesitaba el apoyo de ambos si quería que se recaudasen debidamente los impuestos.

A pesar de mostrarse todo lo encantador que pudo, el malhumor no le había abandonado y empezaba a causarle dolor de estómago. La culpa era de don Enrique de Maqueda y Castejón, quien se había opuesto con rotundidad a que se cobraran nuevos gravámenes.

—*Es imposible cargar al pueblo con más tasas y usted debería saberlo mejor que nadie* —le había dicho el anciano, bastante excitado.

Sin embargo, sus dos invitados de esa noche eran de otro parecer. Ellos sí estaban de acuerdo con su proyecto.

Don Gonzalo sabía, por descontado, que los dos miserables que ahora se estaban bebiendo su coñac no buscaban más que el lucro personal, como él mismo. Íñigo de Lucientes era el dueño de cuatro centros, aparentemente dedicados a la cultura aunque en realidad eran casas de juego en la capital, y estaba pensando abrir una más en Burgo de Osma, para lo que necesitaba su visto bueno. En cuanto al de Reviños, aunque daba la imagen de hombre honrado, tampoco lo era. Su fortuna provenía de locales en los que se ejercía la prostitución. Elegantes establecimientos, eso sí, a los que incluso él había acudido algunas veces. Para mantenerlos se necesitaba dinero y él acababa de prometer un buen porcentaje de los impuestos si le ayudaban.

Michelle había permanecido callada casi toda la cena, dejando que el resto de los comensales hablaran de los últimos acontecimientos acaecidos en la provincia. El nombre de Lobo salió, ¡cómo no!, a relucir una vez más. A ella empezaba a intrigarle aquel personaje al que su tío odiaba sin intentar siquiera disimularlo, porque intuía que también lo temía.

Lo que le resultaba más curioso eran las opiniones de las clases adineradas respecto al bandolero, totalmente divididas. Algunos, sin darlo a entender abiertamente, parecían ponerse al lado de sus prácticas delictivas. Tal era el caso de don Enrique de Maqueda, que, sin estar de acuerdo con las constantes escaramuzas de Lobo, comprendía que los desposeídos lo hubieran puesto en un pedestal puesto que los ayudaba, pagaba a veces sus multas y los protegía de las iras del juez.

Michelle había escuchado también algunas conversaciones entre la servidumbre de su tío. Entre ellos, Lobo era lo más parecido a un libertador. Pero ella no terminaba de comprender la aparente fascinación de muchos por el sujeto que aparecía siempre enmascarado y llevaba a cabo asaltos a las propiedades. Ella había sido educada en la creencia de que había de respetarse la Ley y los que la burlaban no eran sino unos delincuentes. En Francia había conocido a algunos que se hacían llamar libertadores y no eran sino una turba de asesinos ansiosos por cortar cabezas. No deseaba conocer a ninguno más.

Mediada la velada, los caballeros se disculparon retirándose a otro salón para ultimar detalles de los negocios y fumar sus puros. Michelle no tuvo más remedio que ejercer entonces de anfitriona y atender en solitario a las dos damas.

—Horrible —dijo la señora de Reviños apenas tomaron asiento y les sirvieron unas copas de jerez, atendiendo a la pregunta de la esposa de Lucientes—. No se lo pueden ustedes imaginar, queridas. Nunca me había encontrado en una situación tan comprometida y desagradable. Creí que me daría un ataque. El muy desaprensivo tuvo la osadía de robarme todas las joyas que llevaba encima. ¡Todas! Incluso se llevó el camafeo que perteneció a mi abuela, una verdadera obra de arte a la que tenía un cariño especial.

Michelle asintió distraídamente.

—¿Y a mí? —intervino doña Laura poniendo gesto de asco—. ¡A mí se atrevió a tocarme!

—¡No puedo creerlo!

—Como os lo cuento, doña Esperanza, como os lo cuento. No es más que un pervertido. Si no llega a ser porque apareció una partida de guardias.... ¡Sabe Dios qué hubiera podido pasarme!

Michelle tampoco abrió la boca en esa ocasión, pero dudó muy mucho que Lobo hubiera tenido intenciones como las que la mujer estaba insinuando. Nunca había conocido a una mujer tan fea como doña Laura. Flaca, de piel cetrina, ojos ratoniles y grandes orejas. Por si fuera poco, tenía una verruga en su puntiaguda barbilla. Y se la veía espantosamente vulgar a pesar del costoso vestido que lucía y la profusa cantidad de joyas que llevaba encima y que dificultaban el movimiento de su escuálido cuello. Una mujer de pésimo gusto, altanera y orgullosa de mostrar su poder adquisitivo y su posición. Pero a la muchacha le picaba la curiosidad y preguntó:

—¿Cómo es ese... Lobo?

Se agrandaron los ojos de doña Laura, aunque fue doña Esperanza quien contestó.

—¡Como un demonio, muchacha! ¡Un hombre horrible, horrible, horrible! —la palabra era sin duda una de las preferidas de su escaso vocabulario porque la empleaba con frecuencia.

A Michelle le aburría soberanamente la conversación, pero no podía abandonar la salita en la que se encontraban por deferencia hacia su tío. Y es que el tema de Lobo parecía ser el único en que ambas invitadas se encontraban en su salsa, lo que comenzaba a cansarle.

—Se cubre el rostro con un pañuelo negro y un sombrero —le seguía explicando la esposa de Reviños—, seguramente porque su rostro está marcado de repugnantes cicatrices.

Michelle la miró con una sonrisa forzada. Doña Esperanza era tan gruesa como delgada doña Laura.

—Entonces, ¿cómo pueden decir que es horrible?

—Porque lo es —zanjó la dama—. Se me erizó el vello teniéndolo tan cerca. Todo vestido de negro, como un pájaro de mal agüero. ¡Quiera Dios que no os encontréis nunca con él!

—Yo he oído decir que ya ha violado a más de una joven —avivó el fuego la de Lucientes.

—También lo he oído yo, querida —afirmó su compañera, y su cuerpo tembló en un exagerado y ficticio escalofrío que hizo que se moviera la papada como un flan.

—¿Qué se está haciendo por apresarlo? —quiso saber Michelle.

—Bueno, vuestro tío hace todo cuanto está en su mano, pero no es tan fácil cazarlo. Es un demonio demasiado listo. Ataca casi siempre de noche, entre las sombras, como un maldito fantasma. Ataca y desaparece.

—Roba todo lo que puede y vuelve a su guarida —aseveró doña Laura.

—He oído decir que se esconde en las montañas.

—En efecto. Pero nadie sabe dónde. Las montañas son peligrosas, incluso para los que las conocen bien. Por otro lado hay infinidad de cuevas. Don Gonzalo ha enviado a varios grupos armados, pero... bueno —Guardó un brusco silencio.

—¿Pero...?

—Salieron escaldados —confesó doña Laura.

—¿Escaldados?

—Fueron burlados. La última partida de guardias regresó a Burgo de Osma en paños menores y andando.

Michelle bebió de su copa para disimular una sonrisa divertida al imaginarse la escena.

—¿No hubo heridos?

—De poca importancia —suspiró doña Esperanza haciendo que su papada volviese a temblar como la gelatina—. Eso es lo más curioso: ese bandolero parece no querer cargar con muertes a sus espaldas. Ataca, roba, burla a los guardias... Pero hasta ahora no se le puede endilgar un asesinato.

—De modo que no es un criminal —musitó Michelle, recordando a la muchedumbre enfervorizada que ocupó las calles de París, sedienta de sangre.

—No os engañéis, querida —le rebatió—. Cualquiera que ataca al poder establecido es un criminal. Y Lobo acabará en la horca. Vuestro tío lo conseguirá tarde o temprano. ¿Sabéis que ya ha asaltado esta hacienda en varias ocasiones? Don Gonzalo ha tenido que reforzar su guardia personal.

—Francamente —se removió doña Laura como si tuviera un escorpión bajo su esquelético trasero—, si don Gonzalo no hubiese puesto más vigilancia, me habría resistido a venir esta noche.

—Ahora no se atreverá a venir —dijo, ufana, doña Esperanza.

Y justo entonces, en ese mismo instante, escucharon

un disparo en el salón adjunto, donde se encontraban reunidos los caballeros.

Se miraron unas a otras. Doña Laura pareció empequeñecerse y doña Esperanza perdió el color. Michelle, sin embargo, se levantó con presteza y se acercó a las puertas correderas que separaban ambas habitaciones, alarmada por la detonación. Dio un respingo cuando estas se abrieron de golpe y ante ella apareció un sujeto que le cerraba el paso: alto, totalmente vestido de oscuro... y enmascarado.

Doña Laura dejó escapar un grito estridente y, seguidamente, se desmayó. Su compañera hizo otro tanto, pero no perdió el conocimiento aunque pareció que quería fundirse con la butaca, cosa harto difícil dado su exagerado volumen.

Michelle tenía los pies como clavados en el suelo, pero no dejaba de mirar al desconocido sin poder encubrir una chispa de interés. El individuo era delgado, lo que no disimulaba su ropa holgada. Bajo el ala del sombrero que lo cubría pudo advertir algunos mechones de cabello pero no se atrevería a decir si era negro o rojizo. ¿De modo que aquel hombre era el tan cacareado Lobo?, se preguntó. Elevó el mentón sin dejar de mirarlo para demostrarle que no se iba a dejar intimidar, aunque interiormente temblaba.

—Tráelas aquí —escuchó entonces una voz que provenía del salón.

El enmascarado les hizo a ella y a doña Esperanza una seña con la pistola que empuñaba, indicándoles que se pusieran en movimiento. Curiosamente, doña Esperanza se movió con una agilidad pasmosa ante la amenaza del arma.

—La flaca se ha desmayado —dijo el que las apuntaba.

—Pues carga con ella.

Michelle se olvidó de sus compañeras y traspasó la puerta, preocupada por su tío, e intentando no rozarse con el enmascarado.

A Silvino se le escapó la risa viendo su maniobra, pero fue en busca de doña Laura, se la cargó al hombro y luego la dejó caer sobre un sofá.

Michelle se sintió desfallecer al descubrir que el salón estaba controlado por tres enmascarados más. Les echó un vistazo, pero sus ojos quedaron clavados en el más alto. No le hizo falta que nadie le dijese quién mandaba a los forajidos y supo que se había confundido: el del cabello rojo oscuro no era Lobo, sino aquel otro.

Ahora sí que lo tenía frente a ella. Era alto, ancho de hombros, bajo sus ajustadas ropas se adivinaba un cuerpo delgado pero fibroso, tenía las piernas musculosas y largas. Un pañuelo negro le cubría la mitad del rostro pero el sombrero, un poco echado hacia atrás, dejaba ver unos ojos oscuros y voraces. Un depredador, se dijo, notando que el corazón le latía dolorosamente en el pecho y la sangre retumbaba en sus oídos. Ese sujeto tenía el aire amenazador de quien sabe que tiene la situación controlada.

Con esfuerzo, apartó la mirada de él y la cruzó con su tío. Don Gonzalo era el vivo retrato del hombre atemorizado. Estaba pálido y sujetaba la copa que aún tenía entre sus dedos con fuerza. Los otros caballeros, con el semblante tan cadavérico o más que él, se habían limitado a levantar las manos en señal de rendición.

En eso, Laura Lucientes abrió los ojos. De su garganta salió un grito tan potente que hizo brincar a Michelle. Y doña Laura recibió una bofetada por parte del pelirrojo que la hizo enmudecer de inmediato. Su esposo no movió un pelo por acudir en su ayuda.

—Vaya, vaya, doña Laura —dijo el hombre al que Michelle había otorgado ya el título de jefe del cuarteto de forajidos—. Volvemos a encontrarnos. —La esposa de Lucientes no dijo ni pío aunque abrió unos ojos como platos y echó mano a las joyas que colgaban de su cuello, viéndolas sin duda ya perdidas—. Lamento interrumpir tan grata velada, damas y caballeros. Solo veníamos a por provisiones, pero al enterarme de que teníais invitados, don Gonzalo, me pareció inadecuado irme sin presentarles nuestros respetos.

—Bastardo... —se atrevió a insultar el juez.

—¡Por favor, señor juez, hay damas delante! Deberíais cuidar un poco vuestro lenguaje.

—Cuando colguéis de una soga.

Michelle sintió un nudo en la boca del estómago cuando vio los ojos del bandolero clavarse como dagas en su tío. Parecía temible, era cierto, pero ni por asomo se acercaba a lo que aquellas dos gallinas cluecas le habían contado. ¿Horrible? A pesar de no poder ver su rostro, su estampa era magnífica. Empuñaba indolentemente un par de pistolas, evidentemente cargadas, y parecía encontrarse a sus anchas, como si la casa le perteneciera.

—¿Qué ha pasado con los hombres de la guardia?

Michelle se mordió los labios apenas hizo la pregunta. Todas las miradas se volvieron hacia ella, aunque la joven no tuvo ojos más que para aquellas pupilas oscuras e inquietantes que la devoraron. No pudo reprimir que le temblaran las rodillas al verle avanzar hacia ella y retrocedió un paso. Él se le acercó tanto que hubo de alzar la cabeza para mirarlo de frente.

—Alguien que piensa en los demás —dijo Lobo, con un atisbo de sarcasmo en la voz, arrastrando las palabras—. ¿Quién es usted, joyita?

Su ironía irritó a Michelle, dándole nuevos bríos. Había sucumbido al miedo y a la angustia mientras escapaba de Francia, se había dejado arrastrar por el pánico cuando las detuvieron, a ella y a Claire, a punto de tomar el barco, aunque por fortuna habían podido seguir adelante bajo sus falsas identidades. Desde ese día, se había jurado que nunca más se dejaría amedrentar, que no habría hombre o mujer capaz de hacerla sentirse nuevamente como un gusano. Y se encrespó como un gallo de pelea.

—¿Y usted?

Lobo se quedó mirándola. Bajo el pañuelo que cubría sus facciones, cruzó una sonrisa divertida que ella no pudo ver. Sus ojos oscuros brillaron como los de un gato, alzó una mano armada y acarició el mentón de la joven con el cañón de la pistola. Ella tragó saliva pero no se permitió retroceder de nuevo ni apartó su mirada.

—Por aquí, preciosa, todos me llaman Lobo.

—¿Y esos hombres qué son? ¿Su jauría?

A Silvino le sobrevino un ataque de risa, Cosme tosió, Zoilo puso los ojos en blanco... y Lobo se acercó más a ella.

—Eso es, hermosura.

—Para usted, *mademoiselle* de Clermont.

Cosme volvió a toser.

—Noto un ligero acento... mamoselle de Clermont.

—*Mademoiselle* —le corrigió—. Soy francesa.

—Francesa, ¿eh? —Lobo se rascó el lóbulo de la oreja con el cañón del arma—. ¡Vaya! He oído decir que las mujeres francesas son muy ardientes. ¿Es eso cierto, preciosa?

Doña Esperanza lanzó una exclamación y doña Laura un ahogado «Dios mío». Michelle, sin embargo, permaneció erguida y solamente dejó traslucir su incomodidad al apretar los dientes. A pesar de la peligrosa situación en la que se encontraba, no se lo pensó dos veces y lo abofeteó con ganas.

Lobo solo parpadeó.

Michelle se estaba haciendo la valiente, pero si Dios no lo remediaba, iba a desmayarse de un momento a otro. ¿Estaba loca? ¿Cómo se había atrevido a cruzarle la cara? Aquel sujeto bien podría pegarle un tiro.

Todo lo que hizo él fue pasarse el dorso de la mano por la zona castigada.

—¿Eso es lo que se llama... el genio francés? —bromeó.

Michelle sintió que su miedo remitía enteros. Aquel hombre no parecía dispuesto a devolver el golpe y eso ya era algo. Podría ser que el bandolero no hubiera encontrado a nadie que le pusiera las cosas difíciles y su demostración de orgullo le divertía. Que nadie le hubiera puesto *las peras al cuarto*, como solía decir su madre.

—¿Qué ha pasado con los guardias? —insistió, terca.

—Veo que es pertinaz, mamos... *mademoiselle* de Clermont. —Lobo se encogió de hombros y le dio la espalda, dirigiendo su respuesta al juez—. Están bien atados, en el cobertizo, mientras el resto de mis hombres aligera un poco sus almacenes, don Gonzalo.

—¿No les ha hecho ningún daño? —volvió Michelle a la carga.

Lobo le prestó atención nuevamente.

—No. ¿Acaso piensa que matamos sin motivo alguno? Vinimos únicamente a por unos cuantos sacos de provisiones. Claro que... ya que estamos aquí... —Echó una mirada significativa a las joyas que lucían las damas—. Supongo que ustedes estarán dispuestos a dar una ayuda para los más necesitados. ¿No es cierto?

Silvino comenzó a requisar los relojes y los anillos a los hombres y Cosme se dedicó a hacer lo propio con las alhajas de las mujeres. Ninguno de ellos abrió la boca, estando como estaban bajo la amenaza de las armas de fuego.

Michelle no llevaba más que una cadena de oro y unos pequeños pendientes, lo único que se había quedado de las joyas que había sacado de Francia. Lobo extendió la mano al tiempo que enarcaba las cejas y ella se las entregó de mala gana.

—Le juro que servirán para una noble causa, señorita.

—¿Para emborracharse? —se le enfrentó ella.

—También podría gastarlo en las salas de juego del señor Lucientes. O en los prostíbulos del señor Reviños.

—¡Oh! —fue todo lo que acertó a decir Michelle al enterarse de los negocios de los invitados de su tío.

Ya con su botín, los secuaces de Lobo salieron por la terraza que daba al jardín, y él les hizo una advertencia:

—Yo que ustedes, no me movería de aquí hasta pasado un buen rato. Mi... jauría —sonrió a Michelle— podría ponerse nerviosa y disparar a alguien.

Doña Esperanza lloraba ahora en silencio, completamente acobardada. Doña Laura, por el contrario, lo hacía a moco tendido, sin dejar de echar lánguidas miradas hacia la bolsa en la que iban sus joyas.

—Algún día, Lobo... —dijo el juez recobrando algo de valor, con voz quebrada por la cólera—. Algún día...

El bandido le dedicó un gesto sarcástico. Luego volvió

sus ojos hacia Michelle. Por un segundo, pareció indeciso. Acabó acortando la distancia que les separaba, se guardó una de las pistolas en la cinturilla del pantalón y, ante el asombro de todos, abarcó su talle, la pegó a su pecho, bajó la cabeza y la besó.

Incluso a través del pañuelo que le cubría el rostro, Michelle sintió el calor de unos labios ardientes que la dejaron sin respiración.

No pudo reaccionar cuando él desapareció en pos de sus hombres. Había sido un beso tan intenso que aún le quemaba la boca.

Nadie se movió durante varios minutos, intercambiando miradas entre sí, buscando apoyo unos en los otros y sin atreverse ninguno a dar el primer paso. El que primero se recompuso del susto fue don Gonzalo, pero solo cuando a lo lejos pudieron escuchar el tronar de cascos de caballos alejándose de la hacienda.

8

Don Enrique volvió a pasearse una vez más por la salita, con las manos cruzadas a la espalda.

—¡Por Dios, abuelo! ¿Quieres sentarte? Me estás poniendo nervioso.

El aludido regaló una mira furibunda a su nieto.

—¿No tienes sangre en las venas, condenado?

—Por favor, no seas pesado.

—¡Ese bandolero ha vuelto a asaltar la hacienda de don Gonzalo! —tronó la voz del viejo.

Carlos suspiró. Desde que su abuelo llegara a Los Moriscos no había dejado de darle la tabarra con el último ataque de Lobo a la casa de don Gonzalo Torres. Había intentado tomarse la cosa con calma, pero empezaba a estar harto.

—No es nuestro problema, viejo. No es *mi* problema.

—¡Sí que lo es! ¡Cualquier conflicto que ocurra en esta comunidad lo es!

—¡Por los dientes de Satanás! —estalló el joven—. ¡Me importa un comino que la hacienda de ese cerdo egoísta sea desvalijada hasta los cimientos! No es ni más ni menos que lo que se está buscando. Por mí, como si

Lobo acaba quemándola. Debería sentirse agradecido de que aún no le hayan volado los sesos, que es lo que se merece.

Las blancas cejas de don Enrique formaron un arco perfecto. Frenó sus largas zancadas y se le quedó mirando fijamente. Carlos se masajeó las sienes, irritado aún pero contrito por haber perdido los estribos. No le gustaba discutir con su abuelo.

—Lo siento —dijo—, pero es que a veces me sacas de mis casillas. Parece que te importa mucho si ese forajido le crea complicaciones al juez.

—Me importa. Claro que me importa. Porque ese hombre es un cabrón sin entrañas y tomará represalias con los campesinos, muchacho —repuso en tono más calmado don Enrique.

Carlos se irguió como si le hubiesen clavado alfileres en el trasero.

—No se atreverá —susurró, entrecerrando los ojos.

—No lo conoces. Lo hará. Por descontado que sí. Va a aplicar los nuevos impuestos nos guste o no. Impuestos que, como casi siempre, irán a parar a sus bolsillos y a los de sus amigos, en lugar de hacerlo a las arcas del bien común. Nada ni nadie va a poder remediarlo.

—Y es muy posible que Lobo acabe rebanándole el cuello —argumentó Carlos, cargado de bilis.

Don Enrique escuchó la velada amenaza y algo se le encogió en el estómago.

—Se diría que conoces cómo piensa ese forajido.

—Es lo que yo haría.

—¿Matar al juez?

—Lo está pidiendo a gritos. Si yo estuviera en el lugar de Lobo...

El anciano se echó a reír de pronto y Carlos frunció el ceño. ¿Qué le divertía ahora a su abuelo?

—La verdad, hijo, no te veo cabalgando por las montañas y viviendo en una cueva. Eres demasiado sibarita y te gusta la comodidad.

—Sí, ¿verdad? —sonrió el joven, siguiendo la chanza del comentario. Le dolía tenerle que ocultar las cosas, vivir una mentira, pero no podía arriesgarse. Le quería demasiado para hacerle partícipe de sus andanzas. Dejó la copa que tenía entre los dedos y se levantó—. Bien, si me disculpas... He quedado en recoger a la sobrina de don Gonzalo y llevarla a ver una pelea de gallos.

Don Enrique le siguió fuera del salón moviendo la cabeza.

—Me tiene intrigado ese repentino interés tuyo por la muchacha. Desde que has llegado, pareces ansioso por hacerte agradable a ella.

—Es bastante bonita —admitió Carlos, aceptando la capa que le entregaba Pascual, siempre a su lado cuando hacía falta, como una sombra.

—Pero es la sobrina del juez. Y a él le odias a todas luces. Sí, sí, ya sé que tratas de disimularlo delante de él, pero a mí no puedes engañarme.

El marqués de Abejo sonrió con cinismo. Si él supiera...

—Los cerdos huelen mal, abuelo, pero sus jamones son exquisitos.

Don Enrique estalló en carcajadas mientras les veía alejarse.

Gonzalo Torres salió a recibirle en persona. Su rostro estaba aún desfigurado por la rabia del asalto sufrido hacía dos noches, pero se mostró comedido y estrechó la mano del joven con una sonrisa tirante en los labios.

—Mi sobrina bajará en un momento, señor marqués.

—¿Se encuentra usted bien, don Gonzalo? —le preguntó Carlos con todo el descaro de que era capaz.

—No. La verdad es que no. ¡Maldita sea, no! —estalló—. ¡Cómo puedo encontrarme bien después de... después de...!

—Cálmese, por Dios, está usted a punto de sufrir un ataque. —Palmeó su espalda amistosamente, intentando disimular una sonrisa—. A fin de cuentas, debemos dar gracias de que no hubo daños personales.

Don Gonzalo le miró como si desease matarlo. Respiró hondo para calmarse y sentenció:

—Cuando le ponga las manos encima a ese mal nacido, va a desear no haber venido a este mundo, señor de Maqueda. Lo juro.

—No lo dudo. ¡Oh! Aquí está *mademoiselle* —exclamó con un tono impersonal, acercándose a la joven que bajaba las escaleras—. Es usted como un sueño, querida.

Ella sonrió, agradeciendo el cumplido. Lo cierto era que se había acicalado con esmero, hasta el punto de volver casi loca a Claire con el peinado. Quería estar radiante para el marqués. Pero no le había sido fácil presentarse radiante tras llevar dos noches durmiendo mal, asaltada por el recuerdo de los forajidos. Afortunadamente, su criada había conseguido un milagro con paños fríos en sus ojeras y agua de rosas. A pesar de sus esfuerzos por aparentar tranquilidad, a Carlos no le pasó inadvertida su zozobra.

—Gracias —le dijo.

—Parecéis cansada, *mademoiselle* de Clermont.

—No es nada. Una noche de sueño intranquilo.

—Si no os encontráis con ganas podemos dejar...

—¡No, por favor! —se apresuró a rebatir ella—. Me encantaría ir a esa pelea de gallos, jamás he visto una.

—No es espectáculo para una dama —protestó su tío, sin disimular su molestia.

—Vamos, don Gonzalo —dijo Carlos con íntimo regocijo—. Ya no estamos en el siglo quince y las damas también tienen derecho a divertirse. Le prometo que cuidaré de su sobrina como si se tratara de mi propia persona.

Michelle clavó los ojos en él. Desde luego, si llevaba a cabo su promesa, ella estaría en buenas manos, porque a nadie podía caber duda de que el marqués de Abejo mimaba su apariencia. El traje que llevaba le quedaba como un guante, la camisa estaba inmaculada, la corbata correctamente anudada. Carlos de Maqueda y Suelves era un hombre en el que costaba trabajo no fijarse. Además, hacía constante gala de caballerosidad, era sumamente atractivo y, por si fuera poco, tenía fortuna. Tal vez por eso, por su heredad, su tío no había puesto ni una sola pega y aceptaba de muy buen grado el galanteo del joven hacia ella.

Michelle ladeó graciosamente la cabeza y animó:

—Cuando quiera, *monsieur*.

Carlos le ofreció su brazo, se despidieron del juez y salieron de la casa seguidos por Claire. Fuera, les esperaba un soberbio carruaje. Michelle agradeció su ayuda para ascender a la cabina y Carlos aguardó a que ella se instalara antes de ofrecer la mano a la criada de la muchacha. No iba a negar que le molestaba la presencia de Claire, hubiese preferido que viajaran a solas, pero ninguna dama que se preciara podía ir sin una carabina, era algo con lo que debería transigir.

Don Gonzalo les vio partir con una mueca de disgusto en los labios. Apreciaba, hasta donde era conveniente a sus intereses, su buena relación con don Enrique de Maqueda, y era consciente de que eso conllevaba tener que soportar al nieto. Pero no comulgaba con el joven. Había algo en él que le desagradaba profundamente. Sin embargo, no podía oponerse al coqueteo descarado que había emprendido con Michelle desde que la conociese. Por otro lado, si la muchacha conseguía pescar a aquel petimetre, a él le sería mucho más fácil conseguir influencias y hacerse con la hacienda de Cataluña. Al marqués de Abejo no le importaría una tierra heredada por su esposa cuando tenía tantas. Porque tenía muy claro que la hacienda de Adriana pasaría a manos de Michelle y, por consiguiente, a las suyas. La falta de noticias de Adriana y su esposo francés no hacían más que confirmar que habían muerto. Tal circunstancia no le quitaba el sueño, muy al contrario; saber que su hermana y aquel franchute con el que se casó habían pasado a mejor vida, le beneficiaba. Y él necesitaba hacerse con esa hacienda imperiosamente. Lo múltiples negocios que quería llevar a cabo con don Íñigo y don Manuel exigían tener repleta la bolsa.

9

—¡Han cazado a Anselmo! —anunció Pascual entrando en la sala como un basilisco.

Carlos no pudo remediar que el cuchillo produjera un chirrido desagradable al resbalar en el plato.

—¡Por todos los infiernos! Cualquier día de estos vas a provocarme un infarto. Siéntate y cuenta qué ha sucedido.

Así lo hizo Pascual, asombrado al ver que el joven continuaba comiendo como si tal cosa. A veces se preguntaba cómo era posible que mantuviese la serenidad que a él se le evaporaba con una noticia de tal calibre.

—Lo han apresado. Y van a ahorcarle.

El de Maqueda elevó sus renegridas cejas. Viendo el rostro descompuesto de su hombre de confianza acabó por dejar los cubiertos y retiró el plato.

—¿Con qué cargos?

—Robo.

—¿Cuándo le han cogido?

—Hace unas horas.

—Entonces, ¿cómo van a ahorcarle? Antes deberán juzgarlo. Lo sacaremos, como hemos sacado a otros y...

—No habrá juicio —le cortó Pascual—. Parece que el juez ha prometido un escarmiento ejemplar. La sentencia ha sido dictada a puerta cerrada y la ejecución se llevará a cabo mañana al amanecer.

Por los ojos oscuros del marqués atravesó un relámpago de cólera. Pero ni siquiera así perdió la compostura, se limitó a recostarse en la silla y clavar la mirada en el otro.

—¿Dónde te has enterado de todo eso?

—En la plaza, junto a la catedral.

Carlos se tomó su tiempo para pensar. Luego, se incorporó de golpe y las patas de la silla produjeron un quejido desagradable en las baldosas.

—Ni siquiera ese desgraciado de Torres puede ahorcar a un hombre sin un juicio justo.

—Los paisanos dicen que Anselmo ha declarado su culpabilidad.

—¿Ha sido torturado?

Pascual se encogió de hombros. ¿Qué otra cosa se podía suponer, sino que le habían sacado la confesión a golpes? Los dos conocían las malas artes del juez. Tenían que actuar sin dilación si querían salvar a Anselmo y por la mirada de su jefe supo que así se haría. Porque el hombre que tenía ante él ya no tenía el semblante de un aristócrata. Ahora quien le miraba era, simplemente, Lobo.

—Reúne a los demás. Aquí. En una hora —ordenó Carlos—. Si don Gonzalo quiere guerra, ¡por Cristo que la va a tener!

Cosme se entretenía haciendo y deshaciendo un nudo en una cuerda, Silvino liaba un pitillo, Zoilo jugueteaba con su faca de grandes dimensiones, Pascual revisaba una pistola.

Cuando Lobo entró, los cuatro se pusieron en pie a un tiempo.

Se habían saltado la principal norma que siempre seguían cuando eran convocados: la prudencia. No había tiempo que perder. Habitualmente se reunían en la cabaña del bosque o, todo lo más, en casa de Silvino, a las afueras de la villa. Sin embargo, Carlos no había querido perder un segundo, por eso estaban allí, en la hacienda de Los Moriscos.

Carlos no miró a ninguno de ellos mientras atravesaba el cuarto. Se paró frente a un arcón situado bajo una de las ventanas, lo abrió, pulsó el resorte que daba acceso a un compartimiento secreto, sacó un par de pistolas y las examinó.

—¿Hay novedades en la custodia de la prisión? —preguntó cuando se las había enfundado en la cinturilla del pantalón.

—Han doblado la vigilancia —le informó Cosme—. En esta ocasión, el juez no desea que el pájaro se le escape. Diez guardias vigilan como azores. Cinco, fuera del recinto; tres en el sótano y dos más dentro de la celda donde se encuentra Anselmo.

Carlos apretó las mandíbulas hasta que le dolieron. Aparentaba calma, pero echaba chispas de indignación. Anselmo era uno de sus mejores hombres, aunque no formaba parte de su camarilla particular. Siempre fiel y dispuesto a todo. No podía dejar que colgase de una soga, cuando había arriesgado su vida tantas veces. Además, tenía una familia que, por cortesía de Torres, se veía obligada a vivir en las cuevas de las montañas.

—Volaremos el muro sur.

Zoilo negaba con la cabeza.

—Los soldados tienen orden de disparar contra Anselmo al menor intento de asalto a la prisión. Volar el muro sería tanto como sentenciarlo.

—¡Hijo de puta! —bramó el marqués.

La culpa era suya, se dijo. Anselmo ya no era un hombre joven y él debería haber previsto que, cualquier día, podía caer en las garras de don Gonzalo. Tendría que haberle obligado a retirarse hacía tiempo, pero él había insistido en seguir en la lucha, asistido por ese estúpido orgullo de pagar, de ese modo, todo cuanto habían hecho por él y por su familia. Había reclamado su derecho a jugarse la vida y ahora estaba a un paso de perderla. Las cosas se ponían feas. No solo para Anselmo, sino para todos. ¿Quién les decía que el prisionero no había delatado su posición en las montañas? No era probable, pero sí posible.

—Vamos a sacarlo de la cárcel —prometió.

—No hablará —dijo Zoilo, como si acabara de leerle el pensamiento.

—Toda persona tiene un límite, y ya sabemos cómo las gasta el juez. Ninguno de nosotros puede jurar que mantendría la boca cerrada estando en manos de ese cabrón.

—Anselmo no lo haría nunca —insistió Cosme—, estoy seguro. Su familia estaría también en peligro si revela la situación del campamento.

—Con eso contamos. Pero no podemos arriesgarnos, la vida y la seguridad de muchos depende de que lo saquemos antes de que pueda hablar.

—¿Cómo lo haremos? Cualquier acercamiento a la prisión puede significar su ejecución inmediata.

Carlos guardó silencio durante un momento. Luego, se acercó a la ventana, apoyó el hombro en el muro y dejó que sus ojos vagaran por el exterior. Cuando se volvió hacia sus hombres, llevaba la decisión pintada en la cara.

—Si nosotros no podemos sacar a Anselmo de la prisión, será el propio don Gonzalo quien nos lo entregue.

Sus seguidores intercambiaron miradas de incomprensión.

—No le seguimos, jefe —dijo Silvino.

—Ya lo entenderéis. —Volvió a guardar las pistolas en el arcón—. Ahora, tengo cosas que hacer, muchachos. Mi abuelo y yo estamos citados en la hacienda de don Gonzalo para comer y no puedo faltar a esa cita. Nos volveremos a ver a las diez de la noche, junto al olmo viejo.

—Pero, señor, ¿cómo...? —protestó Zoilo.

Carlos lo hizo callar con un gesto.

—Tened a punto vuestras armas para esta noche. Y tú, Silvino, llégate hasta el campamento y dile a la mujer de Anselmo que mañana, lo más tarde al anochecer, tendrá de vuelta a su esposo.

Asintieron sus leales, aunque en sus caras se notaba el desconcierto. Salieron de la casa como solían hacerlo cuando se reunían: de uno en uno a intervalos de cinco minutos.

Pascual había mantenido un mutismo casi total durante la reunión. Carlos, conociéndole, esperaba su pregunta. No le defraudó.

—¿Cómo vamos a hacerlo, señor?

—Tomando algo que él tiene, amigo mío. *Mademoiselle* Michelle de Clermont, Pascual. ¿Entiendes ahora?

—¿Pensáis raptar a la sobrina de don Gonzalo?

—Ni más ni menos.

A Pascual no le sorprendió su respuesta.

—¿Esta noche?

—En su misma cama —aseguró Carlos.

—A mí me parece que al juez le importa muy poco esa muchacha. Es muy posible que no ceda ante el chantaje, su desaparición significaría quitarse un peso de encima.

—No te equivocas en cuanto a que Torres está falto de amor familiar hacia Michelle. Pero sí te confundes en otra cosa: ella es la única heredera de Adriana Torres, su hermana. Por lo que he podido saber, aún no han recibido noticias de ella y de su esposo. No saben si pudieron escapar de Francia. Y en el caso de que sigan vivos, permitir que maten a la joven no es buena carta de presentación ante ellos si aparecen en España. Tampoco lo sería de cara a los habitantes de la villa, debe guardar las apariencias.

—Esa supuesta herencia de Adriana Torres ¿es importante?

—Lo suficiente como para que el juez quiera hincarle el diente: una hermosa finca en la costa catalana. Si se confirma que Adriana ha muerto, pasaría a manos de Michelle.

—Razón de más para que quiera que la chica desaparezca. Si la raptamos, le estaremos poniendo esa finca en bandeja de plata.

—Ni mucho menos. Piensa un poco, Pascual. Don Gonzalo es un cerdo, pero no un imbécil. Si Lobo y sus hombres raptan a su sobrina y exigen la liberación de Anselmo a cambio de la joven, no podrá hacer otra cosa que dejar en libertad al prisionero. ¿Qué pensaría el pueblo si decide no pactar y su sobrina muriese? Los rumores de que lo habría hecho adrede para quedarse con las propiedades de la muchacha, correrían como la pólvora. Y eso no le conviene. Hasta Lucientes y Reviños le negarían su apoyo.

—¿Cuándo le ha preocupado a ese desgraciado lo que piense la gente?

—Nunca. Pero sí le importa tener como socios a esas otras dos alimañas. Romper con ellos puede significarle la ruina, por lo tanto, no se puede arriesgar.

—Sois vos el que os estáis arriesgando, señor, si se me permite decirlo. Porque... supongamos que el juez no piensa igual, que no cede a nuestro chantaje. ¿Qué pasará entonces con la muchacha?

En la mejilla de Carlos se contrajo un músculo. Sí, se estaba arriesgando en sus conjeturas, lo reconocía. Pero no le quedaba otra solución. ¿Qué pasaría con *mademoiselle* de Clermont si su tío no la canjeaba por Anselmo? Eso ya lo vería más adelante, si se planteaba.

—Paso a paso —contestó—. Paso a paso, Pascual.

—Entonces, no hay más que hablar, ¿verdad?

—No lo hay. ¿Estás conmigo?

Pascual se encogió de hombros y hasta se permitió una media sonrisa.

—Siempre es un placer joder a don Gonzalo Torres —dijo.

10

Michelle se levantó el cabello para permitir que Claire le desabotonase el vestido. Luego, siguiendo la costumbre, se sentó en el tocador para que la otra llevara a cabo el cepillado de cada noche.

—Señora, ¿creéis lo que ha contado ese caballero?

Michelle estalló sin previo aviso en carcajadas, contagiando su diversión a Claire, que hubo de sentarse en el borde de la cama con los ojos inundados por lágrimas de risa.

No era para menos. El invitado que había compartido ese día la mesa de su tío, junto a don Enrique y su nieto, era un tipo esmirriado llegado desde Guadalajara. Apenas medía metro cincuenta y lucía una ridícula perilla canosa y un mostacho de proporciones considerables que le conferían un aspecto cómico. Pero no podían negar que tenía una inventiva increíble. Claire podía dar fe de ello porque había ayudado sirviendo la comida.

—¡Ay! —gimió, llevándose la mano al estómago—. ¡*Mon Dieu*, señora! Decir que él solo puso en fuga a cuatro... a cuatro... —Tuvo otro acceso de risa—. La cara del marqués de Abejo fue todo un poema.

Las carcajadas de ambas subieron de tono y Michelle acabó apoyando la frente en la coqueta, presa de un ataque de hilaridad.

Cuando pudieron calmarse, reanudaron lo que estaban haciendo aunque de vez en cuando se les volvía a escapar una risita.

—Acaba con el cepillado o no vamos a acostarnos en toda la noche.

Claire se tomó más interés pero, a través del espejo, Michelle la veía hacer esfuerzos para no echarse a reír.

—Lo he pasado fatal intentando permanecer serena mientras nos relataba su historia.

—Y yo no sabía si entrar o salir cuando les llevé las bebidas y asistí a tal cúmulo de idioteces —confesó Claire.

—¡Qué imaginación la de ese hombre! ¿Lo ves consiguiendo que cuatro salteadores salieran corriendo?

—Cuatro gatos, es posible.

Regresaron las risas sin control y Claire, viendo que no les iba a ser posible terminar con el cabello, dio por finalizado su trabajo. Michelle se levantó, se quitó la ropa interior y se puso el camisón que la otra le entregaba. Se miró al espejo y pasó las manos por la suave tela. No podía quejarse de su tío en ese sentido, la prenda era una maravilla de última moda. Se metió en el lecho, dejó que su criada la arropase hasta el cuello y dijo:

—Gracias por ser mi amiga, Claire.

—Buenas noches, señora.

La criada apagó las velas de los candelabros y salió para dirigirse a su cuarto en la planta baja.

Una vez a solas, Michelle sacó los brazos. Nunca había podido dormir tapada hasta la barbilla, pero Claire se empecinaba en cubrirla cada noche, siempre pendiente de que no pillase un resfriado. Insistía una y otra vez en que las noches en Soria eran demasiado frías.

En el duermevela que precede al sueño, regresó a su cabeza la imagen de Lobo. A sus labios acudió algo parecido a un bufido de irritación, dio media vuelta en el lecho y trató de conciliar el sueño. Pero aquellos ojos oscuros la observaban como si los tuviera delante mismo. No podía olvidarlos. Ardientes y calculadores, le habían parecido dos pozos sin fondo. Cada vez que se le venían a la mente, la extraña sensación de haberlos visto antes la embargaba.

No fue consciente de que justo en ese instante, aquellos ojos estaban clavados en ella.

Michelle buscó mejor posición en la cama. De repente, se sentía intranquila porque rememoraba el beso que Lobo le había dado. Se le erizó la piel y sus pezones pugnaron incontrolados contra la tela del camisón. Quería olvidarlo, pero le resultaba imposible borrar la maravillosa sensación del calor de su boca a través del pañuelo. Se negaba a dejar volar su imaginación ante la posibilidad de haberlo besado sin la tela de por medio. Y se sublevaba ante el descaro del forajido. Además, ese beso había significado convertirse en la comidilla de todo Burgo de Osma porque, como no podía ser menos, la cacatúa de doña Laura y la mofletuda de doña Esperanza se habían encargado de contar lo sucedido a los cuatro vientos. Menos mal que, acaso para reforzar su historia, que no su valentía, también narraron a quien quería escucharlas que le había cruzado la cara a Lobo. Así que, además de estar en boca de todos, se había convertido en una celebridad entre las damas.

Michelle acabó por sentarse, malhumorada por la imposibilidad de poder conciliar el sueño.

Al otro lado de la ventana, un rostro cubierto con un pañuelo negro se ocultó con premura entre las sombras, pero sin dejar de observar cada uno de sus movimientos.

Lobo esperó pacientemente, encaramado a más de cuatro metros del suelo, a que la joven bebiese un poco de agua, golpease los almohadones como si fuesen sus enemigos y se dejase caer de nuevo sobre ellos.

Aguardó hasta constatar que se quedaba inmóvil. Hizo entonces una seña a Pascual, que le esperaba abajo, introdujo el filo de un cuchillo entre las hojas de la ventana y la abrió silenciosamente. Como un gato, saltó al interior del cuarto. Se quedó allí, agazapado bajo la ventana, notando los latidos del corazón bombearle en los oídos. La muchacha no dio señales de haberse despertado. Se irguió un momento después, atravesó la habitación y se acercó al lecho conteniendo la respiración. Michelle dormía plácidamente.

La luz de la luna le proporcionaba la suficiente claridad para poder distinguir los contornos del cuarto y a la muchacha. Su cabello, como el oro, resplandecía bajo la claridad del satélite, extendido sobre los almohadones. Se quedó prendado de las curvas que formaba su cuerpo bajo las ropas de cama.

Durante minutos, Lobo no hizo otra cosa que mirar su rostro, como si quisiera grabarlo en su memoria: pestañas largas, ligeramente más oscuras que su cabello, nariz un poco respingona, labios carnosos... Tragó saliva sintiendo que su cuerpo respondía sin proponérselo.

Lamentaba tener que involucrar a la muchacha. Deploraba también lo que iba a hacer, pero no podía arriesgarse a que ella gritase y acudiesen los guardias que custodiaban la casa del juez.

Abajo, en el jardín, Pascual imitó el grito de la lechuza y Lobo parpadeó, volviendo a la realidad.

Se inclinó sobre el lecho, puso una rodilla en el colchón y alargó los brazos hacia ella.

Michelle gimió en sueños, se ladeó y quedó de cara a la ventana. A él se le paró el corazón. Un suave perfume floral invadió sus sentidos. Paralizado, notó el calor de su aliento en la mejilla y le invadieron unas ganas locas de besarla.

Pascual volvió a llamar su atención recordándole que aguardaba.

Los dedos masculinos se enredaron en una hebra de cabello dorado, suave como la seda. Con mucho cuidado para no despertarla, paseó la yema de uno por la delicada piel de su rostro. Tenía los músculos tensos y un fuego que hacía mucho no sentía comenzaba a calentarle las entrañas.

De repente, Michelle abrió los ojos. Y se quedó helada, igual que él. El sobresalto solo le duró unos segundos. Un instante en el que ambas miradas se fundieron. Luego, ella parpadeó, como el que sale de un trance. Se dio cuenta de que no soñaba, realmente tenía a un hombre, cuyo rostro se cubría con un pañuelo oscuro, inclinado sobre ella. Abrió la boca para lanzar un grito que nunca llegó a sus labios, pues la mano masculina lo silenció.

Michelle se debatió, lo empujó, intentó escapar, mordió la mano que la ahogaba...

Lobo no quería lastimarla, pero ella se había convertido en una fiera y empezaba a costarle trabajo mantenerla callada. Apretó más su boca, tapando a la vez sus fosas nasales. Los ojos de Michelle se agrandaron, aterrados, cuando comenzó a notar que le faltaba el aire. Se revolvió con más ímpetu si cabía. Sus pulmones pedían oxígeno a gritos, la estaban ahogando. No supo cuándo perdió el conocimiento.

Lobo buscó el pulso en su carótida. Todo estaba bien, solamente se había desmayado. La tomó en brazos, la envolvió con la colcha y la dejó en el suelo. Hizo trizas la sábana para inmovilizarla de manos y pies y se acercó a la ventana. Desde abajo, le llegó la soga lanzada por Pascual. Sin dilación, ató esta alrededor del cuerpo de la muchacha pasándola por las axilas, la levantó y, con infinito cuidado, comenzó a dejar que el cuerpo resbalase por la fachada del edificio.

Abajo, Pascual le hacía señas para que apremiara.

Lobo no se apresuró. Si la cuerda se le escapaba de las manos Michelle caería. Soltó la soga cuando vio que Pascual tomaba a la muchacha en brazos. Luego, saltó al vacío, cayó sobre el césped sin ruido, flexionó las piernas para rodar por el suelo y acto seguido se puso en pie. Arrebató la muchacha a Pascual y ambos corrieron hacia el muro. Pasar al otro lado no les supuso mayor problema a pesar de su preciada carga.

Lobo colocó a Michelle sobre su caballo, montó, la arropó entre sus brazos y taconeó los flancos del animal para alejarse de la hacienda.

11

Gonzalo Torres, desesperado, sacudió una patada rabiosa a la butaca y después barrió todo cuanto había sobre la mesa, ante la atónita mirada del criado que acababa de entregarle la nota y aguardaba sus órdenes, temeroso por haberlo despertado. Pero la nota era lo suficientemente importante como para haberlo hecho, tras comprobar que era cierto lo que decía.

El juez estaba despeinado, en camisón, pero desde luego no estaba dormido. Como tampoco lo estaba ya el resto de la casa tras sus gritos de cólera.

—¿Quién la ha traído? —preguntó con un nuevo alarido.

—No lo sé, señor. Llamaron a la puerta de la cocina con insistencia, hasta que me despertaron. Me levanté y fui a abrir. Y allí estaba, clavada en la madera.

El juez agitó el papel en el aire. Sus maldiciones habían conseguido alertar a la servidumbre y a sus guardias, que habían entrado presurosos en el despacho.

—¡Malditos imbéciles! —tronó la voz de don Gonzalo dirigiéndose directamente a ellos—. ¡Me gustaría saber para que os pago! ¡En mis narices! ¡Lo ha hecho en mis propias narices y en las vuestras, atajo de cretinos!

Claire hizo acto de presencia con los ojos dilatados por el pánico, retorciéndose las manos, confirmando lo que ya habían comprobado.

—¡No está, *monsieur*! —dijo entre hipos, extraviada su mirada—. ¡*Mademoiselle* Michelle no está en ninguna parte de la casa!

—¡Salid a buscarla, mentecatos! ¿A qué esperáis? ¡Mi sobrina ha sido raptada por Lobo!

Si en la hacienda de Gonzalo Torres se había desatado un huracán, la prisión se convirtió en un caos poco después.

El juez se personó en plena noche y entró como un torbellino en la celda del prisionero.

Anselmo se espabiló del todo cuando le alcanzó una terrible patada en el costado. Antes de poder incorporarse, uno de los guardias lo agarró salvajemente del cabello arrastrándolo fuera del jergón. Fue zarandeado, insultado y vuelto a golpear. Agotado física y mentalmente, no pudo hacer otra cosa que pensar que le había llegado su hora. Sin embargo, estaba lejos de morir esa noche. Lo supo cuando el mismísimo don Gonzalo le dijo:

—Lobo ha raptado a mi sobrina y exige tu libertad a cambio de su vida.

Anselmo Rueda tragó saliva trabajosamente y se le quedó mirando sin acabar de comprender. La noticia lo dejó perplejo. Esperaba que Lobo hiciese algo para librarle de la horca, pero no lo que acababa de escuchar. De todos modos, el rostro congestionado del juez le hizo temer si no le mataría allí mismo y en ese instante.

—¡Sacad de aquí a este perro! —ordenó don Gonzalo.

Anselmo ahogó un gemido cuando abrieron los grilletes que lo mantenían sujeto al muro, lacerándole más la carne. Lo empujaron sin miramientos fuera de la celda y le hicieron atravesar el patio a patadas. Pero para su total asombro, poco después estaba en la calle.

—¡Lárgate de una vez o no respondo! —escuchó la biliosa voz del juez a sus espaldas.

Anselmo no se atrevía a moverse. ¿Y si daba un paso y lo baleaban por la espalda? ¿Y si todo era una burla? Su pasividad le costó un culatazo en los riñones que le hizo gritar y caer de rodillas.

—¡¡Fuera!! Y cuando veas a ese desgraciado hijo de perra, dile que ya ajustaremos cuentas. Acabará bailando de una soga, y tú con él.

Anselmo se incorporó apretando los dientes para soportar el dolor. Lo habían torturado a conciencia. La rabia con la que hablaba el juez le confirmaba que las tornas se habían cambiado para él, que era cierto que lo ponían en libertad. De momento, el fantasma de la horca se alejaba. Pensó en su esposa y en sus hijos y su único anhelo fue volver a reunirse con ellos. Pero no era estúpido. Podía ser un ignorante, pero no un descerebrado y sabía que debería esperar. No podía ir directamente a las montañas porque muy bien el juez podría mandar que lo siguieran.

Comenzó a alejarse despacio de la prisión, sin acabar de tenerlas todas consigo, con el cuerpo dolorido pero la esperanza abriéndose paso en su alma, encaminándose hacia la posada.

Gonzalo Torres le vio alejarse con las mandíbulas y los puños apretados. De buena gana hubiese mandado que le dieran muerte, pero no le quedaba más remedio que esperar, calmarse y analizar fríamente la situación en la que

Lobo acababa de ponerle. No podía hacer otra cosa que acatar las órdenes recibidas en la nota porque, de no hacerlo así, Michelle le sería entregada envuelta en una manta, lista para ser enterrada. No podía permitirse tal desliz, por mucho que le hubiera gustado deshacerse de una vez por todas de la muchacha.

Haber sido burlado una vez más por el forajido le provocaba dolor de estómago. No sentía el menor apego por la muchacha, pero ella debía regresar sana y salva a la hacienda. Forzosamente debía guardar las apariencias, al menos hasta que se pudiera confirmar la muerte de Adriana y Phillip. Debía comportarse como el familiar preocupado por la suerte de su amadísima sobrina, y lo haría.

Con una nueva blasfemia en los labios subió al carruaje, imaginando lo que le haría a Lobo cuando cayese en sus manos. Iba a hacerle pagar, una a una, cada afrenta. Mandaría que le arrancaran la piel a tiras, o mejor, se la arrancaría él mismo con un látigo de nueve colas; le sacaría los ojos, le cortaría las pelotas, le... Aquello no había terminado. Ni mucho menos. Tarde o temprano acabaría por pillarle desprevenido y entonces se tomaría venganza.

El escarnio para Gonzalo Torres, sin embargo, no quedó ahí.

Los guardias habían revisado casa por casa, granero por granero, en una búsqueda infructuosa de la joven. A don Gonzalo ya no le cabía duda de que ella se encontraba en poder de los bandoleros. Pasaron la noche en vela y el amanecer les encontró en la puerta de la catedral, donde según la nota recibida, les sería entregada Michelle. Pero lo único que encontraron allí fue un pergamino clavado en la puerta, que don Gonzalo deslió con prisas. Se le avinagró el semblante al leerlo y le sobrevino un nuevo acceso de cólera.

—Mi sobrina será retenida unos días —les dijo con el rostro como la cera a los hombres que le acompañaban—, hasta que comprueben que no se tomarán represalias contra Anselmo Rueda. Exigen además una cantidad de dinero que deberá ser entregado al asilo de huérfanos. ¡Por los dientes de Satanás!

Para Gonzalo Torres el requerimiento suponía una doble humillación, pero Lobo le tenía bien agarrado. Se tragó la bilis y regresó a su hacienda, rumiando su mala fortuna e ideando mil torturas para Lobo, para hacer lo que le pedían.

Aunque intentó calmarse, seguía fuera de sí cuando, aquella misma tarde, recibió la visita de don Enrique y del marqués de Abejo. La noticia del secuestro y la puesta en libertad de Anselmo había llegado a conocimiento de todos y, en cada rincón de la villa, se formaban corrillos comentando los inquietantes sucesos de la noche anterior. A pesar de todo, el juez no olvidó los buenos modos y ofreció asiento y una copa a los recién llegados.

—Si podemos ayudar en algo, don Gonzalo —se ofreció Carlos, con cara de circunstancias—. Ya sabe que puede contar con nosotros. No tengo que decirle que he tomado un afecto muy especial a su sobrina.

—¡Entonces podría usted soltar ese dinero! —bramó el juez, sin poder contenerse.

—¿Perdón?

A Torres se le subieron los colores por su irreflexiva respuesta. Carraspeó, incómodo por su aparatosa salida de tono, se alisó la levita y se removió en la butaca como si estuviera sentado sobre pinchos. Acababa de quedar ante los de Maqueda como un mezquino y no veía modo de arreglar su falta de tacto. Abuelo y nieto le miraban asombrados y mudos.

—Quiero decir, señor marqués —rectificó—, que ese maldito demonio no va a parar aquí. Con seguridad después pedirá más dinero. He entregado lo que exigía en el asilo, pero si este chantaje continúa... No soy un hombre rico y temo por la vida de mi sobrina —acabó por decir poniendo gesto compungido.

—No se sulfure —intentó calmarle Carlos—. Usted ha cumplido. Seguramente Lobo hará otro tanto.

—Usted no le conoce como yo.

—Solo sé lo que se rumorea por ahí. No estoy acostumbrado, como usted, a tratar con según qué tipo de gente.

—Estoy seguro de que esas pobres criaturas del orfelinato no verán una moneda —protestó el juez, como si el hecho en sí le importara de veras.

¿Pobres criaturas?, se preguntó Carlos. Hubo de hacer un esfuerzo para no soltar un resoplido. ¿Desde cuándo aquel desgraciado se preocupaba por los huérfanos? Se le iban y venían las ganas de levantarse y dejarle con la palabra en la boca o, lo que le apetecía más: ahogarlo, pero tenía que ceñirse al plan establecido y no podía delatar su inquina hacia él.

—¿Por qué piensa eso, don Gonzalo?

—¿Qué otra cosa puedo pensar? Posiblemente el que administra el asilo esté de acuerdo con Lobo. No puedo fiarme de nadie, tiene adictos hasta en el infierno.

—Carmelo Ruiz es una persona honrada —defendió el joven—. Que yo sepa, jamás se ha quedado con un céntimo del dinero destinado a sus huérfanos.

—Me parece que usted, señor marqués, no está muy al tanto de esta guerra.

—Si usted lo dice...

El que no acababa de tener muy claro lo que estaba ocurriendo era don Enrique. Observaba de reojo a su nieto sin comprender su actitud. ¿Se estaba burlando del juez? ¿Le importaba realmente Michelle de Clermont, como decía? Mirando su pose tranquila dudaba que así fuera. No parecía en absoluto afectado. Se preguntó si su falta de motivación era auténtica o solamente se trataba de una fachada. Y si era así, ¿por qué?

—Bien —dijo Carlos, acabándose su copa—. Ya sabe que tengo algunos hombres trabajando en Los Moriscos. No son exactamente lo que se puede llamar gentes de armas, pero si es necesario tendré mucho gusto en ponerlos a su servicio.

Gonzalo se encogió de hombros. Si sus guardias no habían podido hacer nada, ¿qué iban a aportar unos cuantos destripaterrones?

—Gracias —dijo de todos modos—. Lo tendré en cuenta.

—Y otra cosa. Si vuestra solvencia no puede hacer frente a las exigencias de ese forajido... —exudaba tal cinismo que don Enrique enarcó las cejas—, bueno, quiero decir que si pide más rescate por vuestra sobrina, estoy dispuesto a colaborar. Mis intenciones para *mademoiselle* de Clermont son del todo serias.

El inesperado ofrecimiento acaparó todo el interés del juez. ¿Así que aquel lechuguino estaba tan interesado en la muchacha que hasta podría aligerar su bolsa? Bueno era saberlo.

—Os lo agradezco —respondió.

—Por favor, manténgame informado de cualquier novedad.

—Lo haré, no le quepa duda. Y ahora, caballeros, les ruego que me disculpen. Mi cargo me obliga a dejar a un lado mis problemas personales para ocuparme del bienestar de la villa.

Carlos consiguió permanecer estoico y se levantó.

—Cualquier cosa, ya sabe... —volvió a ofrecer.

Don Gonzalo les acompañó hasta la puerta, prometió enviarles aviso si había noticias y tanto don Enrique como Carlos mantuvieron un espeso e incómodo silencio cuando el carruaje arrancó en dirección a La Alameda.

Carlos era consciente de la mirada observadora de su abuelo, pero no tenía ganas de entrar en conversación. Le había faltado poco para estrangular a don Gonzalo con su propia corbata y aún le duraba el enojo. Se dedicó a mirar por la ventanilla aunque, lejos de prestar atención al paisaje, su mente estaba ocupada en imaginar la cabeza de don Gonzalo ensartada en una pica y clavada en la puerta del presidio.

—¿De veras tienes intenciones serias con esa muchacha?

La pregunta de su abuelo le devolvió de golpe a la realidad. Adoptó una pose relajada y contestó:

—Me pareció que don Gonzalo estaba muy abatido y necesitaba ayuda. Pero no temas, viejo. Michelle de Clermont no me interesa en el sentido en que empiezas a figurarte. Eso sí, es lo suficientemente bonita para que le preste atención durante un tiempo y me agrada su compañía. No podía decirle eso a don Gonzalo ¿verdad?

—¿Prestarle atención para qué? ¿Para convertirla en tu amante? —le interrogó con acidez.

—¡No, por Dios! —Se echó a reír—. Si quiero una

amante puedo tenerla en Soria, abuelo. O en Madrid. Ese tipo de relaciones prefiero llevarlas en la intimidad y no aquí, donde todo acaba sabiéndose.

—Me gustaría que sentaras la cabeza, Dios sabe que lo pido cada noche. Deberías volver a casarte.

—No me interesa pasar por otro matrimonio, abuelo. —El gesto de Carlos se agrió.

—Olvida de una vez a Margarita. Lo que pasó...

—¡Margarita murió! —zanjó, fuera de sí—. Lo hizo para mí incluso antes de que su barco naufragara. Por favor, te ruego que dejes este asunto.

Don Enrique suspiró y se recostó en el asiento. Empezaban a dolerle los huesos cada vez que viajaba, ya no era joven y los continuos traqueteos del camino eran un suplicio. La molestia de su espalda contribuía muy poco a que su humor fuera bueno. Él tampoco quería sacar aquel espinoso tema a colación, pero ahora se trataba de Michelle de Clermont y no de la fallecida esposa de su nieto.

—Tus mariposeos alrededor de esa muchacha ya están dando que hablar, por si no lo sabes.

—¿A qué te refieres?

—A que a las lenguas las afila el diablo, como a los cuchillos, Carlos. Si no quieres verte involucrado en cotilleos, y hacer que ella esté en boca de todos, deja de comportarte con Michelle como un adulador pretendiente. Porque va a hablarse más de la cuenta cuando ella regrese... si es que regresa.

—Lo hará. ¿Qué interés puede tener Lobo en ella, salvo conseguir lo que ha exigido al juez?

—Eso no lo sabemos a ciencia cierta. Pero, sí, recemos para que la suelten. Y hasta es posible que vuelva a la villa impoluta, pero pocos o nadie lo creerá. Esa pobre muchacha ya tiene la reputación arruinada.

—¡Por Dios, abuelo! —Se irguió como si hubiera sido abofeteado.

—Tú conoces como yo lo que le gusta criticar a la gente, muchacho.

A Carlos le atacó la culpa y la furia a partes iguales. El anciano tenía razón: Michelle se convertiría en el centro de los cotilleos una vez que quedara en libertad. La gente se preocupaba mucho más de despellejar a los demás que de sus propias faltas. Por descontado que nadie creería, aunque lo jurase sobre la Biblia, que después de varios días retenida en el campamento de Lobo regresaba sin mácula. Pero lo que le sacaba de sus casillas era darse cuenta, escuchando a su abuelo, de que él sería el culpable de su caída. No se lo perdonaría nunca. Ni se lo perdonaría a don Gonzalo por haberle obligado a tomar medidas tan desastrosas. De no ser por él, no hubiera tenido que actuar con precipitación para salvar la vida de Anselmo.

Existía, además, otra cosa que le ponía furioso: desde que tomase a Michelle en brazos para sacarla de su cuarto, no había podido pensar en otra cosa que no fuera poseerla.

12

Cuando despertó no supo dónde se encontraba.

Una oscuridad total y densa la rodeaba. Recordó lo sucedido y se incorporó de golpe, a punto de gritar. Intentó atisbar a su alrededor pero no consiguió ver otra cosa que el contorno de lo que parecían muebles. Viéndose sola, se tranquilizó en parte.

Michelle no era una persona que se asustara fácilmente, así que se obligó a relajarse y, sin atreverse a mover ni un dedo, dejó que sus pupilas, poco a poco, se acostumbraran a la oscuridad. Al cabo de un momento, pudo distinguir mejor las formas y sí, lo que eran un par de muebles. Pero no tenía idea de dónde la habían llevado. Desde luego no se trataba de una casa, por mucho que hubiera despertado sobre una cama mullida.

Puso todo su empeño en escuchar algo. Ni un ruido. Nada salvo... ¿el canto de los grillos?

Aguardó hasta conseguir focalizar mejor lo que tenía enfrente. Una pared. O un muro. Tal vez estaba en una celda.

Recordó la sensación de pavor cuando vio a Lobo inclinado sobre ella. ¡Él había tenido la osadía de atacarla en su casa, en su propia cama, por el amor de Dios! Luego todo se había vuelto oscuro y era imposible saber lo que había sucedido. Pero al menos, seguía viva, se dijo para darse ánimos.

Se llevó la mano a la cabeza, donde un dolor sordo martilleaba. ¿Es que la habían golpeado? No recordaba absolutamente nada. Sin embargo, imágenes difusas de una mujer obligándola a beber algo comenzaron a asaltarla. ¿Había despertado y vuelto a desmayarse? ¿Por qué? Ella jamás había sido propensa a tontos desvanecimientos.

¿Dónde estaba? ¿Por qué la habían secuestrado? ¿Cuánto tiempo llevaba allí? ¿La habrían drogado?

—Demasiada preguntas —se contestó a sí misma en voz alta—. ¡Maldita sea!

Como si la hubieran escuchado, la débil claridad que irradiaba una antorcha apareció a su izquierda y se fue acercando, iluminando la estancia. Eso le confirmó lo que ya suponía. No estaba en una casa. Los muros eran de piedra, así que se encontraba en una cueva. Pero no en una simple gruta, sino en un reducto grande en el que advirtió ciertas comodidades: la cama amplia que ella ocupaba, un aparador, un armario, una mesa cuadrada y un par de butacas. Y lo que le sorprendió más: estanterías en las que había libros.

Dejó de interesarse por todo para centrar su atención en la persona que se acercaba. Las sombras se alargaban formando figuras fantasmales y, caminando tras el foco de luz, no distinguía si era hombre o mujer. ¿Tal vez la samaritana que le diera de beber? Algunos pasos y entonces supo que se trataba de un hombre. No constituía mucha defensa, pero Michelle pegó la espalda al cabecero de la cama y encogió las piernas en un acto reflejo de protección.

Lobo la observó, condenándose una vez más al ver su gesto de miedo. Colgó la antorcha en uno de los soportes del muro y, como si ella no estuviera allí, se quitó la chaqueta y la tiró sobre una de las butacas. Tomó asiento en la otra, se relajó y luego, sí, la miró con atención.

Michelle era incapaz de moverse. No podía ver el rostro de Lobo, cubierto de nuevo por un pañuelo oscuro, pero sí el brillo demoníaco de unos ojos que la observaban como los de un halcón. Su presencia la inquietaba y empezó a notar la boca seca como un estropajo. Le sobrevino un nuevo zumbido en la cabeza y se llevó una mano allí con una mueca de dolor.

—Lamento lo del golpe —escuchó la voz ruda de Lobo, que la hizo pegar un bote—. Uno de mis hombres calculó mal al entrar en la cueva. No fue intencionado.

Michelle parpadeó ante una disculpa que no esperaba. Y aunque la molestia no remitía, tranquilizaba saber que no la habían golpeado y solo se había tratado de un accidente fortuito.

—Ya es algo —farfulló.

—No tiene más que un pequeño chichón —volvió a decir él. Michelle achicó los ojos para poder verlo mejor. Su voz sonaba casi impersonal y se preguntó si se estaba burlando de ella—. ¿Tiene apetito? ¿Sed?

A Michelle no le dio la gana responderle. ¿Así que la raptaba, la llevaba solo Dios sabía dónde y ahora, como un caballero, le ofrecía viandas? ¡Al cuerno con él! Permaneció por tanto muda, sin dejar de clavar sus ojos en la figura de Lobo.

Carlos suspiró y se incorporó con tanta celeridad que la obligó a soltar un gritito.

—¡Condenación, mujer! No me como a nadie.

—¡Pero me ha raptado! —le gritó Michelle a su vez, sin pensar en las consecuencias de enfrentarlo abiertamente.

Ambos se quedaron callados. Lo que menos esperaba Lobo es que la muchacha reaccionara así. Y ella casi se tragó la lengua tras el arrebato de genio, diciéndose que era una estúpida por retarlo, cuando no sabía si se estaba jugando la vida. No pudo ver el ramalazo de diversión que estiró los labios de él bajo el pañuelo.

—No tenía otro remedio —dijo él, como si volviera a disculparse—. No tengo nada contra usted, pero debía retenerla.

Michelle aplacó su nerviosismo. Ponerse histérica no iba a ayudarla en nada y él no parecía querer hacerle daño alguno. Con cierta cautela, trató de darle conversación.

—¿Por qué me ha raptado? ¿Qué es lo que quiere? ¿Por qué me ha sacado de casa de mi tío en mitad de la noche?

—Necesitaba obligar al juez a soltar a un hombre.

—¿A uno de sus secuaces?

Lobo sonrió tras el pañuelo y se encogió de hombros.

—Un hombre justo.

—Permítame que tenga mis dudas —respondió ella con desdén—. Un sujeto asociado a un salteador como usted, lo normal es que acabe en presidio. ¿Qué hizo?

—Enfrentarse a los abusos de vuestro tío.

—¡Los abusos de...!

—Robos, despotismo, atropellos, ilegalidades... —interrumpió él—. Puede llamarlo de mil maneras. Dejar morir a un hombre por rebelarse contra la injusticia no entra dentro de mis planes. Y el único modo de salvarle la vida era raptarla a usted, pidiendo su liberación a cambio de dejarla, de nuevo, en su sacrosanta habitación.

Michelle se arropó con las mantas. No hacía demasiado frío allí dentro, pero volvía a temblar. Sentía una sensación extraña en la boca del estómago teniéndolo tan cerca. Lo temía, sí, pero también deseaba poder ver su rostro. Lo miró con detenimiento: sus ojos eran dos líneas brillantes y peligrosas, tenía la frente ancha y despejada y el cabello le pareció oscuro. Soñó con tener la suficiente valentía para arrancarle el pañuelo. Le importaba un ardite lo que hubiera pasado con ese hombre al que él se refería. Menos aún su condena, convencida de que él mentía y se trataba de un simple ladrón a sus órdenes. Y sin embargo, no pudo remediar preguntar:

—¿Han liberado a su compinche, entonces?

—Sí. El plan salió perfecto.

—Habláis de vuestros planes, pero ¿qué pasa con los de mi tío? ¿Creéis que va a dejar las cosas así? Mandará una patrulla a buscarme. Y sin duda, encontrarán este lugar, esté donde diablos esté.

Lobo hizo un gesto vago. Se aparto para llegar hasta el mueble que había a la derecha, lo abrió y sacó un vaso y una botella. Escanció un poco de líquido y lo consumió de un trago.

A Michelle, sus movimientos le llamaban poderosamente la atención. No parecía preocupado por si su tío le encontraba, sino que demostraba una seguridad que la ponía nerviosa. Y no parecía un vulgar ratero. Se fijó más en él, ahora que se encontraba más cerca de la luz.

—Siento informarte, preciosa —la tuteó—, que tu tío lleva buscándote ya veinticuatro horas.

Michelle abrió los ojos como platos.

—Entonces... ¿llevo aquí todo un día?

—Te han mantenido dormida para...

—¡Así que no estaba equivocada! —se asombró ella—. Y tampoco he soñado. Lo que me administró una mujer era una droga.

—No es dañina.

—¡Condenado infame! —Lobo hizo como si no hubiese escuchado el sonoro insulto—. ¿Cuándo me va a dejar libre?

Los ojos oscuros se clavaron en ella y Michelle volvió a notar un escalofrío recorrerle le columna vertebral.

—No puedo soltarte aún.

—Pero... Habéis dicho que mi tío ha dejado libre a ese hombre...

—Cierto.

—Entonces...

—Entonces nada. Quiero estar seguro de que la cantidad que ha tenido que entregar al orfanato se queda allí y no hay contratiempos.

Michelle estuvo a punto de soltar una carcajada. ¿Había chantajeado a su tío pidiéndole dinero además? Si había podido sacar algo en claro del hermano de su madre, era que se trataba de un verdadero ruin. Se le hacía difícil creer que soltaría una sola moneda, en lo tocante a eso no lo haría ni aunque lo matasen. ¿Lo haría estando en juego ella?

Lobo pareció leerle el pensamiento.

—Lo ha entregado, sí. Y debo decir que le hemos exigido una buena cantidad. Debe guardar las apariencias, ¿sabes? No puede ser de otro modo si quiere hacerse con la hacienda que heredó tu madre en Cataluña.

—¡¿Cómo sabéis eso?!

—Yo sé muchas cosas, Michelle.

—¿Y por qué demonios me tuteáis? —se rebeló ella. Saberse en inferioridad de condiciones la sacaba de quicio. Él parecía conocerlo todo acerca de su familia y ella, sin embargo, lo ignoraba todo sobre su secuestrador—. ¿Os he dado acaso permiso para tratarme con tanta familiaridad?

Lobo volvió a acercarse a ella y Michelle se llamó, una vez más, idiota. Si lo zahería demasiado podría volverse violento y ella llevaría todas las de perder.

—Después de besarte, no es tan extraño que nos tuteemos, ¿no te parece?

Michelle estuvo a punto de tragarse la lengua. La escena de ese beso regresó a ella con más fuerza que nunca. Una escena que la había estado atormentando desde que ocurriera. De pronto, se dio cuenta de que estaba en poder de ese hombre, de que nadie sabía su paradero y, lo más grave del caso, no estaba segura de que cumpliera su palabra y la dejara en libertad. Él había tenido la osadía de robarle un beso ante su tío y los invitados de este; un hombre con tan pocos escrúpulos bien podría estar engañándola y no tener intenciones de soltarla.

—Supongo que, como prisionera, merezco un respeto y... —se atragantó y carraspeó para poder continuar— y os portaréis honorablemente.

Lobo soltó una larga carcajada que levantó ecos en la cueva.

—Pero, gatita, yo no soy un caballero. Soy Lobo. Un bandolero, un asaltante de caminos, el hombre que entró en casa de tu tío y le quitó casi hasta los calzones. —Volvió a dejar escapar la risa—. Un hombre como yo es capaz de muchas cosas. Pero ninguna honorable.

La incertidumbre y el miedo se adueñaron de la joven, pero disimuló la zozobra que le causaron sus palabras echando mano al enojo. Más pronto o más tarde se vengaría de la humillación infligida que la había puesto en boca de todos, se prometió. No era más que un rufián que se había aprovechado de tener un arma en la mano para burlarse de ella. De otro modo no se habría atrevido a... ¿No se hubiera atrevido? ¡Menuda tontería! Rectificó al instante. Aquel insolente parecía capaz de todo. Pero ella no iba a quedarse callada ante tanto descaro.

—¿Os han dicho alguna vez que sois despreciable?

—Me han llamado muchas cosas. —Rio él.

Lobo se estaba divirtiendo de verdad. La condenada francesita no se dejaba amilanar y hasta se atrevía a insultarlo repetidamente. Hubiera querido quedarse más tiempo junto a ella y disfrutar de sus pullas, pero tenía otros asuntos a los que atender. Con paso gatuno se dirigió hacia la salida de la caverna y, sin volver a dedicarle una mirada, dijo:

—Te dejo la antorcha. Si quieres algo, da un grito. Hay una mujer a tu servicio ahí fuera.

Michelle recobró el ritmo normal de su corazón cuando él desapareció. Distintos sentimientos la embargaban porque no acababa de comprender la personalidad del bandido. Por un lado, él parecía preocupado por el bienestar de sus hombres, por otro nada lo alteraba. Rayaba en el cinismo absoluto y no evadía una batalla dialéctica. No, desde luego no era un caballero. Era un miserable secuestrador al que le gustaría ver entre rejas.

El golpe de la cabeza seguía doliendo de modo intermitente. Nada podía hacer, de momento, pero debería encontrar el modo de escapar de allí como fuera, no podía quedarse de brazos cruzados.

Cuando se estaba quedando dormida, recordó las palabras de Lobo: *Necesita tenerte para poder hacerse con la hacienda. Necesita tenerte para poder hacerse con la hacienda. Necesita tenerte para...*

13

Michelle se puso la manta sobre los hombros y se arriesgó a acercarse a la entrada de la cueva. La molestia del golpe había remitido y se encontraba bastante mejor.

La claridad la obligó a cerrar los ojos y tardó un momento en acostumbrarse a ella. Luego, echó un vistazo a su alrededor: se encontraba en un campamento. Desde su posición pudo apreciar las entradas a otras cuevas: mujeres y hombres merodeaban de un lado a otro ocupados en acarrear bultos y ninguno pareció reparar en su presencia.

Una mujer de estatura baja y gruesa de caderas se le acercó. Tenía una cara bonita y su cabello oscuro mostraba ya canas en las sienes.

—Buenos días, señorita. ¿Cómo se encuentra hoy? ¿Tiene hambre?

Michelle había pasado una noche tranquila pero al despertar y recordar dónde estaba, el malhumor retornó. Además, carecía de ropa y calzado, puesto que el desgraciado de Lobo la había sacado de su cama en camisón. No estaba, desde luego, para conversar con nadie. Pero la mujer que se preocupaba por su estado de ánimo parecía hacerlo sinceramente.

—Me gustaría comer algo, si es posible —admitió de mala gana, porque estaba famélica.

—Vuelvo en un suspiro. Os ruego que esperéis dentro, señorita.

—¿No se me permite salir de la cueva? —Se envaró.

La otra se quedó mirándola un momento y luego llamó a uno de los sujetos, susurrándole algo al oído cuando llegó.

—Él vigilará, niña —le dijo, alejándose presurosa.

Michelle buscó un lugar en el que acomodarse y acabó sentándose en el suelo, apoyada en la roca, echando miradas de soslayo a su guardián. Su aspecto era el de un labriego. Era alto, enjuto, con barba de varios días y vestía al modo de cualquier campesino. Para nada tenía trazas de asaltante de camino o algo similar.

El tipo aprovechó para empezar a cortar algunos troncos, pero sin dejar de vigilarla, y ella se dedicó a tomar buena nota de todo cuanto veía. Se encontraban en un terreno liso rodeado de pinares, acebos y matorrales; algunos cuervos atravesaban de vez en cuando el campamento, y en lo alto surcaban el cielo los buitres.

Poco después, la mujeruca regresó llevando una bolsa colgada del hombro y lo que parecía una bandeja, cubierta con un paño. Hizo un gesto al hombre que se había quedado de guardia y él dejó lo que estaba haciendo, tomó una brazada de troncos y se alejó.

—¿Queréis comer dentro?

—Prefiero hacerlo aquí.

—Pero en el interior hay una mesa y...

—Aquí, por favor.

La otra asintió, depositando la bandeja cerca de ella. Luego, le hizo entrega de la bolsa.

—Es ropa. Yo que usted, me cambiaría, señorita. Estará más cómoda y más abrigada.

Michelle agradeció el presente con un leve movimiento de cabeza y echó un vistazo a las viandas: huevos, bacón, un poco de queso, pan moreno y una pequeña garrafa. Se le hizo la boca agua y no pudo reprimir el sonido de su estómago ante esos simples manjares. Volvió a cubrirlos, tomó el saco y buscó el refugio de la cueva para cambiarse. Sin dejar de echar repetidas y nerviosas miradas hacia la entrada, dejó caer la manta y se quitó el camisón. En el saco, como dijese la mujer, había ropa de mujer: calzones, una enagua de tela fina, una falda azul oscura de lana, una blusa blanca y un chal. Le temblaban las manos por el frío mientras anudaba los cordones y bendijo a su benefactora al descubrir un par de botas de cuero que se apresuró a calzar. Le extrañó, eso sí, que todo pareciese estar sin usar y que el calzado no fuera burdo. Vestida ya, regresó al exterior para dar buena cuenta de la comida.

—Parece que acertó con vuestra talla —le dijo la mujer mirándola de arriba abajo.

—Gracias. Os la devolveré tan pronto me sea posible.

—La ropa es vuestra, niña. Lobo la compró para usted.

Michelle se quedó de una pieza y su mano se detuvo a un milímetro de la bandeja. ¿Lobo le había comprado la ropa? A Michelle le asaltó una duda espantosa que la hizo ponerse en guardia. ¿Cómo podía ser que él conociera sus medidas? ¿Cómo diablos sabía...? *Mejor no preguntes, chica*, pensó. *Mejor, no preguntes.* Pero se le encendieron las mejillas.

—¿Su... jefe...? ¿Él ha...?

La mujer se echó a reír y se palmeó un muslo.

—No, señorita. No es lo que está pensando. Pero Lobo tiene muy buena vista para las mozas, seguro que sí.

Se alejó sin dejar de reírse y Michelle maldijo entre dientes. Mandando a Lobo mentalmente al infierno, atacó la comida como si se tratara de un enemigo. Hambrienta como estaba, se atragantó por su prisa en llenar el estómago, le dio la tos y hubo de relajarse. Tampoco era cuestión de acabar ahogándose con el pan. Una vez que hubo dado buena cuenta de todo se encontró más animada.

Como nadie le había prohibido pasear, se envolvió en el chal y se alejó de la entrada de la cueva. Contó doce hombres, pero solamente vio a cuatro mujeres, entre ellas a la que le había atendido. Le sorprendió la impetuosa presencia de algunos críos que salieron en estampida de una de las cavernas, atravesaron el campamento como una exhalación y se perdieron por el caminillo que discurría entre los pinos. ¿Niños en un campamento de bandoleros? ¿Qué demonios era Lobo? ¿Un ladrón o el jefe de una tribu?

—Arman tanto alboroto porque hoy no tendrán clase —dijo una voz profunda a su espalda.

Michelle se puso rígida. No se atrevió a volverse, pero lo interrogó:

—¿Clases? ¿Es que dan clases?

—Nuestros pequeños estudian. ¿Le parece mal que los hijos de unos labriegos reciban educación, *mademoiselle*?

—*Pas du tout, monsieur!* —se alarmó, girándose hacia él ofendida, aunque retrocedió un paso al verle casi pegado a ella.

Las cejas oscuras de Lobo se arquearon.

—¿Perdón?

Michelle se sonrojó. Hablar en francés había sido una

falta de tacto imperdonable. Sus padres la habían educado para tratar a los demás con cortesía, fuesen nobles o plebeyos, y ella siempre supo ponerse a la altura de sus interlocutores, sin darse aires de superioridad.

—Lo siento —se excusó—. Le decía que no. Que no me parece mal que los niños estudien. Todas las personas deberían tener esa oportunidad.

—Ya. Suena bien cuando habla en su idioma.

—Mi idioma es tanto el francés como el español. Mi madre es española y aprendí ambos al mismo tiempo. A veces los mezclo.

Lobo asintió, pasó a su lado y echó a andar. Michelle, sin pensarlo, siguió sus pasos. En silencio, se alejaron de allí, como lo hubieran hecho un par de camaradas que intercambiaban confidencias. Como si él no fuera un secuestrador ni ella su víctima, un tanto confusa ella porque tan pronto la tuteaba como guardaba la distancia en el trato.

—¿Por qué los pequeños tienen hoy el día libre? —se atrevió a preguntarle al cabo de un momento.

—Su maestro tiene que hacer una incursión.

—¡Una incurs...! —Le sobrevino un golpe de tos del que se rehizo bajo la mirada sarcástica de Lobo—. Comprendo.

—¿De veras lo comprende?

A Michelle volvió a atacarle el enojo porque él se estaba burlando descaradamente de ella. No era para menos, se estaba comportando como una necia. ¡Jesús! Lo achacó a que la presencia de aquel hombre la ponía nerviosa.

—Soy francesa, *monsieur*, no tonta.

Lobo se rio con tantas ganas que acabó por arrancarle una media sonrisa. Bien, pensó. El condenado bandido tenía al menos sentido del humor. Dio un respingo de todos modos cuando él alzó una mano para tomar un rizo de su cabello. Él dejó caer la mano y se encogió de hombros.

—¿Le apetecería darse un baño?

—¿Bañarme? —Le cambió de tal modo el semblante que en los ojos de Lobo apareció una chispita irónica—. ¿Ha dicho bañarme?

—Nosotros solemos hacerlo con cierta frecuencia. ¿Los franceses no?

Bromeaba otra vez y se divertía a su costa, pensó Michelle haciendo una mueca de disgusto.

—Los franceses también tenemos esa *mala costumbre.*

—Bajando por ese sendero —señaló al frente— hay una cascada. —Ella echó a andar, pero la retuvo—. Lo siento, pero no puede ir sola.

Michelle buscó de inmediato a la mujer que la había ayudado y proporcionado ropa y comida. No la vio por ningún lado.

Adivinando sus pensamientos, Lobo le dijo:

—Adela estará ocupada durante toda la mañana preparando la comida. Es la cocinera oficial del campamento.

—Entonces... —La desilusión se pintó en el rostro de la muchacha.

—Yo seré tu escolta por esta vez.

—*C'est impossible, monsieur!* —se alarmó.

—¿Cómo dices?

—¡Que no tengo intención de acceder a su... ofrecimiento!

—Me temo que entonces puedes ir olvidándote del baño.

—Puede acompañarme otra de las mujeres, he visto varias en el campamento.

—No.

—¿No? ¿Por qué no?

—Aquí no estás en casa de tu tío, preciosa. Y ellas no son tus criadas. Es mi compañía o la de nadie, tú eliges.

Michelle apretó los dientes con tanta fuerza que hasta rechinaron. Primero la tomaba por una lerda y ahora la tildaba de estirada. Le taladró con la mirada, notando que su animadversión hacía él ganaba enteros. Se sentía sucia, tenía el cabello apelmazado y necesitaba un baño casi tanto como la comida. En otras circunstancias aquel engreído pagaría muy cara su burla y su atrevimiento, pero ahora no le quedaba más remedio que doblegarse si quería ese baño. Lo maldijo en francés para que no la entendiera y acabó por asentir.

—De acuerdo.

Lobo se hizo con un par de toallas y después le indicó el camino con una cínica reverencia. Se distanciaron del campamento y emprendieron la bajada de la senda que se perdía entre los árboles. Lobo andaba deprisa y ella se afanó por seguir sus largas zancadas. Después de unos minutos de marcha, la espesura comenzó a diluirse dejando ver algunos claros y, por fin, llegaron a su destino.

A Michelle se le escapó una exclamación: en un claro del bosque había un pequeño lago y una cascada. Echó una rápida mirada al bandolero y después agarró el ruedo de las faldas y corrió hacia ella.

Era un lugar paradisíaco. Perdido en medio del mundo, en ninguna parte, rodeado de montañas por un lado y bosque por el otro. Olía a romero y diminutas florecillas silvestres salpicaban el verde que alfombraba los alrededores. La cascada que proveía de agua a la pequeña laguna serpenteaba por una pared rocosa, perdiéndose a veces en sus recovecos, para acabar deslizándose perezosa y susurrante en la poza.

Se arrodilló en el borde del agua y se mojó los brazos y el rostro.

—¡Está helada! —protestó, pero sonreía como una niña ante un inesperado regalo.

—No es lo que se dice un baño de espuma, estoy de acuerdo.

Michelle se levantó, se volvió hacia él y, sin poder remediarlo, le dedicó una sonrisa agradecida.

Ni se imaginó lo cerca que estuvo Lobo de tomarla en ese momento en sus brazos y besarla.

—Por favor, volveos de espaldas, *monsieur*.

Anonadado como estaba ante el brillo de sus ojos, Lobo no pudo articular palabra. La miró fijamente durante un largo momento y encajó las mandíbulas cuando su cuerpo le lanzó la advertencia de que estaba a un paso de perder los papeles. Haciendo un esfuerzo sobrehumano, acabó por acceder a hacer lo que ella acababa de pedirle.

—No quiero ninguna jugarreta. —Era una advertencia clarísima—. Si intentas algo, te mantendré atada el resto del tiempo.

—Empiezan a cansarme sus amenazas —le respondió ella, demasiado contenta como para emprender una discusión—. No tengo idea de dónde estamos ni de cómo salir de estas montañas, así que... ¿qué podría intentar? Y ahora, no se os ocurra volveros.

Lobo se comportó como un caballero, haciéndose la firme promesa de no mirar mientras ella se bañaba, aunque el Cielo se le viniese encima. Sin embargo, según pasaban los minutos, flaqueaba su fortaleza y se llamó idiota un millón de veces. Escuchar los murmullos de Michelle retozando en el agua, sus exclamaciones protestando por la gélida temperatura, sus chapoteos, lo estaban llevando a la locura. Era tan consciente de cada uno de sus movimientos que tenía el cuerpo tenso como la cuerda de un violín. ¡Tenía que deshacerse de la muchacha cuanto antes o acabaría para que lo encerrasen en un manicomio!

Desde que la viera por primera vez en casa de su abuelo, Michelle había supuesto una obsesión. Ahora, tenerla allí, a su merced, tan cerca, y no poder tomarla como deseaba, significaba el mayor de los suplicios.

—Acaba pronto —apremió—, hace frío.

Como respuesta escuchó un nuevo chapoteo y maldijo la estúpida idea de haberla llevado a la laguna.

14

Según sus cálculos, desde que despertara en la cueva, llevaba dos días en el campamento. Tiempo suficiente para saber que le sería imposible escapar de allí. A un lado, altos riscos; al otro, el único camino viable, siempre custodiado por hombres de Lobo y por el que solamente se podía entrar a la explanada tras un santo y seña.

Michelle se encontraba constantemente vigilada por Adela o alguno de los bandoleros. Reducir a la cocinera no revestía mayor problema, pero los hombres eran harina de otro costal: ellos iban bien armados y ella carecía de todo; ni siquiera le habían proporcionado un mal cuchillo a la hora de las comidas. Además, no podía aventurarse a deambular por los montes como una cabra salvaje y acabar, muy probablemente, despeñándose por los riscos o muriendo de frío.

Intentar engatusar a Lobo tampoco era una opción porque era aún más peligroso que internarse en las montañas. Ya se había percatado de que era un hombre que no se fiaba ni de su sombra y, al parecer, muchos de sus seguidores ni siquiera conocían su rostro puesto que siempre iba enmascarado y se cubría con el sombrero negro. Si no descubría su auténtica personalidad ante sus hombres, mucho menos iba a acceder a sus juegos de seducción.

Lobo era una intriga para Michelle. ¿Qué circunstancias le habrían obligado a convertirse en un ladrón? ¿Tenía familia en alguna parte? ¿Una mujer que le esperara? ¿Alguien había visto alguna vez su cara? ¿Se quitaría aquel maldito pañuelo que ocultaba sus facciones cuando estuviera con una mujer? Michelle había sido testigo de las miradas de algunas de ellas cuando él aparecía en el campamento. ¿Tendría relación con alguna?

Para la joven era un completo misterio y esa zozobra la desestabilizaba porque, a cada minuto que pasaba, sentía la necesidad de saber más acerca de ese hombre.

Después de que la hubiese acompañado a la cascada, él dejó de dirigirle la palabra, como si estuviera enojado, y se había distanciado de ella. A través de Adela le transmitía sus órdenes o preguntas, interesándose en si necesitaba alguna cosa.

—¿Alguien sabe realmente quién es Lobo?

La pregunta hizo volverse a Adela. Había estado adecentando la cueva y reponiendo las bebidas del aparador, sin decir una palabra.

—Todos lo sabemos —contestó al cabo de un momento—. Es el jefe.

—No me refiero a eso, Adela. —Michelle había conseguido tener un trato cordial con la mujer y era la mejor para poder sonsacarle información.

—Entonces no sé a qué se refiere, señorita.

—¿Siempre lleva el rostro cubierto?

—Siempre.

—¿Y nadie le ha visto nunca sin ese pañuelo?

—No podría decirle.

—*Mon Dieu!* ¿Cómo pueden todos ustedes confiar ciegamente en un sujeto que no muestra su rostro?

Adela acabó con lo que estaba haciendo y se limpió las manos en el delantal.

—Mire, niña. Los hombres y mujeres que han venido a parar a este campamento son prófugos de la justicia. No de la justicia del rey, sino de la del juez, don Gonzalo Torres. Se han visto obligados a abandonar sus hogares porque unos fueron quemados y otros expropiados. Antes eran hombres y mujeres que trabajaban sus tierras. Pero esas tierras han pasado a manos de vuestro tío.

—¿Qué está insinuando, Adela?

—Yo no insinúo nada, solo respondo a su pregunta. Muchos de los que siguen ahora a Lobo han estado a punto de morir en la horca por enfrentarse a don Gonzalo o por no poder hacer frente a sus abusos. Lobo se ha erigido en el cabecilla de los pisoteados, de los que han perdido todo. Nos da cobijo, aunque sea en estas cuevas; nos proporciona alimentos, ropas y enseres, los chiquillos estudian...

—Vamos, todo un líder —rezongó Michelle.

—Eso es, todo un líder, señorita. Hasta ahora no conocíamos más que la mano de hierro del juez y de sus secuaces. Lobo nos ha restituido el honor. Muchos pueden pagar los impuestos abusivos con el dinero que él proporciona.

—Dinero que consigue asaltando a la gente en los caminos.

—O en sus propias haciendas, sí. ¿Qué tiene de malo? —se envalentonó Adela poniendo las manos en la cintura y sacando pecho.

—Robar a unos para dárselo a otros es indigno.

—Indigno es encerrar a un hombre y dejar a su familia en la miseria por engordar la bolsa de uno —zanjó la otra—. Sí, señorita, Lobo toma lo que necesitamos de los que más tienen. Pero no les quita su comida, ni su casa, ni su hacienda. Tampoco les quita la vida.

—No deja de ser latrocinio.

—Puede llamarlo como quiera. —Se encogió de hombros—. El jefe nos protege y ayuda a los que estruja el juez. Si el dinero debe salir de las mismísimas arcas de vuestro tío, a mí me parece perfecto.

Dicho eso, salió de la cueva hecha un basilisco, dejándola con la palabra en la boca.

Michelle comprendía, a pesar de sus pullas, que para aquellas gentes era natural sentir admiración por el bandolero. Entendía también su animadversión hacia su tío. Los representantes de la justicia debían hacer que esta se cumpliera y, aunque a veces se vieran obligados a tomar medidas poco populares, no estaban para aprovecharse del pueblo. Su tío era un hombre severo, antipático y egoísta, lo reconocía. Pero así y todo le costaba trabajo creer todo lo que de él contaban.

Sin embargo, las palabras de Lobo hablándole de su ruindad, y luego las de la propia Adela con otro tanto, le hacían pensar y mucho. También su padre, allá en Francia, había tomado algunas decisiones dolorosas, pero trataba a todos con justicia y, más de una vez, se había enfrentado abiertamente con los que ostentaban el poder en beneficio propio. Claro estaba que en el marco de la legalidad.

Suspiró, echó de su cabeza al maldito Lobo y se centró en la falda que Adela le había dado para coser, único entretenimiento que había tenido aparte de ojear algunos libros de los que había en la cueva.

15

Gonzalo Torres atravesó el salón a pasos largos bajo la atenta mirada de los dos sujetos que le acompañaban en ese momento y que, durante un buen rato, habían tenido que aguantar una perorata inacabable.

Nemesio Fuertes, teniente de la guardia, era un tipo de estatura media, moreno y atractivo según algunas mujeres; un frondoso mostacho cubría el único rasgo que le desagradaba de su persona: su labio cortado.

Luis Castaños lucía los galones de sargento desde hacía tantos años que ya ni lo recordaba. De una estatura similar a la del teniente, era sin embargo mucho más grueso y llevaba el cráneo completamente rapado. No había conseguido ascender más en la graduación, pero no perdía la esperanza, sobre todo desde que le habían destinado a Burgo de Osma. El juez les había confiado un plan que llevaba tiempo estudiando y a ambos militares les había resultado interesante; si salía bien, conseguirían un puesto de mayor relevancia.

—Creo —decía ahora Torres, algo más calmado— que la fecha idónea sería el día 20 de julio. Como sabrán, caballeros, doña Esperanza Reviños celebrará una fiesta en su hacienda para conmemorar el nacimiento de su primer nieto.

—Sí, señor —respondieron a la vez.

—Acudirá la flor y nata de Burgo de Osma. Y de Soria. Y como es natural, las damas irán cargadas de alhajas. Un cebo demasiado apetitoso para Lobo, que sin duda no dejará escapar.

—Estaremos vigilantes —convino el teniente.

—Ese bandido no se imaginará que le estaremos esperando —añadió Castaños.

—Eso es. Aún no sabemos con cuántos hombres cuenta ese hijo de mala madre, pero sean los que sean no se pueden igualar en destreza a los nuestros. Si, además, les obligamos a dividirse en dos frentes, mermaremos sus fuerzas.

—¿Cree de veras que Lobo acudirá a la prisión, don Gonzalo?

—Acudirá —asintió con una sonrisa ladeada—. Hasta ahora no ha dejado desamparado a ninguno de los suyos. Harán una incursión en la hacienda de Reviños, pero no tendrá más remedio que asaltar el presidio. Por lo tanto, serán menos hombres y nosotros contaremos con ventaja.

—Es posible que piensen que la prisión estará muy custodiada después de lo que sucedió con ese cabrón de Anselmo Rueda.

—Eso es, teniente Fuertes, eso es —se le ánimo el humor a Torres—. Por supuesto, la cárcel estará vigilada, no podemos defraudarlos. Pero también lo estará la hacienda de los Reviños. Tanto si se presenta en una como en otra, caerá en nuestras manos.

—Esperemos que así sea.

—No quiero que digan una palabra de todo esto, ni siquiera a sus hombres. Mucho menos a los Reviños. Doña Esperanza y el idiota de su marido no deben sospechar que nos servirán de conejillos de indias o esa condenada gorda se pondría histérica y echaría todo a perder.

—Cuente con nuestra discreción, señor juez.

—Y usted, teniente, mantenga bien ocultos a los hombres hasta que llegue el momento. Si la gente ve por las calles más movimiento que de costumbre, podrían irle con el cuento a Lobo. Hay que acabar con él de una vez por todas y es posible que no tengamos otra oportunidad mejor. Tenemos el cebo y la contingencia necesaria para apresarlo a él y a unos cuantos de sus lugartenientes. El resto de su banda caerá por sí sola cuando se encuentren sin su cabecilla.

La llamada a la puerta le interrumpió y Torres concedió permiso.

—Señor juez —le dijo uno de los criados—, el marqués de Abejo pide ser recibido.

A Torres le cambió el semblante. No esperaba visita a aquellas horas, y menos la de aquel lechuguino insoportable, pero se estiró la levita y asintió, haciendo un esfuerzo por mostrar la mejor de sus sonrisas.

—¡Que pase, Francisco, que pase!

Le interesaba seguir estando a bien con Carlos de Maqueda y Suelves. El joven no había dejado de preguntar ni un solo día por si llegaban noticias acerca del paradero de Michelle. Y si su sobrina había conseguido interesar de tal modo al marqués —que nunca parecía interesado por nada que no fueran sus caballos y su hacienda—, él encontraría el modo de sacar ganancias. Carlos de Maqueda tenía una fortuna considerable y, lo que era más importante, tenía influencias en Soria y en la corte. Sí, le convenía bailarle el agua.

Carlos penetró en el salón y el juez se afianzó en su idea de que era un auténtico lechuguino medio amanerado: zapatos de hebilla, pantalones oscuros ceñidos a sus largas piernas, camisa de chorreras inmaculadamente blanca, corbatín anudado con esmero y chaqueta de color guinda. Llevaba un pañuelo de encaje en una mano y un bastón con mango de plata en la otra. Parpadeó al ver al juez acompañado e hizo una exagerada inclinación de cabeza.

—Lamento importunar, señores.

Gonzalo se le acercó para estrecharle la mano, disimulando cuánto le molestaba su presencia.

—¡Mi querido marqués! Vos nunca importunáis. Es un placer, como siempre, recibiros en esta casa.

—Sin embargo, veo que tiene usted visitas. —Sonrió a los dos militares, a los que conocía desde hacía tiempo—. Teniente Fuertes. Sargento Castaños —dijo a modo de saludo. Luego parpadeó con afectación y puso cara de circunstancias—. Espero que su presencia aquí no signifique que hay nuevos problemas, caballeros.

—Se trata solamente de una reunión rutinaria, marqués —se apresuró a explicar don Gonzalo—. Pero tome asiento, por favor.

Carlos aceptó el asiento que le ofrecían, se llevó el pañuelo a la nariz y aspiró. Aparentaba casi estar aburrido, pero en realidad se encontraba en tensión. La presencia en casa del juez de los dos militares no se debía a una simple reunión de trabajo, como quería hacerle pensar Torres.

—No me gustaría entretenerlos, señores —insistió—. Puedo volver en otro momento si le parece bien, don Gonzalo.

—Dos minutos y estoy con usted, marqués. El teniente y el sargento ya se iban. —Les hizo una disimulada seña.

—En realidad, me he acercado para saber si hay noticias sobre su sobrina.

El juez chascó la lengua.

—Nada aún, don Carlos. Como usted sabe, solté al prisionero y entregué el dinero en el asilo de huérfanos, cumpliendo a rajatabla las exigencias de ese condenado ladrón, pero no ha dado señales de vida y empiezo a temer por la suerte de Michelle.

Carlos estudió su gesto de consternación. Desde luego, don Gonzalo Torres podía haber triunfado en un escenario, se dijo, porque parecía realmente afectado.

—Si puedo hacer algo... Ya sabe usted...

—Gracias, marqués. Pero no nos queda más remedio que esperar.

—Y creer en la palabra de Lobo sobre devolver a su sobrina sana y salva.

—¡Me fío muy poco de la palabra de un forajido!

—Michelle regresará, don Gonzalo —aseguró Carlos, volviendo a aspirar el perfume de su pañuelo—. ¿Para qué iba a querer un simple asaltante de caminos retener a Michelle?

Tanto el juez como los dos militares lo miraron como si realmente fuese un imbécil, pero él solo sonrió.

Si Torres había pensando alguna vez que aquel petimetre tenía algo de inteligencia, lo desechó. ¿Para qué, había preguntado? ¿Para qué iba a querer un bandolero retener a una muchacha tan hermosa como Michelle de Clermont? De no estar desesperado por valerse de sus influencias, le habría dicho allí mismo lo que pensaba de él.

Nemesio Fuertes carraspeó y torció la boca. En su calidad de soldado, criado en la disciplina y, sobre todo, amante de una buena hembra, no podía entender que un hombre de tan alta condición pudiera resultar tan grotesco.

—Bien, caballeros —Carlos se levantó—, creo que no debo perturbar más su reunión. Solo quería saber si había nuevas. Por favor, sigan con lo que estaban haciendo y les ruego que me disculpen una vez más.

—No es necesario que se marche, marqués. Ya le digo que...

—Tranquilo, no es ningún insulto, don Gonzalo. Usted está ocupado y yo no quiero molestar. Además, prometí a mi abuelo cenar con él.

—Vaya, vaya entonces, don Carlos. —El juez le palmeó amistosamente en la espalda mientras le acompañaba hasta la puerta—. Conmigo está usted disculpado, ya sabe. Y le agradezco su interés por mi sobrina.

—Es más que interés, señor. —Se estiró, haciéndose el ofendido.

—Lo sé —don Gonzalo sonreía como una hiena—. Y seguro que ella sabrá apreciar vuestros desvelos... y vuestros encantos, cuando nos la devuelvan, que rezo a diario para que sea cuanto antes.

—Como siempre, es usted muy amable, señor juez.

—Salude a don Enrique de mi parte, por favor.

—No faltaría más. Caballeros, que tengan una buena tarde.

Gonzalo Torres cerró la puerta y se volvió hacia sus hombres. Entre los tres hubo un intercambio de miradas cómplices que lo decían todo sin palabras: el marqués de Abejo era un mamarracho.

16

Michelle lo observó con los párpados entrecerrados. Lobo llevaba mucho rato limpiando las pistolas y ella rabiaba por mantener una conversación.

Él había llegado al amanecer, cuando el campamento estaba ya en movimiento; había saludado a algunas mujeres que trajinaban en las faenas diarias, departido con un par de sus hombres, controlado las existencias de víveres y —lo que parecía más importante—, las de municiones. Michelle sabía dónde se encontraban desde la tarde anterior porque, disimuladamente, se había acercado a la entrada de la cueva donde dos individuos, día y noche, montaban guardia. Por supuesto, no se le había permitido la entrada, pero pudo ver lo suficiente como para saber qué era lo que custodiaban. Siempre era interesante conocer su lugar de reclusión, por lo que pudiera pasar.

Mientras ella ayudaba a Adela a traer agua desde el manantial cercano, había visto a Lobo examinar los caballos y supervisar las adquisiciones del último «trabajo», aguardando a que le dijese algo acerca de su liberación, pero el muy desgraciado ni la había mirado, haciéndole el mismo caso que a un pollino, y se había perdido en el interior de la cueva.

Intrigada y molesta, lo había seguido con la intención de interrogarlo. Lo único que consiguió fue una mirada ardiente y un silencio que la hizo temer lo peor.

Michelle no soportaba su desprecio, pero no pensaba darse por vencida, así que tomó un libro, se sentó, hizo que leía y esperó armándose de paciencia. Más tarde o más temprano tendría que decirle algo.

Sin embargo, mientras le observaba, hasta se olvidó de que era solo una prisionera con la que él parecía sentirse incómodo. Le intrigaba ese hombre hasta desear saberlo todo de él. Quería saber cómo pensaba, adónde iba cuando no estaba en el campamento, qué hacía. Sobre todo, saber las causas que le habían obligado a convertirse en un fuera de la Ley. Resultaba absurda su fijación por Lobo y lo sabía, pero no podía remediarlo. Nunca había conocido a alguien como él.

Lobo dejó a un lado una de las armas, elevó los ojos para dedicarle una mirada torva y se enfrascó en limpiar otra de las pistolas.

Michelle lo maldijo para sus adentros, preguntándose qué diablos le pasaba. Se había comportado casi como un caballero llevándola a la cascada y luego... Luego, nada, como si no existiera. ¿Por qué le enojaba esa actitud? ¿Qué le importaba si le hacía caso o no? Cuando la dejase de nuevo bajo el cuidado de su tío, no volvería a verlo más, sería un mal recuerdo, un capítulo de su vida que debería borrar de la memoria, como había tratado de borrar sus últimos días en Francia. Recordar su patria y, por ende, a sus padres, hizo que se le formara un nudo en la garganta. Sacudió la cabeza y trató de pensar en otra cosa.

Lobo examinó la pistola con ojo crítico y ella ya no tuvo paciencia para seguir guardando silencio.

—¿Vas a decirme de una maldita vez cuándo regresaré con mi tío?

Él suspiró, se levantó, guardó las armas en un arcón que cerró con llave y volvió a sentarse.

—¿No puedes mantenerte callada? Tengo cosas que hacer.

—Respóndeme y me largaré de la cueva a buscar compañía más agradable. Puedo jurarte que la tuya no lo es.

Cerró el libro, del que no había conseguido leer ni un párrafo, y lo dejó en su lugar. Curiosamente, se trataba de una cuidada edición sobre Grecia, que le había hecho preguntarse cómo era posible que un papanatas del tres al cuarto poseyera semejante volumen. Pero en ese momento, deseosa de empezar una discusión, los gustos literarios de Lobo le importaban un ardite.

Se acercó a él y apoyó ambas manos en la mesa.

Los ojos de Lobo se volvieron más oscuros al ver que la blusa de la muchacha se abría más de lo prudente, regalándole una visión que le secó la garganta. Carraspeó y se centró en recolocar un candil y los utensilios de escritorio. ¡Maldita la hora en que decidió raptar a Michelle! Su sola presencia le desquiciaba. Ella no solo estaba ocupando su guarida y su cama, sino que invadía también todos sus pensamientos porque, cada vez que estaba en el campamento la buscaba como un perro en celo, por mucho que intentara disimularlo.

—Quiero una respuesta —le acicateó ella.

Lobo apretó los dientes y, echando mano de su fuerza de voluntad, dejó de pensar en ese trocito de piel cremosa, tersa, que estaba loco por acariciar. Suspiró y se masajeó las sienes. Hasta conocerla, siempre había podido controlar sus impulsos y le irritaba en grado sumo no ser capaz de hacerlo ante Michelle.

—Te la daré cuando lo crea oportuno —contestó al fin.

—¿Has pensado que si permanezco más tiempo aquí podré contar todo sobre vuestro campamento?

Era la baladronada más tonta que había soltado nunca y Michelle lo supo apenas decirlo.

—¿Y qué ibas a contar, pequeña? ¿Que has visto unas cuevas? ¿Que hacemos fogatas por la noche? ¿Que hay una cascada?

—Cualquier cosa que pueda facilitar una pista para encontraros.

Se le enfrentaba obtusamente aun a sabiendas de no tener base para chantajearle. En todo caso, se estaba buscando que no la dejase con vida. Pero, al menos, había conseguido su completa atención. Prisionera o no, la irritaba profundamente que la tratara como si fuera invisible porque se sentía anulada como persona. Además, estar confinada allí hacía que aflorase su lado más belicoso. Necesitaba una víctima a la que zaherir, así que ¿quién mejor que él, que era el causante de sus desgracias?

—Existen cientos de cuevas en estas montañas, de modo que sería una pobre pista para tu condenado tío.

—Al menos podrían empezar a buscar.

—Y podrían empezar a morir. El primero que asome por la senda, será descabalgado de un balazo en la cabeza. ¿Es eso lo que quieres?

—¡Lo que quiero es regresar a mi casa, maldito rufián!

—Lo harás. Cuando yo lo decida —concluyó haciendo caso omiso del insulto—, si es que no te corto antes la cabeza.

—Aquí me aburro. —Su mal humor se aplacó, aunque no le asustó su amenaza.

—Puedes leer.

—Necesito otra ropa.

—¡Oh, vale ya, mujer! —Se levantó, crispado—. Deja de comportarte como si estuvieras en la corte francesa. ¡Permanecerás aquí hasta que yo decida que es hora de dejarte ir y se terminó el asunto!

—*Cochon! Chien! Âne!*

Adela interrumpió la discusión al entrar apresuradamente, evitando un desastre. Porque él había estado a punto de insultarla también en francés, soliviantado por la terquedad de la joven. Agradeció al Cielo su oportuna presencia y, viendo que tomaba una botella de coñac, le preguntó:

—¿Qué pasa, Adela?

—Es Maribel. El niño nos va a crear dificultades. Puede que le ayude beber un poco. ¿Dónde está Tomás?

—Ha bajado a la villa. —Adela puso mal gesto—. ¿Por qué lo preguntas, mujer?

—El niño es grande y ella joven y muy estrecha. Tomás debería estar aquí.

Se marchó sin dar más explicaciones y a Michelle no se le pasó por alto que Lobo parecía preocupado. ¿Inquieto, un hombre como él, por un parto? ¿Tenía corazón para ese tipo de sentimientos? Empezaba a descubrir en él cualidades que no deseaba porque le hacían más humano a sus ojos. Buscó otro libro, tomó asiento lo más lejos de él e intentó olvidarse de todo hasta encontrar mejor ocasión para volver a la carga.

Fue imposible leer dos frases: Lobo, paseándose por la cueva, la ponía nerviosa.

Un momento después, regresó Adela. Abrió el arcón situado a los pies de la cama y sacó un par de sábanas. Echó una rápida mirada a su jefe y dijo:

—Creo que el niño viene de nalgas.

Al escuchar su tono lastimero, Michelle no pudo seguir fingiendo que le importaba poco lo que sucedía y, dejando la lectura, fue en pos de la cocinera. Lobo la detuvo antes de llegar a la salida.

—Voy a ayudarla.

—No vas a ninguna parte. Ya tenemos bastantes problemas.

—Si te preocupa lo que le pase a esa tal Maribel, déjame salir. De veras que puedo servir de ayuda.

—¿Tú? ¿Una princesa malcriada? Ayudarla a caer, en todo caso.

—¡Eres un...! Un perfecto majadero. He asistido a mi madre en casos semejantes.

—Seguro que sí —ironizó él.

—Los franceses también sabemos traer niños al mundo. ¿O es que lo dudas? No soy tan inútil como piensas.

Lobo dudaba entre dejarla ir o mantenerla a buen recaudo.

Michelle parecía muy segura, pero ¿admitirían su intervención las mujeres del campamento? ¿Recibirían de buen grado la colaboración de la sobrina de quien les había abocado a la miseria? Ella parecía haber nacido para moverse por salones de baile y tener una miríada de enamorados a su alrededor, no para asistir a un parto. Pero nada pasaba por dar a Michelle una oportunidad.

—De acuerdo, siempre que Adela te dé permiso.

Michelle abrió el arcón, cogió dos sábanas más y... Al

sacarlas, un pequeño marco que estaba entre la ropa cayó al suelo. Lo recogió y se quedó mirando la acuarela. Era el rostro de una mujer. Muy guapa. Vagamente, le recordó a alguien.

Lobo le arrebató la acuarela, volvió a ponerla dentro del arcón y cerró la tapa.

—Estoy esperando para ver de lo que eres capaz —la pinchó.

Michelle dijo algo entre dientes que él no entendió y salió de la cueva, seguida de cerca por su carcelero. Ya afuera, le interrogó con la mirada y él señaló en silencio el camino que debía tomar.

Unas cuantas mujeres se apiñaban a la entrada de una de las cavernas. Al verla llegar acompañada de Lobo se hicieron a un lado, pero le lanzaron miradas toscas y una de ellas la tomó de un brazo.

—¿Qué haces aquí? La sobrina de ese perro de Torres no es bienvenida.

—¿Qué edad tiene Maribel? —preguntó Michelle, haciendo caso omiso de su animadversión.

La interrogada parpadeó y la soltó, cruzando una rápida mirada con sus compañeras.

—Quince años.

—Yo, señora mía, tengo algunos más. Ella supo cómo hacer el niño y yo, tal vez, pueda ayudarla a que nazca. ¿Puede alguna de ustedes decir lo mismo?

Lobo se mordió el labio inferior, disimulando una sonrisa. Desde luego, a terca no le ganaba nadie. No dejaba de sorprenderle porque, lejos de comportarse como una ñoña, demostraba tener más bemoles que algunos de sus hombres.

—No te preocupes, Remedios.

—Pero... ¿qué puede saber ella de...?

—Démosle un voto de confianza, ¿de acuerdo?

La voz de Lobo fue como el raso, casi se podía decir que amigable, pero ocultaba una orden escondida y todas lo entendieron así, de modo que se hicieron a un lado.

El interior de la cueva estaba profusamente alumbrado por varios quinqués. Adela y otra de las mujeres recibieron a Michelle con la misma desconfianza y frialdad, pero ella, sin hacer caso, dejó las sábanas a un lado y se acercó a la cabecera de la cama.

—¿Dónde puedo lavarme?

Adela señaló un barreño junto al que había una pastilla de jabón de sosa. Procedió a enjabonarse los brazos y las manos y después regresó junto a la parturienta. No tenía buen aspecto. Su rostro, perlado de sudor, había tomado un tinte ceniciento. Y era tan pequeña y delgada... Michelle recordó uno de los partos que su madre y ella atendieron y en el que nada se pudo hacer por la vida de la madre. Recorrió su espalda un escalofrío de miedo. ¿Y si no conseguía salvar a esta? Relajó los hombros y se olvidó de todo lo que no fuera ayudar a la muchacha. No la habían educado para tener miedo a las dificultades.

—¿Cuánto lleva así?

—Desde la madrugada.

Sin dilación, examinó a la joven. Era cierto, la criatura no estaba en buena posición.

—Hay que dar la vuelta al bebé.

Adela era una mujer fuerte, capaz de llevar ella sola una casa y sacar adelante a sus ocho hijos, de trabajar de sol a sol, de curar heridas y de atender partos. Pero nunca se había atrevido a profanar el cuerpo de una mujer y, mucho menos, a intentar cambiar las cosas tal y como Dios las había previsto. Para ella, cuando un niño venía de nalgas, era porque el Altísimo así lo deseaba.

Y así se lo dijo a Michelle, que la miró como si estuviese loca.

—¡Qué barbaridad! Nunca he oído algo tan disparatado. ¿Quieres que esta niña muera desangrada? ¿O que muera el pequeño?

—¡Por supuesto que no! —repuso Adela muy ofendida.

—Entonces cállate y sigue mis indicaciones.

—Pueden morir los dos.

—*Vous êtes trompée!* —exclamó Michelle—. Está confundida, Adela —le repitió en español—. Lo he hecho otras veces, aunque va a ser complicado.

Desde el exterior, Lobo y las otras mujeres escuchaban la discusión. Ellas, alarmadas, porque Adela era toda una institución en el campamento. Él, por el contrario empezó a tener una confianza ciega en la francesa. Intuía que no solo Michelle ganaría aquella batalla de voluntades, sino que tenía el coraje suficiente como para conseguir lo que se proponía. A pesar de todo, la sensación de miedo no se le iba. Conocía a Maribel desde hacía tiempo y Tomás, su marido, era uno de sus mejores hombres. Si las cosas no salían bien...

Dispersó al grupo de curiosas y se sentó a la entrada, a la espera de acontecimientos. Pero lo único que sucedió en la hora siguiente fue la salida de Adela a por un cubo de agua y los gemidos intermitentes de la joven parturienta, poniéndole los nervios de punta.

Cuando Tomás apareció en el campamento le puso al corriente de lo que sucedía y se las vio y deseó para mantenerlo fuera de la cueva, asegurándole que las mujeres tenían todo bajo control —rezaba porque fuese cierto—. Con el rostro demudado al escuchar los gritos de dolor de su esposa, Tomás se agenció una garrafa de vino y se acomodó al lado de Lobo.

17

Anochecía ya cuando escucharon, por fin, el llanto de una criatura.

Lobo dio un brinco y se incorporó al mismo tiempo que Tomás. Cruzaron una mirada esperanzada, sonrientes y ufanos, como si hubieran sido ellos los que consiguieran el milagro. A su lado, dos garrafas vacías y una tercera que ya estaban consumiendo, daba cuenta de la larga y ansiosa espera. Aguardaron sin atreverse a entrar, deseosos de saber si madre e hijo se encontraban bien. Ni Tomás ni Lobo solían beber descontroladamente, pero ambos se encontraban achispados.

Fue Michelle la que primero salió de la cueva y casi chocó con ellos. Los miró arqueando sus bien delineadas cejas doradas y arrugó la nariz cuando la atacó el olor a vino. Lobo se apresuró a cubrirla con una manta. Agradeció ella el detalle y clavó los ojos en el sujeto alto y de desordenada cabellera oscura que la miraba desconcertado, adivinando que se trataba del esposo de Maribel. Le ofreció una sonrisa cansada y palmeó su brazo.

—¿Usted es Tomás? —preguntó a pesar de todo. Él asintió—. Tiene usted un hermoso varón, enhorabuena.

—¿Mi esposa...?

—Se encuentra bien, pero muy cansada. Si esa urraca de Adela se lo permite podrá pasar a verla en cuanto la aseen un poco.

Lobo apreció síntomas de fatiga en el rostro de la joven, y no era para menos, pero se notaba en sus ojos el fulgor de la victoria. Con el cabello recogido, varios mechones sudorosos pegándose en la frente y el cuello, sucia la blusa, era lo más bonito que hubiese visto nunca.

—¡La urraca de Adela dice que puede pasar! —se escuchó la voz de la otra desde el interior, con un ligero tono de ironía.

Tomás sonrió de oreja a oreja y, sin previo aviso, tomó a Michelle de los hombros y le plantó un par de besos en las mejillas. Después abrazó a su jefe y se precipitó en la cueva. Un momento después, mientras Michelle y Lobo se miraban en silencio, él agradeciendo sin palabras su ayuda y ella satisfecha por haberle demostrado que podía ser útil, escucharon el aullido de alegría de Tomás, seguido de una risa ronca y contagiosa.

Michelle suspiró y se masajeó la nuca. Estaba agotada, necesitaba asearse y dormir.

—¿Te apetecería ir a la cascada?

Se sentía extenuada y la temperatura no animaba a meterse en la laguna, pero asintió.

—¿Qué tal fue? —preguntó Lobo mientras la guiaba a través de un bosque iluminado por una luna redonda y luminosa.

—Complicado. —Soltó un gemido cuando la contractura del hombro le lanzó una punzada de dolor—. Pero una vez que conseguimos colocar a Arturo en la posición adecuada, pasó el peligro.

—¿Arturo?

—*Exactement*. Quiero decir que sí. Maribel me pidió que eligiera el nombre del bebé en agradecimiento. —Su voz sonó emocionada.

—¿Por qué Arturo?

—Es un nombre antiguo. De guerrero y de santo. Fue un bretón que peleó contra los anglosajones, que llegó a ser rey y que formó La Tabla Redonda en Camelot. Bueno, realmente no se ha probado su existencia, pero la leyenda está ahí. Mi madre me la contó cuando era chiquita y creo que desde entonces he estado enamorada en secreto de él. —Dejó escapar una risita.

Lobo conocía la leyenda. También de pequeño había soñado en convertirse en uno de los caballeros que buscaron el Santo Grial. Y podía vanagloriarse de tener una copia de la versión del escritor inglés Godofredo Monmouth, de 1139. Pero se lo calló.

Al llegar a la cascada, Michelle miró el agua con serias dudas, pero necesitaba relajar los músculos. Dejó el chal sobre una rama baja y empezó a desanudarse la blusa. Sus dedos quedaron varados en el tercer cordón. Se cruzó la prenda sobre el pecho y se volvió.

Lobo la estaba mirando con fijeza. Su expresión era una mezcla de devoción y deseo que hizo que su corazón empezara a galopar. No debería haber aceptado salir del campamento.

—¿Puedes volverte?

Lobo le dio la espalda. Solo entonces procedió Michelle a quitarse la blusa. Luego la emprendió con la falda y la enagua, sin dejar de echarle rápidas y nerviosas miradas. Tiró las sandalias a un lado y se zambulló en el estanque. Un escalofrío le recorrió de pies a cabeza porque el agua estaba helada, pero nadó hasta situarse justo debajo del chorro, se lavó el cabello lo mejor que pudo, lamentando no haber llevado un poco de jabón y se apresuró a salir. Hubiera deseado quedarse un rato más allí, pero se estaba congelando y se exponía a pillar una pulmonía.

La asaltaron imágenes de otro lugar y otro tiempo; su madre y ella corriendo por la ladera que bajaba hasta el lago artificial que su padre había mandado construir cerca de la mansión, allá en Francia. Muchas noches de verano, habían bajado ambas a bañarse. Recuerdos maravillosos que ahora quedaban muy lejanos.

Lobo permanecía de espaldas a ella, pero se dio prisa en volver a vestirse, no fuera que cambiara de idea. Estaba ya anundándose la blusa cuando un brazo le rodeó la cintura pegándola a un pecho duro. Dejó escapar un grito que provocó que los pájaros que dormitaban en los árboles emprendieran el vuelo, alarmados. Por la cabeza de Michelle cruzó la alarma, pero de inmediato notó que Lobo la envolvía protegiéndola del fresco de la noche con el calor de su cuerpo.

—Me encantaría poder bañarme alguna vez contigo —oyó que decía. Se quedó muda. Y no exactamente por el descaro del bandolero, sino porque a ella se le había pasado la imagen por la cabeza varias veces. No supo qué contestar, pero se apartó de él, más asustada por el alocado pensamiento que por las insinuaciones de Lobo—. Tal vez en otra ocasión...

—Desvarías.

—¿No te gustaría?

—*Bien entendu que non!!* —se le enfrentó.

Lobo se rio con ganas. Y ella no pudo remediar encontrarlo seductor y volver a imaginar a ambos retozando en el agua. Se apresuró a desechar tan pecaminosa ilusión y echó a andar. Que el decoro no formara parte del vocabulario del forajido no era pie para que ella perdiera el suyo.

Él la miraba de hito en hito mientras caminaban de regreso al campamento. Viendo que tiritaba, se deshizo de su chaqueta y se la puso sobre los empapados rizos.

—Acabarás por pescar una pulmonía por tu insana manía de bañarte.

—Lavarse es sano, aunque sea en un estanque helado. No le vendría mal a muchos de tus seguidores asearse con más frecuencia.

Él elevó las cejas y rompió a reír de nuevo. La francesita no perdía ocasión para lanzarle sus pullas.

—Les obligaré a hacerlo —prometió él con sarcasmo.

Ella asintió satisfecha y hasta se permitió regalarle una sonrisa acompañada de un pícaro guiño. Un presente plagado de inocencia pero que, sin embargo, hizo que a Lobo le corriera alocadamente la sangre por las venas y hasta recriminarse no haberse comportado como un caballero mientras ella se bañaba. No, no lo había hecho. Cierto era que había prometido a Michelle no mirar, pero eso había sido la primera vez que la llevó a la laguna. En esta ocasión, no había dado su palabra. Y en sus retinas guardaba, como un tesoro, su cuerpo grácil de diosa, sus pequeños y delicados pies, sus largas y torneadas piernas, nalgas turgentes y pechos altivos... Inspiró hondo para acallar el latido doloroso que cobraba vida en él, pero incapaz de soportar por más tiempo tenerla tan cerca y distante a la vez, la tomó del brazo, deteniéndola.

—¿Qué...?

—Puedes insultarme luego, pero ahora, Michelle, voy a besarte.

A ella se le abrieron los ojos como platos. Las palabras de protesta se le atascaron en la garganta y se sintió desfallecer. Solo podía mirar los ojos de Lobo. Estaba asustada, pero también deseosa. Podría gritar pidiendo ayuda, pero ¿lo deseaba realmente cuando también ella quería besarlo? Negarlo era absurdo. Nunca antes había sentido la imperiosa necesidad de besar a un hombre. Aun así, quiso resistirse.

—*Je vous en prie*... —susurró—. Te lo ruego...

Lobo no estaba dispuesto a dejar pasar la oportunidad porque veía en la mirada de Michelle un deseo igual al propio. Si ella le hubiera irritado, si le hubiera hecho frente de verdad, hasta la habría dejado libre, pero su ruego era casi una llamada pidiéndole la caricia. Su acento dulce y temeroso, negando pero rogando al mismo tiempo, le envolvió como una mortaja y ya no atendió a razones. Sabía que estaba actuando como un demente, pero ella lo fascinaba de tal modo que hasta el pensamiento más cuerdo desaparecía. Sus dedos acariciaron la barbilla femenina, pasaron tras su nuca y buscó su boca. Odió el maldito pañuelo que se veía obligado a utilizar y lo hizo a un lado para sentir los labios de Michelle plenamente.

Para ella, fue como una descarga. ¡Había deseado tanto sentir la boca de Lobo! Devolvió el beso con una inexperiencia que le hizo gemir, aupándose a la vez para pegarse a él, poniendo en la caricia toda su alma.

Las manos de Lobo abandonaron su nuca para atraparla por el talle, dejándolas luego vagar por sus costados hasta posarse en sus nalgas. Se sintió transportada a otro mundo, tan distante de la Tierra que nada le importó salvo seguir besándolo.

Michelle ardía y se ahogaba en un mar de sensaciones

hasta entonces desconocidas para ella, pero era consciente del peligro. Si le permitía seguir... Con renuencia, le puso las manos en el pecho y se separó.

—No está bien —le dijo.

Lobo volvió a pegarla a su cuerpo para besarla de nuevo. Si estaba bien o no le importaba un pimiento. Quería saborear su boca aunque después muriese.

Atrapada en un torbellino de deseo, Michelle enroscó los brazos al cuello de Lobo y se precipitó al vacío. No dejó de besarlo hasta que sus pulmones pidieron aire a gritos. Se perdió en el fulgor de los ojos masculinos y... y estornudó.

A Lobo le desapareció la excitación como por ensalmo. Apretó los dientes y se apartó de ella como si quemara. ¡Pero qué demonios estaba haciendo! Recolocó la manta sobre la cabeza de Michelle, le hizo dar la vuelta y, con un sonoro cachete en el trasero la instó a caminar.

—Andando. Hemos perdido demasiado tiempo por tu culpa.

Michelle estuvo a punto de tropezar, completamente asombrada. ¡Si sería desgraciado! La seducía con sus besos y después le echaba la culpa de haber... ¡Maldito cerdo! Se enfrentó a él con los puños en la cintura para decirle cuatro cosas pero... volvió a estornudar.

—Solo faltaba que te enfermaras —rezongó Lobo.

—¡Capullo! —le gritó. Y le gustó ver el gesto de estupor de él al utilizar esa palabra que había escuchado a Adela en varias ocasiones, segura de haberle soltado un insulto muy gordo.

Poniéndose a la cabeza, Lobo caminó a pasos largos hacia el abrigo del campamento, sin hacerle más caso. Michelle no podía saberlo, pero él estaba dando gracias al

Cielo por haber evitado que las cosas llegaran a más. ¡Benditos fuesen los estornudos! Tenía que devolver a aquella arpía que lo estaba volviendo loco antes de que fuese demasiado tarde y hubiera de arrepentirse de cometer una necedad. Quedaba claro que Gonzalo Torres no haría nada para recuperar el dinero entregado al asilo de huérfanos, así que se la devolvería sin pérdida de tiempo.

18

Michelle apenas pudo descansar esa noche. Machaconamente, recordaba el momento en el que Lobo la había besado y ella estuvo a punto de dejarse seducir. No era tan necia como para echarle a él toda la culpa.

Su inconsciencia, o tal vez su vanidad, había estado a punto de provocar una situación peligrosa. Pero es que se había encontrado maravillosamente bien en sus brazos, hermosa, seductora, capaz de todo. Aceptaba, aunque de mala gana, que había intentado llamar la atención de Lobo desde el principio. Y también que se había sentido celosa viendo las miradas de las mujeres del campamento hacia él.

Ahora, se sentía como una boba.

«Lobo no me gusta», se repetía, sabiendo que se mentía descaradamente a sí misma. No solo no había intentado resistirse a sus caricias, sino que las había disfrutado, quedándose con ganas de más.

¡Le odiaría! Sí, eso era lo que tenía que hacer, odiarlo con todas sus fuerzas.

Pero entre vuelta y vuelta en la cama, sin poder conciliar el sueño y sin dejar de recordar que era la cama de Lobo la que ocupaba, cayó de nuevo en la fantasía de estar entre sus brazos... hasta que le entró la risa evocando el modo abrupto y cómico en que había terminado la escena: le había estornudado encima.

El amanecer la encontró fatigada, con ojeras y deseando no haber conocido jamás al bandolero. Él, sin duda, no había pasado una noche tan mala como la suya. Y hasta era posible que hubiese calmado su calentura en la cama de alguna otra mujer. El pensamiento le escoció.

—¡Condenado sea! ¡Todos los hombres son iguales! —mascculló.

Sin embargo, no podía estar más confundida respecto a Lobo.

Tampoco él había pegado ojo. Y mucho menos había ido a buscar los favores de otra hembra. Se autoflagelaba por haber estado a punto de tumbarla en la hierba y... Nunca se había sentido tan mezquino. Sí, de acuerdo, se encontraba un poco ebrio después de haberse bebido junto a Tomás una buena cantidad de vino. Pero no era excusa.

¿Por qué había tenido que llevar a Michelle de nuevo a la cascada? ¿Por qué la había espiado mientras se vestía? Y luego... Ella no había rehusado sus besos. Lo deseaba. Cualquier hombre hubiera perdido la cabeza y él no era un monje. ¡Cristo! Tampoco era un mozalbete para haber estado a un suspiro de... ¿Qué diablos le pasaba con Michelle de Clermont? ¿Dónde se había perdido el control que siempre le caracterizó?

Al principio se había convencido de que Michelle le interesaba solamente porque era una baza para fastidiar a Gonzalo Torres, para poder espiarle mejor y conocer sus insanas intenciones. Luego, de estar utilizando a la muchacha para conseguir la liberación de Anselmo. Ninguna de esas razones era cierta. Michelle se le había metido bajo la piel por ella misma.

Al amanecer, había abandonado el refugio, cansado de dar vueltas y con un humor de perros.

Dio la última calada al cigarro y lo arrojó al suelo.

—¿Va a estar ahí todo el día? —Carlos alzó la mirada hacia Silvino, que le observaba con el ceño fruncido. Se incorporó, sacudiéndose los pantalones y su lugarteniente arqueó una ceja al ver su rostro macilento—. ¿Qué ha pasado? ¿Tan mal le fue anoche con la francesa en la cascada?

Lobo renegó en voz baja y se alejó dejando la risotada de Silvino tras él.

Al entrar en la cueva que Michelle ocupaba, *su cueva*, ella dormía aún. Despacio, procurando no perturbar su sueño, se acomodó en el borde del colchón y alargó la mano para acariciar su cabello, oro líquido bajo la luz del quinqué que había dejado encendido. Michelle tenía manchas oscuras rodeando sus párpados, el ceño plegado y un rictus de enojo en los labios, pero estaba tan bonita que se le cortó la respiración. Hubiera dado toda su fortuna por atreverse a besarla, pero no fue capaz y se removió, incómodo consigo mismo.

En ese instante, Michelle abrió los ojos y se le quedó mirando.

¿Era un reproche lo que vio en sus pupilas?

—Buenos días. —Ella no respondió—. Tengo que ausentarme del campamento, así que si necesitas algo, se lo pides a Tomás.

—¿Y qué pasa conmigo? —Se sentó, sujetando las mantas contra su pecho—. ¿Cuando vuelvas me dejarás marchar?

—Esta misma noche regresarás al lado de tu tío —contestó, mortificado al escuchar su suspiro de tranquilidad—. Hasta ese momento, espero que no crees problemas.

—¿Cuándo te he creado yo problemas?

«Desde que te vi por primera vez», contestó Carlos mentalmente. Pero guardó silencio, salió de la cueva y Michelle no volvió a verle durante todo el día.

19

El regreso de Michelle fue todo un acontecimiento social en Burgo de Osma.

Claire se pasó lloriqueando toda la noche, desde que la viera aparecer, hasta conseguir sacarla de sus casillas, y acabó por echarla de la habitación con cajas destempladas.

Pero le fue imposible escabullirse del aluvión de visitas que fueron personándose en la hacienda, como carroñeros en busca de un cadáver al que descuartizar. Todos deseaban darle la enhorabuena por su liberación y, de paso, cotillear sobre los pormenores de su rapto. A ella no le engañaron las frases de conmiseración y el aparente interés por su estado de salud: lo que rabiaban por saber era si regresaba tan intacta como desapareció. Igual que su tío, repentina y extrañamente cariñoso con ella.

Durante dos días Michelle soportó las preguntas. Pero lo peor fue tener que lidiar con las indirectas de algunas *señoras* —entre ellas doña Laura y doña Esperanza—, y tener que guardar silencio escuchando los mil y un adjetivos regalados a Lobo, quien —y eso no podía negarlo— había puesto en peligro su integridad y su buen nombre.

—No —volvió a repetir Michelle por millonésima vez desde que regresara, haciendo esfuerzos para no gritar de frustración—. Es imposible dar una pista para que los soldados puedan encontrar esas cuevas, doña Esperanza. Comprenderá que yo no era más que una prisionera a la que vigilaban constantemente. Solo pude ver una explanada rodeada de cuevas y riscos. Podría tratarse de cualquier lugar en las montañas.

—Pero has tenido que ver algo más, criatura —insistía la otra con una terquedad fastidiosa.

—Lo siento, pero no. Me llevaron sin sentido y volví con una venda en los ojos.

—¡Por Cristo crucificado! —exclamó el de Reviños—. Al menos... ¿os trataron bien, querida?

—Perfectamente, *monsieur*.

—Ese hombre no trató de... —Doña Esperanza no paraba de abanicarse nerviosamente, ligeramente sonrojada—. Bueno, ya me entiende... No me gustan los chismes, pero todos nos preguntamos si...

Para Michelle era más que suficiente. Se levantó y clavó sus ojos en cada uno de los visitantes antes de decir:

—Señores, el interrogatorio se está pasando de la raya, pero voy a darles el gusto antes de que salgan de esta casa. ¿Quieren saber si me violó?

—¡Jesús bendito!

—La respuesta es no. No he sido ultrajada por Lobo ni por ninguno de sus secuaces. Y hagan el favor de hacer correr la voz ya que, por lo que veo, mi honra parece ser un asunto de interés nacional. Ahora, tengo cosas más importantes que hacer que seguir atendiendo sus demandas. Que pasen un buen día.

—Vamos, vamos, pequeña —intervino don Manuel—.

Solo nos preocupamos de vuestro bienestar. Nuestra amistad con vuestro tío...

—Les agradezco su interés, *monsieur*, pero estoy realmente agotada.

—No nos guarde rencor, Michelle —le rogó doña Esperanza.

—Que pasen un buen día —repitió con frialdad—. Claire, los señores ya se marchan.

—Bien. Sí, claro. Nos vamos, ¿verdad querido? Hemos prometido visitar a unos amigos que... —No terminó la frase porque su esposo tiraba ya de ella hacia la puerta.

Claire, que no había querido dejarla a solas con aquella pareja de buitres, permaneciendo en un rincón de la sala haciendo que cosía, se apresuró a salir delante de ellos para entregarles capas y sombreros, cerrándoles luego la puerta con demasiado ímpetu.

—¡Qué gente tan *désagréable*! —protestó al volver a entrar.

Michelle, sentada con la espalda muy tiesa, se retorcía las manos, aún alterada por el enfrentamiento. Claire se permitió sentarse junto a ella y palmeó su brazo con afecto.

—Ha hecho lo que debía, señorita.

—Los hubiera matado.

—Y yo os hubiera ayudado. Ahora, ¿os encontráis más calmada?

—No, Claire. Nada va bien.

—Si viene una visita más os excusaré diciendo que tenéis un *mal de tête*.

—Lo cual no sería mentira.

—*Excellent!* Y ahora, os prepararé un poco de té con leche. Apenas cenó anoche y tampoco ha desayunado.

—No tengo apetito, Claire, pero gracias.

—Lo tomará. Vaya si lo tomará.

Michelle se dejó caer contra el respaldo y cerró los ojos. Era cierto que apenas había ingerido alimento. Los criados y Claire se habían desvivido por atenderla; la cocinera había preparado un desayuno especial y hasta su tío había insistido en que debía cuidarse después de tan horrible experiencia. Pero ella tenía un nudo en las tripas y a su cabeza regresaban una y otra vez las imágenes de Lobo besándola junto a la cascada.

Claire regresó al poco rato llevando una bandeja con un vaso de leche caliente y pastelillos... y sonriendo de oreja a oreja.

—Ha venido, *mademoiselle*.

—Lobo —musitó Michelle sin darse cuenta de lo que decía. Su criada frunció el ceño, se quedó mirándola fijamente y ella se dio cuenta del desliz—. No soporto ver a nadie más. Excúsame ante quien sea.

—A esta visita sí que la recibirá, *ma petite fille* —aseguró depositando la bandeja en una mesita—. Es el marqués de Abejo.

Michelle sabía que Claire estaba más que encantada con que Carlos de Maqueda mostrara tanto interés por ella. Desde que lo conociese no había parado de repetir que era un hombre muy rico, con importantes influencias en la corte española y, sobre todo, muy apuesto. Tenía razón en todo, no podía negarlo. También le había asaeteado con rumores acerca de que el marqués de Abejo estaba en el punto de mira de algunas madres con hijas casaderas. Y que era el centro de atención de otras damas casadas y faltas de escrúpulos a la hora de colocar unos hermosos cuernos sobre la frente de sus esposos.

Michelle no dudaba de cuanto decía Claire: Carlos de Maqueda era un hombre sumamente atractivo y con fortuna, por tanto pieza más que suculenta a la que querer hincar el diente.

Estuvo a punto de negarse a recibirlo, pero lo pensó mejor. Tal vez su conversación consiguiera distraerla y pudiera dejar de pensar de una condenada vez en Lobo.

—Por favor, dile que pase.

Claire regresó con el marqués y, como buena carabina, volvió a ocupar su puesto en el rincón.

Carlos había retrasado todo lo posible su visita a la hacienda de don Gonzalo. Rabiaba por volver a estar cerca de Michelle... pero a la vez no quería. Nadaba en un mar de dudas que lo mantenía irritable y —según palabras de su abuelo— hasta intratable.

Al entrar se le disparó el corazón. En ese instante hubiera dado cualquier cosa por no tener que verse obligado a presentarle sus respetos, pero nobleza obliga como suele decirse, y allí estaba, cumpliendo el rol que él mismo se había impuesto. No se podía permitir que el juez pensara que su interés por Michelle había decaído.

Mientras el carruaje le acercaba hasta la hacienda, se había visto muy capaz de capear el temporal, de enfrentarse de nuevo al rostro perfecto de Michelle de Clermont y continuar representando el papel de arrogante aristócrata. Pero al verla de nuevo, hermosa como ninguna otra mujer que recordara, estuvo a punto de olvidar su representación y besarla. Respiró hondo y, adoptando una pose afectada se acercó a ella, apretando con rabia el mango de su bastón para evitar tomarla en sus brazos.

—¡Mi querida *mademoiselle*! —exclamó, haciendo una estudiada reverencia. Tomó la mano que ella le ofrecía y se la llevó a los labios—. Lamento no haber venido antes, pero he estado en cama. Una ligera indigestión, nada importante. ¿Cómo os encontráis?

—*Très bien, monsieur.* —Medio sonrió—. *Asseyez-vous, s'il vous plaît.*

Carlos tomó asiento a prudente distancia, como marcaba el decoro, y le hizo entrega de un paquete profusamente adornado con un gran lazo azul.

—Bombones para vos. ¿Recibisteis mi presente de ayer?

—Sí, muchas gracias. Las rosas blancas son preciosas, marqués. Mis preferidas. No debisteis molestaros.

—¡Por Dios, no podía hacer menos! —se quejó él con un gesto que a ella le resultó casi ensayado—. Siento de veras no haber podido venir antes a visitaros, pero ya os decía...

—No debéis disculparos, don Carlos. He tenido muchas visitas desde mi regreso. No he tenido tiempo de aburrirme. Acabo de despedir a doña Esperanza y a su esposo.

—Ya veo. ¿Os encontráis repuesta del susto?

—Estoy perfectamente. Al menos, todo lo perfectamente que puede estar una tras una experiencia semejante.

—Lo comprendo. Sí, sí, sí, lo comprendo. Y no voy a ser tan descortés como para preguntar nada, ya imagino que habrá sido terrible. Lo digo por la visita de los Reviños. —Le guiñó un ojo. Michelle apreció su mordaz comentario con una sonrisa, agradeciendo que no quisiera saber detalles—. De todos modos, me he propuesto que olvidéis el amargo trago. Me han dicho que don Gonzalo está ausente.

—Está en una reunión, sí.

—¡La política! —exclamó el marqués—. ¡Siempre la política!

—Hace planes para cazar a ese forajido.

—¿De veras? —Carlos sintió que todos sus músculos se ponían en tensión, pero su rostro no reflejó más que aburrimiento. Con gesto lánguido, se quitó los guantes.

Michelle le observaba y callaba. Realmente, Carlos era sumamente guapo: alto, elegante, moreno, de ojos oscuros como la noche castellana y...

La repentina imagen de Lobo la dejó paralizada, pero echó al bandolero de su cabeza al segundo.

—¿Os apetece un refrigerio? —ofreció, recordando de pronto sus obligaciones de anfitriona.

—No, gracias. ¿Cuándo regresará vuestro tío?

—No creo que lo haga antes de la hora de la cena por lo que dijo, *monsieur*.

—¡Vaya! Me hubiese gustado presentarle mis respetos y pedirle permiso para sacaros a pasear en mi carruaje. Me conformaré con dar un paseo con vos por el jardín, si os encontráis con ganas. ¡Por supuesto, en compañía de la encantadora Claire! —dijo con rapidez mirando a la criada, que le correspondió con una inclinación de cabeza—. ¿Qué me decís? ¿Estáis demasiado cansada?

—Yo...

—¡Por favor, *mademoiselle*! Concededme el honor de entreteneros un rato. ¿Sí?

Michelle acabó por echarse a reír.

—Sois muy persistente, marqués.

—¿Eso es un sí, querida?

—Lo es.

Carlos de Maqueda y Suelves se comportó como un perfecto caballero durante el paseo. También como el estúpido y engominado aristócrata que aparentaba, pensaba echando miradas de reojo a Claire, que no se les despegaba de los talones.

Le relató a la muchacha algunos de sus viajes, callando acerca de las escaramuzas en las que Pascual y él se habían visto envueltos en más de una ocasión; le habló de cómo era la vida al otro lado del Atlántico, de las costumbres de otras gentes, de las mujeres de otras tierras.

Para cuando se despidió, prometiendo regresar al día siguiente, Michelle había olvidado por completo a un bandolero conocido como Lobo.

20

Pascual entró en la habitación una vez que obtuvo permiso y se quedó parado al ver que el marqués se estaba vistiendo con las ropas que usaba para las incursiones.

—No sabía que esta noche fuésemos a salir, señor.

Carlos acabó de abrocharse la chaqueta.

—Y no salimos, Pascual —le respondió—. Salgo.

El otro parpadeó, creyendo haber escuchado mal.

—¿Sale?

—Eso he dicho. Salgo.

—¿Puedo saber a dónde va? Si ha decidido hacer alguna «visita», cuente conmigo.

—No en esta ocasión, amigo mío.

—¡No es prudente que Lobo actúe solo!

Carlos sonrió mientras se cubría el rostro con el pañuelo.

—En esta ocasión, no te dejaría acompañarme ni por todo el oro del mundo, Pascual. Allá donde voy, no quiero mirones.

Pascual frunció el ceño. ¿Se había vuelto loco el marqués? Si Lobo actuaba sin que le protegiesen las espaldas, se pondría en peligro. Pero al ver la decisión en los ojos de

Carlos lo comprendió todo. Algo se anudó en la boca de su estómago.

—Va a la hacienda de don Gonzalo Torres.

Carlos no contestó. Se limitó a meter una pistola en la cinturilla del pantalón, cubriéndola luego con la chaqueta.

—¿Qué pasó con *mademoiselle* en el campamento, señor? —demandó Pascual. Tampoco obtuvo respuesta mientras su jefe se calaba un puñal en la bota derecha—. ¡Por las barbas de San Pedro! Es una locura.

—Lo es, amigo mío —asintió por fin el joven.

—¿Qué ha pasado? ¿Esa francesa le ha vuelto tarumba?

Lobo se cubrió con el sombrero negro. Luego dedicó a su hombre de confianza una mirada larga, fija... y peligrosa.

—Tengo que volver a verla.

—¿Se acostó con ella?

—¡A punto estuve, sí, qué demonios! —elevó Carlos la voz—. Y pienso acabar lo que empecé. ¿Acaso tengo que obtener tu bendición?

Pascual no se inmutó por el grito, sino que se acercó a él y puso una mano sobre su brazo.

—¿Por qué? ¿Es que no tenemos ya suficientes problemas?

—¡Maldito si yo mismo lo sé, Pascual! Pero tengo que ir.

—Se va a meter en la boca del... —Se encogió de hombros—. Piénselo, solo le pido eso. Es peligroso.

—¡Sabia advertencia! —ironizó el joven—. Estoy metido en un buen lío, amigo, pero ahora me importa un pimiento el peligro.

—Ella podría reconocerlo. De hecho, no debería volver a ver a esa muchacha nunca más. Está apostando a un juego que puede llevarlo a la horca. No debería presentarse ante ella ni como Lobo ni como Carlos de Maqueda.

—¿Y perder la oportunidad de estar cerca de ese cerdo de don Gonzalo y enterarme de alguno de sus planes? —preguntó con sarcasmo—. Ni lo sueñes. Ahora gozo de su confianza. Está convencido de que su sobrina me interesa. Quiere obtener mi apoyo y mis influencias. No voy a desperdiciar una oportunidad semejante, necesitamos estar al tanto de cada paso que dé.

—Entonces visite a la chica como lo que le está haciendo creer, como el galán enamoriscado, como el marqués de Abejo —explotó Pascual, viendo que nada de lo que dijese lo convencía.

—Necesito hacerlo como Lobo.

—¡Necesita un cuerno!

—No seas ordinario. —Se echó a reír—. ¿No has aprendido nada de buena educación a mi lado, hombre?

—¿Al lado de quién? ¿Al lado del aristócrata emperifollado que parece incapaz de levantar algo más pesado que un tenedor? —cuestionó Pascual con creciente sarcasmo—. ¿O al lado de Lobo?

Carlos perdió el buen humor. Suspiró, cansado de aquella discusión que no llevaba a ninguna parte y se dirigió a la librería. Movió un par de volúmenes y parte de las estanterías se desplazaron dejando libre el acceso secreto por el que iba y venía a la mansión.

—No me des más la lata, Pascual.

—¿Y si le reconoce? —insistió.

—No me ha reconocido esta tarde.

—Como marqués. Lo que va a hacer ahora es un riesgo. Es posible que no haya relacionado aún al aristócrata con el forajido, pero si ve a ambos en tan poco espacio de tiempo acabará por atar cabos. Encontrará algo común entre los dos.

—Me arriesgaré —se empecinó entrando ya en el pasadizo que solamente conocían Pascual y él. Bajo sus pies, una escalera estrecha lo llevaría hasta el exterior.

—¿Por qué no piensa con la cabeza en vez de hacerlo con lo que tiene entre las piernas?

Carlos se volvió a mirarlo. Nunca había visto a Pascual tan alterado. Sabía que tenía razón, que se la estaba jugando, que actuaba como un condenado imbécil. Si le descubrían, si le apresaban, todo se iría al garete, tanto sus andanzas en Burgo de Osma como la posible liberación de Floridablanca. Pero su necesidad de Michelle era más fuerte que todo lo demás, no le dejaba pensar con claridad. Necesitaba tenerla. ¡Y a la mierda el resto del mundo!

Puso una mano en el hombro de Pascual para tranquilizarlo.

—De acuerdo. Vendrás conmigo y esperarás, por si sucediera algo.

Pascual asintió, algo más convencido, se acercó al arcón donde el marqués guardaba las armas y tomó un par de pistolas.

—Le protegería aunque fuera usted a hablar con el mismísimo rey de los infiernos, señor. Usted lo sabe.

Carlos se echó a reír.

—Eres único, compañero. Recuérdame que te suba el sueldo como hombre de confianza del marqués de Abejo —bromeó.

El otro rezongó algo sobre la estupidez de los jóvenes, sobre los devaneos amorosos y sobre las condenadas francesas, pero se apresuró a cerrar el panel y seguirlo escaleras abajo.

21

Claire insistía en cepillar el cabello de Michelle más de lo que era habitual, sin dejar de lamentarse mentalmente por lo descuidado que estaba. Pero no decía palabra.

Estaba demasiado callada, según apreció la muchacha.

—¿Qué te preocupa, Claire? —La criada continuó como si no la hubiese oído. Michelle acabó por volverse y la tomó de la muñeca—. Vamos, dímelo. Somos amigas ¿no es verdad?

Claire resopló, dejó el cepillo y fue a sentarse a los pies de la cama.

—¿Qué sucedió realmente durante su secuestro, *mademoiselle*?

Michelle suspiró, se levantó, paseó por el cuarto mientras trataba de encontrar las palabras adecuadas para contarle. Cuando por fin se atrevió a mirar a su criada, a Claire ya no le hicieron falta explicaciones. La conocía desde hacía mucho tiempo como para no adivinar lo que encerraba su silencio. Habían pasado muchas vicisitudes cuando escaparon de Francia, se habían jugado la vida. Todo ello había creado un vínculo especial entre ellas.

Michelle sabía que le debía lealtad a su criada y amiga. Y aunque vio en sus ojos lo que pensaba, se sentó a su lado y confesó:

—Ese hombre estuvo a punto de...

—¿Quiso forzarla? —se alteró Claire.

—No. Solo se atrevió a besarme. Pero te juro por lo más sagrado que yo estaba deseando que me sedujera.

—¡Señor, Señor...!

Claire se pasó las manos por la cara, terriblemente pálida, y Michelle se puso de hinojos frente a ella.

—No sé lo que pasó, pero...

—¿No lo sabe?

—Lobo es...

—¡Un forajido! ¿Cómo pudo siquiera plantearse tener con él un... un...? Si hubiera ocurrido —continuó acaloradamente—, no podría encontrar ya un marido. Puede que ya sea imposible porque las malas lenguas son como el veneno. ¿Qué hombre cargaría con una esposa deshonrada? ¿Ni siquiera se lo planteó?

Michelle se levantó alejándose de ella, irritada por la reprimenda aunque sabía que se la merecía.

—Te estás poniendo melodramática, Claire.

—Seguramente.

—Ya te digo que no pasó nada. Solo un par de besos.

—Pero pudo pasar. ¿Qué le hubiera dicho entonces al marqués de Abejo?

—Te interesas demasiado por el marqués. Yo nunca he dicho que me vaya a casar con él. ¡Por Dios, Claire! Si él ni siquiera me lo ha propuesto. ¿O acaso tú sabes algo que yo no sé?

Claire rehusó mirarla de frente.

—No, *mademoiselle*. *Pas du tout, ma petite*. Pero creo

que ese caballero tiene intenciones muy claras con respecto a vos. —Se echó a llorar.

Michelle se sintió culpable. Se acercó a ella y la abrazó por los hombros.

—No discutamos, amiga mía. Lobo me hizo sentir algo que nunca había experimentado, Claire, es verdad. Me fascinó. Pero ya está olvidado, seguramente no volveré a verlo más.

—Pero sentís algo por él.

—Solamente fue un momento de locura. Te prometo que si el nieto de don Enrique me pide en matrimonio, aceptaré.

—Más vale que él no sepa nunca que se ha sentido atraída por ese bandolero, niña. He oído algo acerca de su pasado...

—¿Qué es lo que has oído?

—Estuvo casado.

—Lo sé. Mi tío me lo comentó cuando empezó a visitarme.

—Y ahora es viudo.

—También lo sé, Claire. Su esposa se ahogó, ¿no es eso? Pero ¿qué tiene que ver con...?

—¿Su tío le contó algo más sobre la esposa del marqués?

Michelle parpadeó, desconcertada. ¿Qué intentaba decirle Claire? ¿Por qué parecía tan preocupada? Nunca había hablado con su tío acerca de la difunta esposa de Carlos de Maqueda, solo sabía que había muerto cuando naufragó el barco en el que viajaba. ¿Qué más había?

—Vas a contarme algo, ¿verdad? Pues empieza.

—Bueno, es posible que no... Ya sabe, *mademoiselle*,

los criados somos dados a hablar... Dicen que ella, doña Margarita, era una muchacha muy hermosa. Una española de pies a cabeza. También se dice que era una mala pécora. Y que no lo amaba.

A Michelle se le hacía difícil pensar que una mujer pudiera hacerle ascos al de Abejo. Nunca había conocido a un hombre tan atractivo... Salvo Lobo.

—Se cuenta que tenía un amante —siguió diciendo Claire—. Al parecer, un libertino y un ladrón llamado Domingo Aguado. Se escapó con él. Pero antes, y por vengarse de don Enrique de Maqueda, mandó que torturaran a don Carlos. Casi lo mataron. ¿Entiende ahora? Si él imagina siquiera que se siente atraída hacia Lobo, que puede traicionarlo como lo hizo doña Margarita, no querrá saber nada de usted. No pasará dos veces por la misma burla.

Michelle sentía lo que había sufrido el marqués, pero la obsesión de Claire por buscarle un marido empezaba a ser asfixiante. Si su madre estuviera allí, la comprendería. Su recuerdo le provocó una agonía infinita porque seguía sin noticias acerca de su paradero. Y la condenada Claire parecía únicamente preocupada por las apariencias.

—Lo que quieres hacerme ver es que el marqués de Abejo, a pesar de mostrarse encantador, no se fía de las mujeres. ¿Es eso?

—*Oui.*

—Me doy por enterada. Es tarde.

Se quitó la bata y su criada se apresuró a levantar las cobijas de la cama.

—Lamento si he sido impertinente —se excusó Claire.

—Agradezco tus confidencias, de veras. Vete a dormir. Te prometo que pensaré en todo cuanto me has dicho.

A solas ya, Michelle apagó la lamparilla, mulló los almohadones y cerró los ojos.

Había conseguido olvidar a Lobo mientras aceptaba el galanteo del marqués, pero Claire había vuelto a abrir una herida que no cicatrizaba. Lobo seguía pareciéndole irresistible. A la vez, repudiaba su recuerdo. ¿Cómo explicar esos sentimientos encontrados? ¿Cómo explicárselo a Claire, cuando ni ella misma entendía lo que le sucedía? Las emociones afectivas no eran algo que se puede dejar a un lado como un vestido o unas botas usadas, no se podía luchar contra ellas. Odiaba a Lobo, sí, porque aunque sus acciones fuesen en beneficio de los necesitados, estaba fuera de la Ley. Sin embargo, estaba obsesionaba con él. Lo echaba de menos y era imposible no evocar sus caricias, el brillo de sus ojos, su risa.

Ahogó un sollozo y clavó la mirada en la brillante luna llena que se podía ver a través de los cristales de la ventana. Una luna que le hizo recordar la cascada de las montañas. Y a Lobo. Deseable y orgulloso. Ni siquiera el marqués de Abejo se le podía asemejar.

Poco a poco, con la imagen del bandolero grabada a fuego en su mente, se fue quedando dormida.

Montaba un caballo negro, cabalgaba con la melena suelta al viento, era libre. Volvía a tener a su lado a sus padres. Unos brazos fuertes la arropaban y protegían. Unos labios tiernos la besaban... los labios de Lobo.

Gimió en sueños.

Un aliento en su mejilla la hizo abrir los ojos de golpe.

Y se encontró con un rostro velado por un pañuelo oscuro.

—Lobo.... —suspiró, sin saber si estaba despierta o aún soñaba.

—Sí, mi amor...

Debería haber gritado. Pero no hizo nada salvo quedarse mirándolo.

Lobo se recostó a su lado y la abrazó con más fuerza. Luego, sus manos, se pasearon por sus hombros, por sus brazos, perdiéndose entre los pliegues de la ropa.

Michelle dejó escapar un gemido de aceptación. Había batallado demasiado tiempo contra el deseo que ese hombre despertaba en ella y ya no se sentía con fuerzas para seguir luchando.

Lobo bajó la cabeza para besarla, pero se detuvo. Se levantó para acercarse al ventanal y cerrar las cortinas, dejando apenas un resquicio por el que se colaba la luz del satélite. Quería saborearla completamente, sin el engorro del pañuelo que protegía su doble identidad. Le dolían los músculos por la necesidad de tenerla.

Volvió a recostarse junto a ella, se quitó el pañuelo y entonces sí, se recreó en la boca femenina. Labios contra labios, bebiendo el mismo aire, Lobo se olvidó del mundo entero.

Ella respondió a su caricia, alzó los brazos y rodeó su cuello para atraerlo aún más. La boca masculina, dura, caliente y dulce, sabía a menta y a brandy.

Lobo ahondó en el beso, mordisqueó sus labios, se

deleitó con la suavidad de los labios de Michelle como un hombre al que han privado durante mucho tiempo del alimento y ahora estaba frente a un manjar. Sus manos buscaron el cuerpo de ella bajo las ropas de cama, encontró sus pechos... Echó las mantas a un lado y olvidó sus labios para tomar esa otra fruta deseada.

A Michelle le pesaban los miembros. Bajo el calor de sus caricias caía sin remedio en el abismo. No deseaba otra cosa más que caer junto a Lobo. Abrió los ojos al sentir el roce ligero, como una pluma, de la mano de él entre sus piernas. Fue un momento tenso que pareció no iba a acabar nunca. La mano invasora se quedó quieta.

Cada terminación nerviosa del cuerpo de Lobo bramaba por poseerla. Pero no haría nada que ella no le permitiera y notaba su pudorosa precaución. La besó en la punta de la nariz y esperó, torturado por la necesidad, a que se relajara. Aguardar así, sin moverse, sin besarla, fue lo más difícil que había hecho en toda su vida.

—¿Quieres que siga acariciándote?

La voz le salió demasiado ronca y a ella le pareció la pregunta más erótica que escuchase nunca. Tragó saliva. No contestó, pero abrió ligeramente las piernas, con miedo. Su cuerpo joven clamaba por el contacto de las manos de Lobo, pero temía.

—¿Y si gritara pidiendo socorro? —preguntó en un susurro, no sabía si para incitarle a continuar o para desalentarlo.

—Poco me importa que me ahorquen con tal de tenerte, Michelle. No podía estar sin sentirte.

Se lo demostró besándola otra vez. Y luego, también le expresó con su cuerpo la urgente necesidad que tenía de ella, envolviéndola en el capullo protector de sus brazos.

Michelle no supo cuándo ni cómo desapareció su camisón y la ropa de Lobo, pero un momento después él se encontraba gloriosamente desnudo bajo las sábanas y la adoraba con su boca. Ella ardía como un leño al fuego, se consumía por sus caricias. Cuando los labios masculinos se recrearon en uno de sus pechos dejó escapar un gemido. Estaba sin aliento, el corazón cabalgaba como un potro desbocado y necesitaba más.

Lobo estaba perdiendo el norte. Y acabó por perderlo completamente cuando los brazos de Michelle rodearon su cintura y luego, golosamente, sus pequeñas manos buscaron sus nalgas para apretarlo contra ella. Gimió en su boca como si le estuvieran torturando.

Por un momento, a Carlos le paralizó lo que estaba a punto de suceder. Iba a poseer a Michelle. Y ella se le entregaba confiadamente. No iba a otorgarle su cuerpo al marqués de Abejo, sino a un forajido cuya cabeza estaba puesta a precio. No iba a regalarle su virtud a Carlos, sino a Lobo. Tuvo unos rabiosos celos de él mismo. Porque con el marques de Abejo ella se comportaba como una dama decorosa, pero con Lobo perdía la vergüenza. La besó casi con rabia, como si quisiera hacerle pagar su traición. La tomó de las caderas, la besó en el cuello, bajó de nuevo hasta la cúspide de sus pechos. Su miembro dolorido reclamaba satisfacción y ya fue imposible dar marcha atrás, fuera quien fuese al que ella le concediera inocentemente sus favores.

Michelle se envaró cuando sintió que entraba en ella. Una mezcla de temor y de dicha la embargó. Se agarró a su cuello porque le parecía que bajaba por un tobogán sin fin y elevó la pelvis.

Lobo atrapó su boca y en ella se ahogó el quejido de

Michelle cuando atravesó la frágil barrera. Luego se quedo muy quieto, sin dejar de besarla, dándole tiempo para que se acostumbrara a la tenerlo dentro de ella. Con una mano le acarició el cabello, los párpados... Descubrió una lágrima y apretó los dientes. ¿Qué había hecho?

Pero la pregunta quedó sin responder sintiendo que ella pujaba contra su cuerpo y sus manos, más inhibidas, le estimulaban a seguir. Ni siquiera la promesa de la gloria eterna hubiera podido compararse para él con ese sublime momento. El corazón parecía querer salirse de su pecho. Se retiró un poco para volver a entrar despacio, muy despacio, con infinito cuidado; tanto, que pensó que moriría.

Ella lo abrazó con más fuerza, le pedía sin palabras más, le demostraba su propia necesidad por aplacar el fuego que estaba consumiendo a ambos. Le mordió en un hombro cuando él cumplió su deseo moviéndose más aprisa, llevándola hasta la locura impelida por un tifón de pasión que la hizo elevarse, elevarse hasta alcanzar la cumbre. Él estranguló su propio grito de culminación volviendo a besarla en la boca.

Durante un momento, fueron incapaces de moverse. Ni la guardia al completo de Gonzalo Torres hubiera conseguido que Lobo escapara de la tibieza de los brazos y las piernas de Michelle. Había alcanzado el Cielo y no quería abandonarlo.

Algunos minutos más tarde, se apartó de ella, saltó de la cama, buscó el camisón para entregárselo y arregló el desaliño de la ropa de cama. Ella lo miraba sin decir nada y a Lobo le sobrevino el deseo de volver junto a ella. Pero no era posible. Se vistió, se colocó el pañuelo cubriéndose el rostro y abrió las cortinas. Echó un vistazo abajo.

Pascual aguardaba protegido de miradas indiscretas junto a la tapia del jardín.

Se acercó a Michelle para besarla una vez más. Tener que separarse de ella le dolía como si le arrancaran las entrañas, pero no podía dilatar más su partida. Demasiadas cosas dependían de él como para arriesgarse más de lo que ya lo había hecho. Arropó a la muchacha y no pudo contener la necesidad de besarla por última vez.

—Buenas noches, mi princesa.

Llegó hasta la ventana, se apoyó en el alféizar y saltó.

Michelle sofocó un grito de alarma al verlo desaparecer en el vacío, echó las mantas a un lado y corrió hacia la ventana. Le vio correr hacia la tapia, saltarla con facilidad en compañía de otro hombre y perderse definitivamente en la noche.

Regresó a la cama, temblando, y encendió la lamparilla. Se quedó helada al descubrir la mancha en las sábanas y un escalofrío le recorrió la espalda. ¿Cómo iba a ocultar lo sucedido a Claire? No hubo de pensar demasiado: arrancó la sábana, vertió agua en el aguamanil y lavó la prueba de su perdida virginidad lo mejor que pudo. Volvió a hacer la cama y se acostó, estallando luego en sollozos angustiados. No lamentaba haberse entregado a Lobo, pero ahora que él se había marchado le atribulaba un sentimiento de pérdida que no pudo explicar.

A la mañana siguiente pidió a Claire que le subiera un zumo de tomate y un par de galletas como único desayuno, aduciendo encontrarse indispuesta por algo que había tomado la noche anterior. Con el vaso ya en la mano, simuló una arcada, retiró las mantas con premura para buscar la bacinilla y... el zumo de tomate se vertió, cosa curiosa, justamente sobre la sábana.

—Lamento la torpeza, Claire —se excusó compungida.

Su criada se limitó a cambiar la ropa de cama, obligarla a volver a ella y hacerle prometer que no se movería de allí hasta encontrarse mejor.

22

José Moñino, conde de Floridablanca, contaba ya con sesenta y cinco años de edad. Sin embargo tenía aún la lozanía de un hombre joven y seguía empeñado en cambiar la situación política española del momento. Sus estudios de leyes en la Universidad de Salamanca destacando como abogado, le habían llevado a la carrera política gracias a su extraordinaria elocuencia. Alcanzado el poder con Carlos III, lo había perdido con el actual monarca, pero siempre tuvo la suficiente valentía para saber decir lo que pensaba, aunque no conviniese o desagradase al resto.

Ahora, por el contrario, se había quedado mudo.

—¡Haremos lo que sea! —acababa de decir el joven que tomara la palabra durante la reunión—. Si es necesario, lucharemos.

¡Luchar! Aquella palabra solo podía acarrear más problemas a España. Luchar ¿por qué? ¿Por él? ¿Por su causa?

—Caballeros, por favor —intervino al fin, viendo que los ánimos se iban caldeando—, no soy partidario de una revuelta.

El imberbe que se había exaltado, y que mejor hubiera estado en la escuela que en aquella reunión clandestina, volvió a tomar asiento.

—Habéis hecho mucho por España, señor —le dijo.

—Y ahora me encuentro preso aquí, en la ciudadela de Pamplona, con un proceso en marcha, acusado de abuso de poder y fraude al Estado. De poco sirvieron mis desvelos.

—Pero aún tenéis amigos —afirmó una voz, severa y calmada, al fondo de la habitación.

—Marqués de Abejo, sé que os puedo contar entre ellos. A todos ustedes les considero amigos —amplió su alabanza al resto—. Y sí, lo sé, aún cuento con la confianza de muchos, de otro modo ustedes no podrían estar ahora aquí, reunidos conmigo y hablando de oponerse al reinado de nuestra Majestad.

—Exageráis, señor conde —protestó otro de los asistentes—. Y el marqués de Abejo seguramente piensa como nosotros. Hay que luchar, limpiar vuestro nombre y conseguir que os restituyan vuestro cargo.

—Godoy nos llevará a la perdición —argumentó Carlos de Maqueda—. Nuestro soberano carece de agallas para dirigir los designios de España y se deja aconsejar por él. Godoy es un hombre ansioso de poder y dinero y vos no podéis ni debéis rendiros ahora.

—Os sacaremos de aquí —intervino otro.

—¡Por supuesto!

—¡Desde luego!

Las voces se fueron elevando y Floridablanca dejó que una vaga sonrisa anidara en sus labios, henchido de orgullo al saber que los personajes allí reunidos se arriesgaban a perder sus cargos, sus títulos y hasta su vida por defender su causa. Sabía que si no conseguían liberarlo por las buenas, estaban decididos a hacerlo por las malas.

—De acuerdo —convino para poner orden—. Ténganme informado de los acontecimientos y yo haré lo que España me pida cuando sea necesario. Me someto a su decisión.

Uno a uno se levantaron y fueron estrechando su mano al despedirse. El último fue el de Maqueda. José Moñino retuvo su diestra y sonrió con cansancio.

—Gracias, Carlos.

—A vos, señor, por vuestra eterna dedicación a nuestra patria.

—Mis recuerdos a vuestro abuelo.

—Se los daré de vuestra parte. Ya sabéis que si no está aquí es debido a su salud.

—No hace falta que disculpéis a un hombre de la grandeza de don Enrique, marqués.

Carlos asintió y caminó hacia la puerta. No podía permanecer más allí, habían conseguido reunirse gracias a la ayuda de dos carceleros afines a la causa de Floridablanca, pero podían ser descubiertos por el cambio de guardia. Le sabía mal dejar allí al prisionero, pero si Dios les ayudaba pronto estaría en libertad y no tendrían que tomar las armas. Una revuelta no era buena para nadie.

La voz de Moñino le detuvo antes de salir.

—Un segundo, marqués... ¿Qué hay de cierto sobre un extraño personaje que actúa por las montañas de Soria?

Carlos se quedó paralizado. ¿Había algo que desconociera aquel hombre a pesar de encontrarse confinado allí?

—Creo que lo llaman Lobo —insistía Floridablanca.

El marqués de Abejo había aprendido a disimular sus emociones, así que puso cara de sorpresa.

—No me digáis que hasta aquí llegan las habladurías de un lugar tan provinciano como Burgo de Osma, señor.

—Llegan, sí. E informaciones sobre el juez, Gonzalo Torres.

Carlos se echó a reír, aunque se mantuvo alerta.

—No os preocupéis de habladurías, señor. Seguramente ese forajido dará muy pronto con sus huesos en un calabozo. Don Gonzalo Torres no cesará hasta apresarlo.

Floridablanca entrecerró los ojos. Tenía una expresión extraña que puso más en guardia Carlos.

—¿Estáis en contra de ese bandolero, muchacho?

—Bueno. —Se encogió de hombros—. Ha robado en mi hacienda un par de veces.

—Entiendo. Sin embargo, mis informadores dicen que ese sujeto protege a los débiles. Por eso me recuerda a vuestro padre. —No le pasó desapercibido que su interlocutor apretaba los dientes—. Él lo hizo. Y antes, vuestro abuelo, don Enrique.

—Mi padre fue un idealista y mi abuelo...

—Claro. Y vos no habéis heredado su forma de pensar, ¿verdad?

Carlos sintió un escalofrío por la columna vertebral y clavó sus oscuros ojos en el otro. ¿Qué sabía Floridablanca? O lo que era peor, ¿quién le tenía informado? Se dijo que debía andar con pies de plomo. En sus circunstancias no podía fiarse ni de su abuelo.

—Lamento decir, señor, que mis ideales van en otra dirección.

—Pero supongo que no estáis de acuerdo con los atropellos del juez.

Las incisivas preguntas de José Moñino tenían poco de sutiles. Nunca fue un hombre que se fuera por las ramas, cuando tenía que hablar lo hacía cara a cara.

—No lo estoy —contestó—. Pero ¿qué puedo hacer yo contra un hombre que tiene el poder para juzgar concedido por el propio Godoy?

—Entiendo —repitió—. Supongo que cada uno debe obrar según le dicte su conciencia, don Carlos. Pero si os sirve de algo, y como bien habéis dicho antes, aún tengo algunos amigos. Y uno de esos amigos me ha informado que los desmanes de don Gonzalo y los problemas que causa ese... ¿cómo lo habéis llamado? Ah, sí, Lobo... En resumen, que todo ha llegado a oídos del propio Godoy.

—Está bien que sepa qué clase de hombre ha colocado en el puesto de juez.

—Godoy tiene ya demasiados problemas en la corte y no quiere más en las provincias. Es posible que muy pronto un individuo, de apellido Osuna, reemplace a Torres. Se dice de ese tal Osuna que es un hombre justo. Pero... debéis tener cuidado hasta entonces... marqués —dejó caer con tono intrigante.

Carlos le miró fijamente y acabó asintiendo. Disimular frente a Floridablanca era ya absurdo.

—Así lo haré, señor.

—¡Quién sabe! —Se amplió la sonrisa del conde que parecía disfrutar con aquella conversación—. Hasta es posible que... Lobo tenga que dejar de actuar si el orden se restablece en la provincia.

A Carlos se le escapó la risa. Se quedó serio de inmediato y carraspeó regresando a su actitud severa y recomponiendo el perfecto nudo de su corbata.

—¡Quién sabe, señor!

Volvieron a estrecharse la mano y el joven se marchó. Floridablanca se quedó mirando la puerta durante un momento y luego dejó escapar una carcajada. El mundo no había cambiado tanto, se dijo.

23

—¡Por todos los santos, don Gonzalo! —barbotó Carlos—. ¡Esto es indignante! ¿No puede hacer usted nada al respecto?

El de Torres carraspeó y se ajustó el corbatín mecánicamente, un tanto azarado por la salida de tono del marqués. Tenía el rostro congestionado, pero en esa ocasión se lo provocaba el bochorno. Durante la ausencia del de Abejo su hacienda había sido asaltada —de nuevo— por aquel diablo de las montañas.

—Cuatro reses, varios sacos de pienso —enumeró Carlos, verdaderamente furioso—, jamones, tres sacos de harina, dos de alubias... ¡Una de mis mejores yeguas! —Se paseó por el saloncito donde había recibido a su abuelo y al juez. Frenó en seco, como si acabara de acordarse de algo. Fijó sus ojos en don Gonzalo y soltó—: ¡Pero si hasta se han llevado mi pianola, por el amor de Dios!

Don Enrique de Maqueda achicó la mirada observando con interés a su nieto. Cada vez le intrigaba más su extraño proceder. Se había vuelto casi mojigato. Celebraciones, paseos en calesa, requiebros a la sobrina del juez, ropa demasiado llamativa para su estilo, peleas de gallos... Inesperadas ausencias que no explicaba. En resumen, parecía haberse aficionado a lo que nunca le gustó demasiado.

Y ahora estaba montando un escándalo porque habían asaltado su hacienda. Las anteriores veces que Lobo y sus forajidos habían entrado en Los Moriscos, Carlos había restado importancia al asalto. Siempre se preocupó por el bienestar de los más desfavorecidos y lo tomó como un donativo. Tenía fortuna más que suficiente para no preocuparse demasiado por unas pequeñas pérdidas. Y a él mismo le había dicho, en privado, que apoyaba los quebraderos de cabeza que los bandoleros le estaban dando al juez. Entonces, ¿qué lo enfurecía tanto ahora? ¿Por qué ese cambio de actitud? De acuerdo que el robo había sido más importante que los anteriores pero tampoco diezmaba exageradamente su fortuna, cuantiosa donde las hubiese.

—Hay que hacer algo, don Gonzalo —continuaba el joven con su perorata y teniendo como víctima al abochornado juez—, o acabaremos todos en la ruina.

—Yo intento que...

—Una trampa. ¡Eso es, hay que ponerle una trampa! ¿Ha pensado en ello?

Gonzalo Torres estuvo a punto de confesar lo que Carlos estaba ansioso por saber. A un paso de decir que sí, que lo tenía ya todo planeado, que se llevaría a cabo dentro de poco tiempo, exactamente el día de la fiesta que daban los de Reviños. Pero se calló a tiempo.

—Ese desgraciado es demasiado listo para caer en cualquier engañifa —fue todo cuanto comentó.

—¡Por favor, don Gonzalo! —protestó Carlos, afectado.

—Aun así lo pensaré y le mantendré informado. Y espero contar con su colaboración.

—Estaré encantado, por supuesto. No puedo consentir que esos desharrapados entren y salgan de Los Moriscos como si fuera su propia casa. Y supongo que mi abuelo estará de acuerdo con nosotros —aventuró llevándose un pañuelo perfumado a la nariz.

Don Enrique le miró con fijeza y asintió.

—Desde luego. Estaré a su disposición, don Gonzalo.

Torres consiguió, al segundo intento, levantar su corpachón del sillón.

—Nos veremos antes de la fiesta de doña Esperanza, imagino. —Ofreció su mano al marqués.

Carlos se la estrechó flojamente.

—Había pensado visitar a vuestra deliciosa sobrina esta misma tarde —anunció—. Espero que no os incomode.

—¡Por descontado que no! —Sus ojos cobraron vida ante la noticia. Eso le confirmaba, una vez más, el interés del joven aristócrata por la muchacha—. Sabéis que veo con muy buenos ojos vuestras visitas a Michelle. Y las agradezco ahora más que nunca, después de lo sucedido y de las habladurías.

El gesto de Carlos fue hermético.

—Su sobrina, señor, tiene todos mis respetos. Cualquier otra mujer hubiera perdido la razón al ser apresada y retenida en las montañas. Por supuesto, tengo entera confianza en ella y en que no pasó nada... digamos, inconveniente.

—Por supuesto, don Carlos. —Enrojeció—. Puede poner la mano en el fuego...

El gesto irónico del joven le hizo callar. Al parecer no

había más que hablar, así que se despidió de don Enrique y los dejó.

Carlos se recostó en el ventanal y vio partir el carruaje seguido por los cuatro sicarios que siempre protegían al juez. Al volverse, con una sonrisa irónica en los labios, se encontró con la mirada reprobadora de su abuelo.

—¿Sucede algo, viejo?

Don Enrique fue testigo único del cambio de actitud de su nieto en cuestión de segundos. Lo observó atentamente mientras él se arrancaba el corbatín y se abría los primeros botones de la camisa, dejándose caer después en uno de los sillones y poniendo una pierna sobre el brazo del asiento.

Era otro hombre.

Otra personalidad.

Otro misterio.

—Eso me lo deberías decir tú, muchacho.

—¿A qué te refieres?

—A que delante del juez eres un petimetre relamido, orgulloso y hasta mezquino y en cuanto él desaparece vuelves a ser el corsario de siempre. ¿Tienes una explicación o he de sacar mis propias conclusiones?

—Vamos, abuelo...

—No entiendo lo que te traes entre manos, Carlos. Y tampoco sé si quiero saberlo.

—La edad te hace ver visiones.

—¡Y un cuerno, coño!

—No te alteres. Y por cierto, viejo, pasado mañana he decidido invitar a don Gonzalo y a Michelle a cenar. Cuento contigo.

—¿Por qué no se lo has dicho antes de que partiera?

—Déjale que sufra un poco. —Sonrió enigmáticamente—. Busca mi favor como un becerro busca el agua. Me gusta verlo sudar.

—Creo que no te conozco.

—Pasado mañana. —Hizo caso omiso del comentario—. A las ocho.

24

Carlos acarició la mano que la muchacha había puesto en su hombro y suspiró. Ella lo miró con los ojos entrecerrados, se aupó y le besó en la comisura de los labios. Pero él no respondió.

—¿Qué te pasa?

—¿Qué habría de pasar?

—Estás ausente.

—Lo lamento, pero hoy no soy buena compañía.

—No, no lo eres. ¿No vas a contarme lo que te sucede?

Carlos negó y fue a servirse un poco más de vino. Ella se le adelantó y se inclinó para llenarle el vaso. Al agacharse se ladeó un poco la tela de la blusa mostrando el comienzo de un busto generoso.

—Gracias, Carmen. Atiende a los parroquianos, tengo cosas en las que pensar.

Ella asintió y se alejó. Los clientes la reclamaban. De todos modos, mientras atendía a los demás, no dejó de fijarse en el marqués de Abejo. Él no solo era un buen cliente, sino un buen amigo. De no ser por él estaría aún vendiendo su cuerpo al primero que le entregara una moneda. Por un momento, sintió deseos de volver a ser aquella muchacha perdida, a quien no le importaba su propia estima, capaz de hacer lo que fuera por un poco de dinero con el que mantener a su hija. Porque en esa época le había conocido a él. En un tugurio en el que se hacían apuestas y donde estaba a punto de ser violada por dos bestias borrachas de alcohol y lujuria. Carlos la había defendido, había propinado una soberana paliza a aquellos dos desgraciados, sacándola después del infecto local. Luego se interesó por su vida, quiso conocer a su pequeña y, a cambio de la promesa de que ingresara a la niña en un colegio que él pagaría, había comprado para ella aquel pequeño negocio del que ahora vivía desahogadamente. No era mucho, apenas una taberna de cincuenta metros y un cuarto arriba, donde ella dormía, pero demasiado para una mujer como Carmen Rojas.

Todos sabían que el marqués la protegía y se cuidaban mucho de incomodarla. Carlos de Maqueda le había dado no solo amistad, sino un motivo para vivir. La había convertido en una mujer decente. Nunca podría pagárselo. Por eso le dolía verlo preocupado y no poder hacer nada para ayudarlo.

Estaba enamorada de él, pero sabía muy bien que no podían ser más que amigos. Se conformaba con eso.

Le vio levantarse y mesarse el oscuro cabello y se acercó de nuevo. Recogió las monedas que él había dejado sobre la mesa y se las metió en el bolsillo de la chaqueta.

—Hoy invita la casa.

—Así no prosperarás —quiso bromear él.

—¿Necesitas hablar? ¿Te has enamorado?

La pregunta le pilló por sorpresa. Carmen debía de tener algo de bruja, se dijo.

—No digas tonterías.

—Sí, te has enamorado —insistió ella, tomándole del mentón y obligándole a que la mirara de frente—. Conozco esos síntomas. ¿Es la señorita de Clermont, de la que todos hablan?

—Enamorarme es lo último que haría.

—¿Por lo que pasó hace años con Margarita?

Si otra persona le hubiese nombrado a Margarita Fuentes habría recibido una mirada furiosa, pero consideraba a Carmen una persona íntegra a pesar de su pasado, y no merecía pagar por sus frustraciones.

—No quiero repetir la experiencia.

—No todas las mujeres son como ella, Carlos. Y si no te interesa esa francesa, ¿por qué le haces la corte? Eres la comidilla de toda la villa.

—Supongo que ya es hora de buscar una esposa.

—¿Pero no la amas? —Él no respondió—. Entonces, pobre de ella si se enamora de ti, porque será una condena.

—Te estas poniendo melodramática, Carmen. —La enlazó por la cintura y la pegó a él—. Preocuparte por ella es una tontería. Y no frunzas el ceño, estás más bonita cuando sonríes. No cierres tarde, se te ve cansada.

La besó en la frente y salió de la taberna sabiendo que la mirada de Carmen seguía clavada en él. ¿A quién quería engañar? ¿Decía que no estaba enamorado? Entonces ¿por qué demonios cada noche soñaba con la imagen de Michelle? ¿Por qué seguía sintiendo unos celos insanos recordando que ella se había entregado a Lobo? ¿Por qué...? Sacudió la cabeza y aceleró el paso. Pensar en Michelle de Clermont iba a acabar con su salud.

Carlos observó la ventana entreabierta por donde se filtraba el centelleo de la luz de la habitación y apretó los dientes. Su cabeza era un rompecabezas desde que visitara la taberna de Carmen, dos días antes.

Ella tenía razón. Le conocía demasiado bien, tal vez mejor que nadie en todo Burgo de Osma. Pero él se resistía a admitir que estaba loco por la sobrina del condenado don Gonzalo. Y ¿por qué no confesarlo? No había vuelto a estar con ninguna mujer desde que la viera por primera vez. Todas habían perdido interés, a todas las comparaba con ella y, por desgracia, todas salían perdiendo. ¿Desde cuándo era tan selectivo?

No quería sentir lo que sentía por Michelle de Clermont.

Era un capricho, se decía una y otra vez. Una locura temporal, un desvarío, un absurdo. Ella era la sobrina del hombre al que más odiaba y por el que hacía tiempo se veía obligado a vivir a caballo entre Los Moriscos y las montañas. El hombre por el que había tenido que dar vida a Lobo.

—¿Vais a subir?

Carlos parpadeó y se volvió para mirar a su acompañante, agazapado como él tras los arbustos. ¿Cuánto tiempo llevaba allí, vigilando como un gato perdido la ventana de Michelle?

—No, Pascual —suspiró, incorporándose—. Creo que es mejor que regresemos a Los Moriscos.

—A Dios gracias —farfulló—. Francamente, señor, cada vez me gustan menos estas visitas.

Carlos asintió. No podía negarle a Pascual que corrían peligro y que no era plato de su gusto que él estuviera aguardando mientras se reunía con la muchacha.

—Salgamos de aquí.

Burlaron la vigilancia en el exterior de la hacienda con la misma facilidad que la vez anterior para llegar hasta sus monturas, abrigados por la oscuridad.

Camino de Los Moriscos, Pascual volvió a tomar la palabra.

—¿Es definitivo que sea Zoilo el que se encargue de atacar la casa de los Reviños?

—Sí. No podemos permitir que los invitados a la fiesta regresen con el peso de sus joyas.

—Seguro que habrá un buen botín.

—Prometo llevar el reloj de oro falso —bromeó Carlos, espoleando su potro para ponerlo al galope. Escuchó tras él la risotada de Pascual y su humor, agriado por no haber subido al cuarto de Michelle, mejoró notablemente.

Dos días después, Lobo volvía a actuar en el camino que conducía a Madrid. En esa ocasión, las víctimas eran comerciantes de la provincia de Soria. Pero no eran unos comerciantes cualquiera, sino amigos declarados, colaboradores e intermediarios de don Gonzalo en sus sucios negocios, al abrigo del cual habían hecho fortuna.

Sin posibilidad de defenderse y pálidos como cadáveres, los dos sujetos tuvieron que soportar que les desvalijasen de cuanto llevaban, ante la amenaza de las pistolas de uno de los asaltantes. Sin embargo, el que parecía comandar el trío, les había solicitado sus pertenencias con total amabilidad. Relojes, anillos y dinero desaparecieron en las alforjas de los bandoleros en un abrir y cerrar de ojos.

No era la rapiña de sus cosas lo que mantenía desencajados a los dos fulanos, sino la abultada bolsa que debían entregar al juez, fruto de las ganancias de un prostíbulo en el que tenía un buen porcentaje.

—Y ahora, caballeros —les dijo Lobo sopesando la bolsa—, sus ropas, por favor.

—Pero ¿qué...?

—No me hagan esperar, señores; me pongo nervioso con bastante facilidad.

Lanzó el dinero a Zoilo, que lo atrapó en el aire y procedió a guardarlo con el resto del hurto, sonriendo al comprobar que las víctimas se quitaban ya la ropa con prisas.

—Los calzoncillos no, caballeros —les frenó Lobo, viendo sus intenciones—. Nunca me perdonaría acalorar a las damas cuando lleguen a Burgo de Osma. —Silvino no fue capaz de contener una sonora carcajada.

Temblando de frustración, rojos como la grana, subieron al carruaje a una indicación y Lobo se acercó hasta el cochero. Hubo un intercambio de miradas cómplices entre ellos. El vejete no había hecho intento de resistirse al asalto y se notaba que estaba disfrutando de lo lindo viendo desplumar a los indeseables pasajeros.

—Largo de aquí, buen hombre —le dijo Carlos.

—¡¡Esto no quedará así!! —bramó uno de los asaltados asomándose por la ventanilla.

—Puede acabar peor si le vuelo la tapa de los sesos —repuso palmeando el lomo de uno de los caballos a la vez que el cochero utilizaba su latiguillo, con lo que el coche salió de estampida arrojando a aquel estúpido al interior—. ¡Mis recuerdos a don Gonzalo cuando le vean!

Un coro de risas despidió la apresurada marcha.

—Muy buena caza —comentó Zoilo.

—Y al juez le dará un ataque —aseguró Cosme, bajando el pañuelo con el que iba cubierto y buscando ya su pipa.

Don Gonzalo no sufrió el ataque pronosticado, pero estaba muy cercano a él. Con el rostro bañado por una cólera que lo ahogaba, escuchó las explicaciones de sus dos compinches que, atropelladamente, intentaban excusarse por las pérdidas.

—Se hará justicia, caballeros —les aseguró después de soportar sus quejumbrosos lamentos—. Les doy mi palabra de que se hará justicia muy pronto.

Dio orden a un criado para que se les acogiera por esa noche y les consiguiera algo de ropa y luego, a solas, tras perder de vista a aquellos dos imbéciles, mandó aviso al teniente Fuertes y esperó su llegada dando buena cuenta a una botella de coñac.

El puñetazo que dejó caer sobre el escritorio de nogal hizo dar un brinco a Nemesio.

—¡Estoy hasta los cojones de ese hijo de perra! —gritó—. ¡Ha vuelto a hacerlo, teniente! —Golpeó de nuevo la mesa haciendo que volcase la lamparilla colocada en una esquina, que se estrelló contra el pavimento haciéndose añicos—. ¡Quiero que me lo traiga atado de pies y manos! ¿Me ha entendido bien? ¡Quiero colgarlo yo mismo!

Estaba tan enfurecido que Nemesio Fuertes ni se atrevía a respirar. Solo habló cuando le vio derrumbarse en la silla.

—Es solo cuestión de días que caiga en nuestro poder.

Gonzalo Torres hizo un esfuerzo por serenarse. Se

pasó las manos por el cabello y por el rostro, soltó una nueva retahíla de obscenidades y, por fin, asintió.

—Pongámonos en marcha. Arreste a alguien. No me importa a quién, pero arreste a alguien. A una familia entera, niños incluidos —murmuró como ido.

—¿Niños?

—Ya me ha oído. Quiero incluso a los niños en el calabozo, Fuertes. Ese cabrón quiere jugar, ¿no? Pues jugaremos.

—Pero señor...

—Acúseles de colaboración con la banda de Lobo. Veremos si ese hijo de puta es capaz de dejar ahorcar a unos chiquillos.

Al teniente se le atascó el aire en la garganta. Él era militar, estaba a las órdenes de don Gonzalo, pero la consigna que acababa de recibir suponía una barbaridad. Burgo de Osma al completo se echaría a la calle cuando corriese la noticia.

—¿No pensará llegar a... a... a ajusticiar a unos...?

Los ojos ensangrentados de don Gonzalo le enmudecieron.

—¿Cree que soy idiota? ¿Me cree capaz de causar una revuelta? No, Fuertes, no voy a ahorcar a unas criaturas, pero ese desgraciado no puede saberlo.

—Comprendo. —El teniente se relajó—. Es un ardid para atraparlo y juzgarlo.

—¡Y un huevo va a tener juicio! —explotó Torres, levantándose y golpeando por tercera vez la mesa. Fuertes retrocedió un paso—. ¡Ni juicio ni leches! En cuanto le tenga en mi poder le pongo una soga alrededor del cuello. Quiero preparado el patíbulo mañana al amanecer.

—Si hacemos eso le pondremos sobre aviso.

—No importa. El día antes de la fiesta lleve a cabo los arrestos. Luego, haga correr la voz de que llevaré a cabo un juicio sumarísimo. Lobo vendrá. Vendrá y le estaremos esperando —aseguró.

Tras quedarse de nuevo a solas, una sonrisa ladeada estiró sus labios imaginando a Lobo balanceándose en el extremo de una cuerda.

25

A dos días de la fiesta Carlos recibió el soplo de que un correo viajaba hacia Burgo de Osma para entregar unos documentos al juez.

El asustado correo, por descontado, tuvo el percance de encontrarse con los bandoleros.

No encontraron nada interesante, pero sí una carta que le proporcionó una excusa para volver a visitar la hacienda de don Gonzalo. Devolvieron la saca de documentos al individuo, simulando que lo que les interesaba era solamente el dinero y le dejaron continuar su camino. Sin embargo, Lobo se había quedado con la carta.

Esa misma noche, saltó el muro de la hacienda de Torres, atravesó el jardín y escaló al cuarto de Michelle. Sus ojos, acostumbrados a la oscuridad, apenas necesitaron unos segundos para descubrir los contornos del cuerpo de la muchacha bajo la colcha.

Se sentó en el borde de la cama y estuvo mirándola durante un momento. Ella dormía placidamente, como una criatura, en posición fetal y con una mano bajo su mejilla. Parecía una muñeca.

Observándola, admitió por fin que estaba locamente

enamorado de ella. No quería caer de nuevo en las redes del amor, le habían hecho demasiado daño años atrás, pero era imposible ya resistirse a lo que sentía. Ahora no era más que un prisionero de los ojos y el cuerpo de la francesa. Margarita Fuentes y su perfidia se habían desvanecido bajo sus caricias, convirtiéndole en un hombre nuevo. Carmen le había dicho que no todas las mujeres eran iguales y tenía razón.

Le dio un ligero beso en el cabello y Michelle se despertó. Al descubrirlo, le sonrió y le echó los brazos al cuello

Había estado esperándole cada noche. Ahora estaba de nuevo allí, a su lado, y era lo único que le importaba. El miedo a las consecuencias de sus encuentros desaparecía bajo el imán de aquella mirada oscura e hipnótica.

—¿No te parece absurdo que te haya esperado estos días, cuando ni siquiera he visto tu cara? —le preguntó a modo de saludo.

—Buenas noches, gatita. También yo te he echado de menos.

—Corres peligro. —Deshaciendo el abrazo se incorporó para quedar sentada. Le acarició la frente y los párpados.

Mirándole, recordó la tarde de hacía dos días, cuando había terminado por confesar a Claire sus sentimientos hacia él. Su criada y amiga, a regañadientes, porque para ella todo aquel asunto no era más que una locura, acabó por aceptar lo inevitable.

Lobo atrapó los labios femeninos y hasta se le olvidó para qué había ido allí. Cerró un poco las cortinas, se desnudó con impaciencia, se unió a ella en el lecho y le hizo el amor despacio, demostrándola que era la única mujer en el mundo para él.

Cuando recuperaron el control de sus respiraciones, exhaustos y satisfechos, ella se recostó en el hueco de su hombro y permanecieron en silencio. En esos instantes, a Carlos le importaba poco si el mundo estallaba fuera de aquel cuarto. No existía más que Michelle.

La escuchó suspirar y su aliento sobre la piel desnuda de su pecho le provocó un escalofrío de placer. La pegó más a él, se enroscaron sus piernas bajo las mantas, volvieron a sentirse. Mimosa, Michelle le pasó un brazo por encima del estómago y se acurrucó más. Al cabo de un momento la escuchó preguntar:

—¿Qué vamos a hacer?

Carlos no contestó. ¿Qué podía contestar? Intuía que ella se debatía entre el deseo que había surgido entre ambos y su honra. A todos los efectos, ella era la sobrina del juez de la villa y él un madito forajido. Podía darse a conocer, claro, pero eso no entraba en el juego. La amaba, sí. Estaba loco por ella. Pero no podía echar todo por la borda descubriéndole su identidad. Si solo hubiera estado en peligro su seguridad le habría abierto su corazón, arriesgándose; incluso hubiera ido gustoso al patíbulo, por su propio pie, por librarla de la angustia por haberse enamorado de un bandolero. Él no actuaba solo, muchas personas dependían de que no se conociera su doble personalidad y no tenía derecho a arriesgar sus vidas. Si Michelle conocía su secreto, don Gonzalo era capaz de sacárselo aunque fuera torturándola.

Michelle se mordió los labios para reprimir un sollozo al ver que no respondía a su pregunta. ¿Qué era ella para Lobo? ¿Una conquista? ¿Un entretenimiento? Desde que le conoció su vida se había convertido en un caos y no sabía cómo actuar. Él estaba perseguido por la Justicia y cualquier día, en cualquier lugar, podían arrestarlo. Y sabía que su tío no le daría un juicio justo, llevándolo directamente a la horca o ante un pelotón de fusilamiento. ¿Qué haría ella entonces? ¿Olvidarlo y aceptar el galanteo del marqués de Abejo, como si nada hubiera pasado, como si todo hubiera sido un sueño? Porque se sentía atraída por Carlos de Maqueda, pero amaba a Lobo. Y si él moría...

—Tengo que marcharme, Michelle.

Ella no dijo nada hasta que él estuvo vestido.

—¿Volverás?

—No lo sé.

Abrió las cortinas y, al volverse, descubrió sus lágrimas y el corazón le golpeó dolorosamente en el pecho. La besó en los labios y prometió:

—Aunque me corten la cabeza volveré, mi amor. Lo prometo.

Michelle asintió repetidamente y quiso sonreír, pero solo consiguió que se le escapara un sollozo. Lobo, endureciéndose, sacó de su chaqueta la carta robada para entregársela.

—¿Qué es?

—Espero que el mejor de los regalos.

Sin dar más explicaciones se despidió con otro beso, fue hasta la ventana, le tiró uno más con los labios y desapareció.

Ella permaneció un momento mirando fijamente la ventana. Con el alma rota, se puso el camisón, encendió la lamparilla y examinó el sobre. El corazón estuvo a punto de salírsele por la boca y hubo de apretar un puño sobre la boca para no gritar. Conocía muy bien aquella letra. Nerviosa e ilusionada rasgó el sobre. Los dedos no le respondían y sus ojos se nublaban por lágrimas de felicidad. Leyó deprisa, apretó la carta contra su pecho y acabó por echarse a reír mientras giraba por el cuarto.

—¡¡¡Claire!!! ¡¡¡Claire!!!

Cuando la criada acudió, asustada por sus gritos, se la encontró en el suelo, hecha un ovillo, llorando como una criatura y aferrada a un trozo de papel que se resistía a soltar.

—Están vivos, Claire. —Michelle sollozaba y reía a un tiempo—. ¡Mis padres están vivos!

26

Lo que imaginó la muchacha que sería una alegría para su tío, convirtió la casa de don Gonzalo en un campo de batalla. Torres tenía ganas de matar a cualquiera que se le pusiera delante. La interrogó sobre la procedencia de la carta, pero ella solo dijo que la había encontrado sobre su mesilla y desconocía la forma en que había llegado a su cuarto. No pudo sacarle una palabra más y la dejó por imposible, porque ya no había forma de solucionarlo. Pero él intuía que el maldito Lobo había tomado parte en el asunto. El correo había sido asaltado antes de serle entregado, ¿no era verdad? Los rufianes no habían robado nada. ¡Salvo aquella jodida carta! Tenía que ser obra de Lobo y sus secuaces. Por lo tanto... ¿quién otro podía haber dejado la puñetera misiva en el cuarto de la joven? No hacía falta responder a la pregunta, estaba tan clara como el agua.

Las cosas iban de mal en peor, pensaba Torres. Porque que su hermana y Phillip estuvieran vivos y a punto de llegar a Burgo de Osma, echando por tierra sus planes, significaba que Michelle ya no era la huérfana desvalida a su cargo y su deseo de hacerse con la hacienda de Adriana se esfumaba. Todo por culpa de Lobo. Él debería haber recibido la noticia y no directamente su sobrina. De haber sido así, podría haber arreglado el modo de que aquellos dos jamás llegaran con vida a la villa.

Don Gonzalo descargó su rabieta sobre los sirvientes, los guardias e incluso el sargento Castaños, que tuvo la desgracia de presentarse a primera hora de la mañana para llevarle un despacho.

Atónita, Michelle asistía al cambio que se había operado en su tío. No es que hasta ese momento hubiese sido un hombre cariñoso, pero se asombraba al verlo convertido en una verdadera fiera. Lo que para ella y Claire era un milagro del Cielo había hecho perder los papeles al juez. ¿Por qué? La duda acerca de las verdaderas intenciones de su tío se abrió paso en su cabeza, hiriéndola como la hoja afilada de un cuchillo.

—Está nervioso por Lobo, es todo —le decía Claire, tratando de quitar hierro al asunto—. No se lo tengáis en cuenta.

—No. No, Claire, no es eso —repuso ella, que intentaba controlar su rabia y el sentimiento de engaño que la embargaba—. No está nervioso, está furioso. Ahora empiezo a conocerlo de veras. Puede que Lobo estuviera en lo cierto y solo buscaba quedarse con mi herencia.

—¿Cómo podéis pensar eso de vuestro tío?

—¿Qué otra cosa me queda? Reconoce que nuestra imprevista llegada aquí no se la tomó bien. Solo se mostró más amable al ver el dinero y las joyas que traía. Ahora lo veo todo claro: quiere la hacienda de mi madre y que yo acepte al marqués de Abejo para servirse de su influencia. Carlos de Maqueda es lo suficientemente rico como para no necesitar una dote y él podría quedarse con todo.

—No creo que...

—Mi madre está viva. A ella y a mi padre no podrá dominarlos como ha intentado hacer conmigo. ¡Mal rayo le parta!

—¡Basta ya! —regañó Claire—. No me gusta que habléis así, *ma petite*. No me gusta. Ese bandido os ha llenado la cabeza de ideas absurdas. ¿No os dais cuenta de que es el enemigo declarado de vuestro tío?

—Pero es sincero. Yo he visto cómo cuida de su gente, se desvive por ellos y le adoran. ¿Qué afecto ha demostrado mi tío hacia mí? Tanto tú como yo no hemos sido más que una carga en esta casa. Carga que ha soportado, a duras penas, esperando una recompensa que ahora se le niega.

—Pero don Gonzalo pagó vuestro rescate, *chère*. Liberó a un prisionero y entregó una buena cantidad de dinero para liberaros.

—Porque no podía hacer otra cosa. ¿Qué hubiese pensado toda la villa si me deja en manos de los forajidos? Lobo dijo...

—¡Lobo, Lobo, Lobo...! —se enfureció la criada—. Desde hace días no oigo otra palabra en vuestros labios.

Michelle guardó silencio. ¿Cómo hacerle ver a su amiga las maldades de su tío? Para ella, acostumbrada a obedecer y a las bondades de Phillip de Clermont, le resultaba difícil pensar mal de quien, con mayor o menor agrado, la había acogido en su casa.

Hasta ellas llegó el vozarrón del juez mandando al infierno a algún pobre desgraciado, haciendo que Michelle tomara una resolución.

—Nos buscaremos otro alojamiento.

Claire la miró con los ojos muy abiertos.

—¿Habéis perdido el juicio?

—No podemos seguir en esta casa. Ese hombre empieza a darme miedo.

—No nos marcharemos de aquí —negó su criada resueltamente—. Vuestros padres llegarán dentro de muy poco. ¿Qué explicación vais a dar a vuestra madre si os encuentra viviendo en una posada? ¿Que receláis de su hermano? ¿No dice la carta que estuvo enferma? Y vos queréis darle un disgusto...

—Le contaré...

—¿Qué? —Claire la enfrentó como nunca antes lo había hecho—. ¿Qué vais a contarles? ¿Que dudáis de la honorabilidad de vuestro tío, un hombre que impone la justicia en esta villa, porque lo dice el tipo con el que os habéis encamado, un vulgar delincuente?

A Michelle se le escapó la sangre del rostro escuchando la reprimenda.

—Eres la última persona que creía que me echaría eso en cara —repuso, dolida.

—Soy la última persona que os dejaría hacer una locura —se acercó a ella y la abrazó por los hombros—, y ya habéis cometido unas cuantas. Pensadlo bien, por favor. Si en realidad vuestro tío tiene intenciones deshonestas, nuestra marcha solo le pondrá sobre aviso. Debemos seguir como si nada hubiera pasado, como si fueseis su amante sobrina. Me resisto a creer lo que algunos cuentan de don Gonzalo, pero si fuera cierto, si realmente es el hombre despiadado que dicen las malas lenguas y vos creéis, es preferible estar cerca de él y conocer sus intenciones.

Michelle lo pensó detenidamente. Afuera, se había hecho un silencio absoluto, como si todos los sirvientes hubieran desaparecido. ¿Qué podía hacer? Ahora estaba segura de que su tío tramaba algo. Las reuniones que mantenía a puerta cerrada con los dos militares que le visitaban, azuzaban sus sospechas. Pero ella no podría conocer sus intrigas por mucho que se quedaran allí y lo vigilara. Lo único que la hacía dudar era explicar después a sus progenitores la causa de su huida.

—Está bien —suspiró—. Pero no quiero volver a verlo. Tú has decidido que nos quedemos, así que búscate una excusa para que no tenga que soportarlo durante las comidas y las cenas.

—Yo no...

—Dile que estoy inapetente, que he cogido unas fiebres, ¡que me he muerto! Lo que te parezca mejor. No soportaría estar a su lado y no me fío de él.

—Exageráis.

—Además, pienso ir a hablar con don Enrique.

—¿Pediréis permiso a vuestro tío?

—¡No! Se acabó pedir licencia para cada paso que doy. Desde ahora voy a hacer... ¿cómo decía Adela? Ah, sí: de mi capa un sayo.

Claire no reaccionó hasta verla echarse por los hombros el chal y salir a la galería. Trotó en pos de ella, temerosa de que don Gonzalo las descubriera y que se armara otro alboroto.

—Os acompañaré.

—No es necesario. Iré en el carruaje pequeño.

—No podéis ir sin *une dame de compagnie* a casa de un caballero.

Michelle frenó en seco y se volvió a mirarla con los ojos encendidos de indignación.

—Don Enrique podría ser mi abuelo, *par le Sacré Coeur!*

—Pero vive solo —se empecinaba la otra—. Y lo que es peor, el marqués de Abejo, vuestro pretendiente, puede estar con él.

Michelle apretó los puños. Tanta norma social comenzaba a enfurecerla. Los españoles era un pueblo demasiado pudoroso y Claire parecía haberse contagiado. Se encogió de hombros, le dio la espalda y apuró el paso en dirección a las caballerizas. Una vez allí pidió que le prepasen el carruaje y esperó impaciente, soportando la cháchara de Claire, que no perdía la esperanza de hacerla entrar en razones. Cuando estuvo preparado, montó sin ayuda dando las gracias al muchacho que mantenía sujetas las riendas del único caballo.

—Si mi tío pregunta por mí, dile que no me espere. No sé cuándo regresaré.

Se hizo cargo del control del carruaje y Claire saltó a él antes de que pusiera el animal al trote. No podía dejar que fuera sola. Además, tampoco ella deseaba estar allí para escuchar los rebuznos del juez. Así que atravesaron el patio y tomaron el camino que salía de la hacienda en completo silencio.

Sin embargo la criada no tardó en entablar conversación, porque había un asunto que la tenía sobre ascuas.

—¿Quién os entregó realmente la carta de vuestros padres?

—¿Qué importa eso?

—¿He de adivinar quién era el cartero?

—Uno muy apuesto.

—¿Vestido de negro y con el rostro cubierto?

Michelle no respondió, pero se echó a reír y espoleó al caballo.

27

Don Enrique de Maqueda observó a su nieto con una chispa de interés en los ojos.

—Una grata noticia —aseguró—. ¿Y dices que te lo confirmó el mismísimo Floridablanca?

—Eso es, abuelo.

—Me hubiera gustado acompañarte a esa reunión. Si mis huesos fueran más jóvenes. —Se dejó caer en un sillón—. Hacerse viejo es una lata, muchacho.

—También él te echó de menos.

—Osuna —repitió don Enrique en voz alta—. Creo tener una idea de quién es ese hombre. Y si estoy en lo cierto, Godoy va a poner un escorpión bajo su propio trasero.

—Espero que así sea. Debe estar seriamente preocupado por la situación aquí y, seguramente, imaginará que poniendo a un juez que comparte la filosofía de don José Moñino se granjeará el afecto de muchos.

—Godoy no es un inepto, Carlos. Ha llevado una carrera astronómica. Cadete, ayudante general de la Guardia de Corps, brigadier, mariscal de campo y sargento mayor de la Guardia. Carlos IV no ha parado de colmarle de honores desde que subió al trono. Y no le ha nombrado primer ministro porque sea tonto.

—¿Quién ha dicho que lo sea? Pero la inteligencia no es sinónimo de decencia, abuelo. No me fío de él, está acumulando demasiado poder y es posible que nos arrastre al caos. El pueblo no confía en el rey por culpa de sus manejos.

Don Enrique cerró los ojos y exhaló un suspiro de cansancio.

—Tú eres joven. En el fondo, un soñador, Carlos. La política de un gobierno no se puede cambiar con un montón de buenas ideas, existen intereses creados.

—Lo sé. Pero no puedo quedarme de brazos cruzados.

—¿Es por eso que frecuentas tanto a don Gonzalo? Porque para odiarlo como dices, no sales de su casa. Últimamente sois muy afines.

—¡Al infierno con él! Me interesa lo que urde. Y su sobrina, ya lo sabes.

—Creí que no te interesaba ninguna mujer en serio.

—A veces te pones pesado, abuelo —protestó sin convicción.

Don Enrique se preguntaba el motivo por el que su nieto estaba de tan pésimo humor. Se había presentado a primera hora de la mañana, casi sacándolo de la cama, y sus profundas ojeras delataban la falta de sueño. En cuanto a su vestimenta, dejaba mucho que desear. Había prescindido de sus elegantes trajes y llevaba puestos unos pantalones oscuros, una chaquetilla de cuero y botas de caña alta, más aptas para montar a caballo que para hacer visitas. Parecía más un asaltante de caminos que el tan alabado y elegante marqués de Abejo, conocido en toda la comarca por su siempre inmaculada y pulcra indumentaria.

Llevaba tiempo con una duda que roía sus entrañas,

aunque no se atrevía a preguntarle. Pero algo andaba mal. Terriblemente mal. El recelo le había hecho cuestionarse los pasos de su nieto, porque le recordaban vívidamente los suyos propios y los del padre del muchacho, su hijo. Ante todos, Carlos era el perfecto caballero, pero cuando estaban a solas se comportaba de forma distinta. Un cambio de imagen que se repetía cada vez con más frecuencia. Para no irritarlo, o porque tenía miedo de conocer la verdad, callaba.

—¿Vas a ir a la fiesta de los Reviños?

—¿Por qué no habría de ir?

—En los últimos tiempos te ausentas a menudo. Y ese maldito Pascual, que no se te despega de las botas, no suelta ni una palabra acerca de tus salidas. ¿Es que visitas a alguna mujer? Porque si es así, no deberías jugar con Michelle de Clermont.

—No hay ninguna mujer —zanjó Carlos.

—¿No siquiera Carmen?

—Carmen es una amiga, nada más. Paso algunas veces por su taberna para saber cómo le van las cosas y si la niña progresa. Ahí queda todo.

Don Enrique dio permiso a la llamada en la puerta y Cecilia, su ama de llaves, entró en la salita.

—Mademoiselle de Clermont pide verle, señor. La he hecho pasar a su despacho.

—Ahora mismo voy. —Se incorporó con rapidez—. ¿Vienes, Carlos?

Él asintió, aunque en aquellos momentos le hubiese gustado no haber ido a visitar a su abuelo. Encontrarse con Michelle de nuevo, cara a cara, después de haber compartido la noche anterior con ella, no era lo que esperaba.

Siguió a su abuelo intentando aparentar pasividad, casi

aburrimiento, pero tenía los nervios a flor de piel. Recordaba el aroma de Michelle, sus gemidos, sus caricias... Notó que se excitaba y respiró profundamente buscando un poco de calma. Por fortuna, o por desgracia, llevaba tanto tiempo actuando ante todos que consiguió meterse de nuevo en el papel de aristócrata relamido un segundo antes de que su abuelo abriera la puerta del despacho.

No disimuló el dueño de la casa la alegría que le producía la visita de la muchacha. En cuanto a Carlos, la recibió como si ella fuera la única mujer sobre la Tierra, desplegando todo su encanto y haciendo que no lamentara haberse presentado sin avisar.

La joven apenas esperó a que les sirvieran un refrigerio para contarles que, por fin, había recibido carta de sus padres, que se encontraban bien y que en breve llegarían a Burgo de Osma.

—Consiguieron escapar de Francia y pasaron a Inglaterra —les contaba hecha un mar de nervios—. Al parecer, mi madre ha estado delicada de salud y todo se complicó para ponerse en contacto conmigo.

—No es de extrañar —comentó Carlos reteniendo una de sus manos entre las suyas—. Ver su mundo destruido, la preocupación por si vos habíais llegado sana y salva a España y la muerte de muchos de sus amigos en la guillotina es como para hacer enfermar a cualquiera. Por fortuna, todo está bien ahora y nos congratulamos de que así sea.

Michelle asintió, aunque le costaba centrarse en lo que estaba diciendo. La sorpresa de encontrar al marqués tan cambiado, vestido de un modo sumamente informal, no se le iba. Y estaba tan pendiente de ella que la aturdía. La mirada se le desviaba a cada momento hacia sus ojos y una sensación extraña comenzaba a anidar en su estómago. Oscuros como pozos sin fondo, le recordaban a otros. Demasiado. Se obligó a tomar parte en la conversación y echó a un lado sus tontos pensamientos, pero una y otra vez se encontraba observando de reojo al marqués. Tenía las manos grandes, de dedos largos y elegantes. ¿Por qué hasta ese momento no se había fijado en sus manos? Y sus ademanes... Mientras atendía los comentarios de don Enrique hablándole de la venidera fiesta de los Reviños, no perdía de vista los movimientos de Carlos. Él se conducía con exquisita elegancia y, sin embargo... Le daba la impresión de estar viendo a un león en reposo, pero que al momento siguiente podía estar presto a atacar. ¿Por qué no lo había notado antes?

La joven consintió en quedarse haciendo compañía a don Enrique, que la retó a una partida de ajedrez, e incluso admitió alargar su visita para comer con él. Carlos, simplemente, se autoinvitó, retándola a su vez a otra partida y prometiendo llevarla después personalmente a casa de don Gonzalo. Para tranquilizar al juez, se permitió escribirle una nota y envió a un criado.

Cecilia en persona se encargó de preparar la comida, que resultó deliciosa. Durante la misma, don Enrique aprovechó para relatar algunos episodios de su juventud y Carlos, al parecer más interesado en su flirteo que en lo que narraba su abuelo, apenas abrió la boca.

—¿Os apetecería jugar a las cartas, Michelle? —preguntó el dueño de la casa, apenas acabaron el postre—. En los naipes seguro que os gano y me debéis la revancha por haberme dado jaque mate.

—Mi padre no es muy partidario de los juegos de azar

y solo me enseñó los movimientos del ajedrez. Dice haber conocido a hombres que han perdido fortunas enteras en las mesas.

—Todo es cuestión de controlarse. Una cosa es entretenerse y otra, apostar a tontas y locas. Los excesos nunca son buenos.

—Eso dice mi madre. —La joven sonrió con picardía—. Me enseñó algunas cosas cuando mi padre estaba fuera de casa. Y hasta me mostró cómo se hace trampas —le guiñó un ojo.

Don Enrique se reía con ganas.

—Estoy deseando conocer a vuestra madre. ¿Baraja francesa o española, entonces?

—Española —pidió ella.

Fue Carlos quien se levantó a buscar los naipes y Michelle aprovechó para fijarse en él. Pasos largos, gatunos. *Ella conocía a un hombre que se movía igual.* Sintió un repentino calor en las mejillas al recordar a Lobo. Estaba pensando tonterías, se dijo, centrándose en lo que le contaba don Enrique sobre una partida de cartas en la que había participado hacía años.

El calor empezaba a resultar incómodo y Carlos abrió los ventanales para que entrara la brisa, aunque no rebajó la temperatura ya que ese mes estaba siendo particularmente cálido. Dado que estaban en un ambiente distendido, a Michelle le pareció adecuado darles permiso para prescindir de las chaquetas. Tanto uno como otro agradecieron su deferencia y prescindieron de la engorrosa prenda.

Los ojos de Michelle se quedaron clavados en Carlos. Comparó la anchura de sus hombros, la fortaleza de los músculos de los brazos que se ponían de manifiesto a cada movimiento, el trapecio perfecto de su tórax. Comparó, sí, porque a esas alturas le hormigueaban las puntas de los dedos por la necesidad de alargar la mano y tocarlo. Se moría de ganas de comprobar si su tacto era tan agradable como el de su amado bandolero.

No perdía ni un solo detalle cuando el marqués de Abejo barajaba los naipes, que parecían mezclarse solos, demostrando su pericia. Y sus manos... Otra vez sus manos... Michelle, con la mirada clavada en ellas comenzó a sentir un vahído.

Se recompuso escuchando a don Enrique subir la apuesta.

Estuvo de acuerdo con la minúscula cantidad, que más que una apuesta era un símbolo, y tomó sus naipes con dedos temblorosos, rezando por poder concentrarse en el juego y olvidar los pensamientos que ya comenzaban a tomar tintes de sospecha. Dos juegos más y demostró que, en efecto, Adriana Torres le había enseñado muy bien la baraja española.

Tanto ella como don Enrique se rieron con ganas ante el gesto taciturno de un Carlos al que le ganaban siete juegos seguidos.

A Michelle le hubiera encantado quedarse más tiempo, pero se hacía tarde, así que dieron por concluido el entretenimiento. Enrique de Maqueda se resistía a perder tan grata compañía por lo que, para retenerla un poco más, la invitó a visitar su biblioteca.

—Puedo prestarle algunos libros muy interesantes.

La habitación era sin duda un lugar privilegiado, con inmensos ventanales que se abrían al jardín y repleto de estanterías forradas de volúmenes. Para la joven, sumergirse en el cuarto fue como regresar en el tiempo: se parecía a la que ella disfrutaba en su casa, allá en Francia. Con añoranza, se preguntó qué habría sido de la colección de libros que su padre fue atesorando durante años. ¿Los habrían quemado al asaltar la propiedad?

Eligió un tomo grueso, forrado en piel, ojeándolo con interés.

Don Enrique recibió entonces aviso de que uno de sus jornaleros quería hablar con él y se excusó, dejando solos a los jóvenes.

—Me gustaría poder leer este —solicitó ella—, si a vuestro abuelo no le importa prestármelo.

—No hay problema. —Él se puso tras ella para ver de qué tomo se trataba y enarcó las cejas—. ¿Alemán?

Ella giró la cabeza para mirarlo por encima del hombro y sus dedos se curvaron con fuerza sobre el libro. Tenerle tan cerca hizo que se le cortara la respiración. Cuando los dedos del marqués se posaron en su nuca, perdió definitivamente el sentido del habla.

—Tenéis un cabello muy hermoso, Michelle.

No pudo agradecer la lisonja. Los constantes requiebros de Carlos de Maqueda durante aquellas horas la habían hecho sentirse hermosa pero, a la vez, activaban sus defensas. No pudo reaccionar cuando él la obligó a inclinar la cabeza hacia atrás, bajó la suya y la besó.

La caricia la dejó perpleja. Aquellos labios hicieron arder los suyos recordándole otros. De repente, tenía la sensación de ser una corza a merced de un depredador. Carlos exudaba peligro a pesar de su apariencia tranquila, sus palabras galantes y sus modos aristocráticos. Sí, destilaba una amenaza solapada aunque la estaba besando con delicadeza. Había en él algo intangible y alarmante que no era capaz de entrever.

Se liberó de él poniendo distancia entre ambos.

—Creo que es hora de regresar, mi tío estará intranquilo. —La voz le tembló.

—Vuestro tío habrá recibido ya mi nota, no debéis preocuparos. Aquí estáis en buenas manos.

—Es tarde —insistió dándole la espalda.

—¿Os ha molestado que os besara?

—N... n... no.

—Vuestro tío está de acuerdo en...

—Todo está bien, marqués —le cortó ella, cada vez más acalorada. Estar al lado de un hombre como él, a solas, no era prudente. Sobre todo porque había deseado que él profundizara el beso, que la abrazara y...—. Pero he de regresar.

Carlos, con los ojos clavados en su nuca, apretó los puños contra las caderas. No debería haberla besado. Se había estado resistiendo toda la tarde, pero al final había fracasado y cedido a la necesidad que lo apremiaba. Ardía por robarle otro beso, por tenerla entre sus brazos, por alzarla y perderse en la primera habitación que... Inspiró profundamente. Estaba a punto de cometer una estupidez.

—Como queráis.

Michelle, sin poder ralentizar los latidos de su corazón, se dirigió hacia la salida. No llegó a traspasar la puerta. Un óleo le llamó poderosamente la atención y sus ojos se quedaron prendidos del cuadro que colgaba sobre la chimenea. Carlos siguió la línea imaginaria de su mirada y todo su cuerpo se puso rígido.

—Yo conozco a esta mujer —susurró Michelle sin poder apartar su atención de la imagen.

—No creo que sea posible. Murió hace muchos años.

Ella permaneció un momento más ante el cuadro y luego se volvió hacia él. No le gustó nada el brillo de sus oscuras pupilas.

—Lo siento. No pretendía ser curiosa. Es solo que... hubiera jurado haber visto ese rostro en alguna otra parte.

—Tal vez alguien que se le parecía.

—Seguramente. —Echó una mirada más a la pintura—. Era una mujer muy hermosa.

—Sí. Lo era. Busquemos a mi abuelo para decirle que nos vamos.

Michelle asintió y salió, con el libro elegido bajo el brazo.

A pesar de las explicaciones de Carlos sobre el volumen, no se le iba el cuadro de la mente. Estaba convencida de haber visto a aquella mujer antes; le resultaba vagamente familiar. Pero ¿dónde?

Don Enrique, por supuesto, no tuvo inconveniente en prestarle el libro, pero no quiso saber nada acerca de viajar en el pequeño carruaje que ella había utilizado y ordenó que prepararan uno propio, más cómodo y espacioso, atando el de Michelle a la parte trasera.

Mientras la joven se despedía del dueño de la casa, Carlos aprovechó para rogar a Claire que viajara en el pescante, junto al cochero. La criada, frunciendo el ceño y murmurando entre dientes que no era correcto, acabó de todos modos por aceptar; haría la vista gorda para dar cierta privacidad a su señora, si ello conllevaba que la muchacha consiguiera al fin comprometerse con el marqués y olvidara al bandolero.

28

Emprendida ya la marcha, a Michelle le urgía entablar conversación sobre lo que fuera. Cualquier tema con tal de no permanecer en silencio bajo la escrutadora mirada de Carlos.

—Debo agradeceros unas horas tan entretenidas. Vuestro abuelo es un hombre extraordinario.

—Un poco cascarrabias. Pero sí, es un buen hombre.

—Deberíais haberos quedado con él. No era necesario que os molestaseis en acompañarnos, la casa de mi tío está cerca.

—No es de caballeros dejar solas a dos damas. Los caminos son peligrosos. De hecho, fue una imprudencia conducir hasta La Alameda sin escolta.

—¿Qué podía pasar a pleno día?

—¿Y vos me lo preguntáis? Hay bandoleros, lo sabéis por propia experiencia. Supongo que no queréis volver a encontraros con ellos.

Michelle se tomó la frase como un solapado correctivo y se dedicó a observar el camino.

Recostado en su asiento, Carlos cruzó los brazos sobre el pecho y consumió el tiempo fijándose en ella. Se le hacía cuesta arriba tenerla tan cerca y no poder... Salvo la ligera caricia en el despacho de su abuelo, se había conducido como un caballero y debía seguir haciéndolo, pero aparentar pasividad cuando lo que deseaba era beber de sus labios y volver a extasiarse con el roce de su piel, era un castigo.

Buscando otro tema para platicar, Michelle le preguntó sobre las curiosidades de la villa; momento en que él aprovechó para reemplazar su asiento por otro junto a ella y mostrarle, galantemente, algunas pequeñas edificaciones a lo lejos.

—Parece pequeña, pero no lo es. Se la conoce como la bodega de Luismo. Puedo aseguraros que de ahí sale uno de los mejores vinos de la comarca. Detrás de la pequeña entrada se abre un corredor que conduce al lagar. Si es vuestro deseo, podemos visitarla en alguna ocasión y Luismo os explicaría cómo trabaja para conseguir sus caldos.

—No sé nada de vinos.

—Entonces encontraréis la experiencia interesante. Os gustará ver la dependencia donde se almacenan las cubas y la zarcera por la que se eliminan los gases de la fermentación.

—Tal vez para las fiestas patronales, si no es molestia.

—Falta para eso, no se celebran hasta mediados de agosto y durante la semana de los festejos Luis Miguel no admite visitas. Como el resto de los oxomenses.

—¿Oxomenses?

—Burguenses, serracenos... Es el gentilicio de los habitantes de Burgo de Osma.

—Entiendo —repuso ella archivando mentalmente la palabra—. Perdón, ¿qué me decíais?

—No era importante.

¡No lo era, maldición! ¿Por qué demonios estaba hablándole de vinos cuando debería estar aprovechando el tiempo en conquistarla? Había pedido a Claire que viajara junto al cochero precisamente para eso y, sin embargo, hablaba y hablaba como un lerdo sin atreverse a dar el paso. Cualquiera de los suyos se moriría de la risa viendo a Lobo turbado ante una mujer.

Acabó por armarse de valor, tomando el mentón de la muchacha entre sus dedos y, una vez conseguida la completa atención de Michelle, se inclinó sobre ella para besarla. Ella no opuso resistencia, sino que saboreó la caricia y hasta la retribuyó. Un segundo más tarde se apartaba del marqués abrumada. La sacudió un estremecimiento admitiendo, sin reserva alguna, que sus besos la inflamaban y excitaban del mismo modo que los de Lobo.

Él vislumbró un relámpago de miedo en sus ojos y la miró torvamente. ¡Así que ella se comportaba como una remilgada cuando él le dedicaba sus atenciones, pero no lo hacía con un forajido! Echando pestes sobre Lobo, es decir sobre él mismo, cambió de asiento ocupando de nuevo el que estaba frente a la muchacha, encerrándose en un mutismo total.

El mundo de Michelle giraba y giraba en un enloquecido carrusel de preguntas conjurando unas cosas con otras, le era imposible no relacionar a Lobo y al marqués de Abejo. El rostro velado de uno se superponía con el del otro, los ojos del primero daban paso a los del segundo, perdía la capacidad de reacción ante las caricias de un bandido y también bajo las del aristócrata... O era una desvergonzada redomada o estaba perdiendo el juicio. ¿Era posible sentirse enamorada de dos hombres a la vez?

—¿Le rechazaste a él del mismo modo?

La adusta pregunta, tuteándola, la hizo parpadear.

—¿Cómo?

—Supongo que no pensarás que soy tan lerdo —señaló él, dejándose arrastrar por el tobogán de unos celos absurdos—. Puedo imaginar lo que sucedió durante tu secuestro. —Ella se le quedó mirando con el asombro pintado en la cara—. ¿Qué pasó, *mademoiselle* de Clermont? ¿Tan buen amante es ese condenado Lobo que no soportáis ahora mis caricias?

Lo abofeteó con todas sus ganas.

Carlos encajó las mandíbulas, maldiciéndose mentalmente, pero no pidió disculpas. Tampoco ella las exigió. Durante un momento que pareció no acabar nunca se retaron con los ojos y ninguno de los dos volvió a pronunciar palabra hasta que el coche frenó a las puertas de la casa de don Gonzalo.

El marqués de Abejo se apeó, le tendió una mano que ella aceptó para bajar, ayudó luego a descender a Claire del pescante, subió de nuevo al coche cerrando de un sonoro portazo y ladró al cochero la orden de partir, sin una palabra de despedida.

Claire, sumamente extrañada por su comportamiento, preguntó a su señora, pero Michelle no dijo ni media palabra y se recluyó en sus habitaciones aunque su tío, acalorado, la persiguió hasta que alcanzó las escaleras pidiendo hablar con ella.

29

La noticia de lo que sucedía cayó sobre Carlos como un jarro de agua helada y miró a Zoilo como si acabara de decirle que la Tierra estaba a punto de desaparecer.

—¿Cuándo? —preguntó, temblándole la voz.

—Mañana, cuando las campanas de la catedral den las doce de la noche.

—¡Maldita sea el alma de Torres! —estalló el marqués lanzando la copa que tenía entre los dedos, estrellándola contra el tabique—. ¿Cómo se puede acusar a un chico de doce años? ¿Se ha vuelto loco?

—No creemos que cumpla su amenaza —intervino Silvino—. Ni siquiera él sería capaz de semejante felonía, señor, asesinando a la familia Hurtado. Más bien pensamos que es una de sus muchas estratagemas.

—Un modo certero de mantener entretenido a Lobo mientras se celebra la fiesta de los Reviños —aventuró Cosme.

Carlos hizo un esfuerzo por recuperar la calma. Sí, eso tenía que ser, tenía lógica. No tenía nada contra Félix Hurtado y su familia, jamás habían colaborado en las escaramuzas, así que por fuerza se trataba de una trampa. Sabía, gracias a lo que pudieron sonsacar a los criados de Torres, que el juez había reunido un buen contingente para salvaguardar a los que acudieran a la celebración de don Manuel y doña Esperanza. Como sabía también que no dejaría la cárcel sin tutela. El apresamiento de los Hurtado y su amenaza de ahorcarlos la misma noche solo podía ser un truco para alejarlos de la mansión.

—¿Nos olvidamos entonces de atacar a los Reviños? —preguntó Zoilo.

—No.

Pascual chascó la lengua, imaginando lo que se le estaba ocurriendo a su patrón. Lobo ya lo había hecho otras veces: estar en dos sitios a la vez. Pero en esta ocasión no tenían hombres suficientes porque algunos de los suyos habían contraído una gripe que les mantenía postrados en las cuevas.

—Así que nos invitaremos a la celebración y entraremos en la prisión —dijo—. ¿Cómo lo haremos? ¿Silvino irrumpirá en la prisión, tomando su identidad como en otras ocasiones?

—¡Debería haber imaginado que maquinaba algo! —bramó Carlos, dando vueltas por la habitación—. ¡Debería haberlo imaginado! No, nada de eso, Pascual. Silvino, esta vez serás tú el que asalte la mansión y yo me encargaré de los Hurtado.

—Pero usted no puede dejar de ir a esa fiesta. Ni marcharse de ella.

—Hemos de estudiar los pasos. Necesitaré desaparecer durante un tiempo y regresar antes de que Lobo, es decir tú, Silvino, acabes con el trabajo.

—Es arriesgado.

—Puede hacerse y lo haremos. Pascual, tú te presentarás en casa de los Reviños para que, supuestamente, firme unos documentos urgentes. Eso será... a las once y media. Ni un minuto antes ni un minuto después. Don Manuel no se opondrá a que me retire a su despacho. Andaremos justos de tiempo, así que no me falles. Iré a la prisión, sacaré a los Hurtado y los dejaré al cuidado de un par de nuestros hombres para que los lleven hasta las montañas; busca a Pedro y a Javier para ese trabajo.

—No me gusta el plan, si puedo opinar —se removió Cosme—. ¿Por qué ir usted cuando podemos ir cualquiera de nosotros?

—Porque, amigo mío, voy a congratularme en persona de hacerle sufrir al juez la peor de sus pesadillas. Esto ya es una guerra declarada entre ese cabrón y yo. Silvino, Zoilo y tú esperaréis cerca del muro norte de la casa —continuó con las instrucciones—. Quiero a los guardias fuera de combate; tenemos que ponernos de acuerdo con Fernando, el criado de don Manuel, para que se encargue de administrarles un somnífero en el vino. Espero que surta efecto. Pascual y yo os haremos una señal desde el despacho: una lámpara a izquierda y derecha, dos veces. Esperad diez minutos, doce todo lo más, y haced vuestro trabajo.

—Me parece una locura —insistió Cosme—. Además, ¿piensa ir así? —dijo y señaló sus ropas.

—No te preocupes por eso. Y ahora marchaos, debemos tener todo listo para mañana por la noche. Repito: no me falléis. No podemos permitirnos un solo error.

Uno a uno les fue estrechando la mano y después salieron como siempre, a intervalos.

Se vistió con cuidado: pantalón y camisa negros y, sobre esta, otra blanca. Pascual le anudó el corbatín de modo sencillo, como para poder quitárselo y ponérselo en un abrir y cerrar de ojos. Se puso una chaqueta también negra, aún a sabiendas de que su indumentaria esa noche difería bastante de la que utilizaba en los últimos tiempos. Pero esa vez le importaba un pimiento dar o no la imagen de un lechuguino aristócrata ante Gonzalo Torres.

Se miró críticamente en el espejo y tras él vio asentir a Pascual.

—Cambié a Javier, que se ha contagiado de la gripe, por el joven Lucas.

—Seguro que da la talla.

—Debería acompañarlo, señor.

—No. Tú debes quedarte en el despacho de don Manuel, cubriéndome. Vamos, hombre, no pongas esa cara, parece que hayas visto un cadáver.

—Espero no tener que verlo —barruntó el otro.

Haciendo caso omiso de las protestas, salió del cuarto y bajó las escaleras. El coche ya estaba aguardando y partió de Los Moriscos hacia La Alameda, donde recogería a su abuelo.

Cuando llegaron a la mansión de los Reviños, una docena de carruajes se alineaban ya frente a la entrada. Carlos se ajustó la corbata maquinalmente y tanteó con disimulo la daga que ocultaba atada a su tobillo derecho.

—Parece que te has tragado un puercoespín —le dijo su abuelo mientras descendían del coche—. Disimula aunque solo sea un poco para no dejarme en evidencia ¿quieres?

Carlos no le contestó. Su pensamiento estaba en otros asuntos. El puñetero Torres le había puesto entre la espada y la pared jugando a dos bandas. Lo que el juez no tenía previsto es que también él podía seguir ese juego. De no haber estado en peligro la vida de inocentes, hasta hubiera disfrutado del pasatiempo.

La casa de los Reviños relucía por los cuatro costados: brillaban los suelos de mármol, docenas de lámparas estaban encendidas, había jarrones de flores a cada paso, los criados lucían sus mejores galas. Doña Esperanza no había reparado en gastos para que el acontecimiento fuese sonado. «Y claro que iba a serlo si Dios me ayuda», pensó Carlos.

Después de saludar a los anfitriones y deambular un momento por el salón intercambiando cumplidos con el resto de invitados y buscando con la mirada a Michelle, a la que no vio, echó un vistazo al exterior. Los guardias estaban en sus puestos, atentos a cualquier contratiempo. «Por poco tiempo», se dijo.

Un criado puso ante él una bandeja con copas de champagne y Carlos aceptó una. Solo hubo un rápido cruce de miradas entre ellos, pero fue más que suficiente: Fernando había cumplido su parte.

—Nada mejor que un salón bien alumbrado para hacer resplandecer a una hermosa dama como vos, doña Esperanza —lisonjeó a la anfitriona cuando se acercó a ella, que departía con su abuelo, haciendo que este elevara una ceja.

—¡Oh, vamos, señor marqués! —exclamó enrojeciendo de placer—. Es usted demasiado galante. Más aún, cuando todos sabemos que no tiene ojos más que para la sobrina del juez.

—Que me guste una rosa no quiere decir que no sepa apreciar el aroma de un lirio, señora mía.

—¡Por Dios! —Se abanicó nerviosamente—. Recordad, señor, que estoy casada.

—Es una lástima, doña Esperanza —bromeó, haciéndola soltar una carcajada.

Don Enrique puso los ojos en blanco. Su nieto sería capaz de hacer comulgar a Satanás si se lo propusiera. Cuando la dama se excusó para atender a otros invitados le dijo:

—Hijo, te estás pasando.

—¿No me pediste que disimulara lo poco que me agrada estar aquí? No te quejes ahora, viejo.

El amplio salón albergaba ya a una veintena de invitados y el brillo de las joyas de las mujeres competía con el de las lámparas. Todas parecían ansiosas de alardear de ellas. Un botín excelente para Lobo, que daría buena cuenta de él.

Don Gonzalo llegó el último a la fiesta, excusándose y haciendo gala, como siempre, de una pompa irritante. Llevaba a una Michelle colgada de su brazo y sonriente, aunque a Carlos solo le hizo falta un segundo para adivinar su incomodidad. Estaba preciosa con aquel vestido azul de pronunciado escote, entallado a la cintura, cuyas amplias faldas escondían unas fabulosas piernas que solo él conocía.

Carlos no pudo acercarse a ella porque hacia él venía don Íñigo de Lucientes, acompañado de su esposa, doña Laura, con claras intenciones de hablarle. No tuvo más remedio que contestar a sus preguntas y alabar el sosísimo vestido de la dama.

Michelle descubrió al marqués apenas entrar en el salón, aunque no dio muestras de ello. Era imposible no hacerlo porque su apostura le hacía parecer un leopardo entre borregos. Reconoció que estaba guapísimo y volvieron a asaltarle las dudas sintiendo que su cuerpo reaccionaba ante su presencia. Deseó que se la tragara la tierra al ver que se acercaba.

Carlos saludó al juez con apatía y a ella le dedicó una galante reverencia.

—Está usted encantadora esta noche, *mademoiselle* de Clermont —alabó con una voz ligeramente ronca que provocó en la muchacha un escalofrío.

—*Merci beaucoup, monsieur* —agradeció muy tiesa. Luego le obvió deliberadamente y dedicó una sonrisa demoledora a su abuelo—. Espero que me conceda al menos un baile, don Enrique.

El anciano se echó a reír, tomó su brazo para colocarlo sobre el suyo y le palmeó la mano con afecto.

—Eso debería solicitarlo yo, jovencita.

—Lo sé. Pero sois un bailarín excelente y no quiero que se me adelanten.

—No hay más que hablar —concedió con una sonrisa del tunante que había sido en sus años mozos—. Os reservaré una danza, pero... —echó un vistazo al semblante adusto de su nieto, que no apartaba los ojos de ella y que, de nuevo, parecía haberse tragado alfileres— os aseguro que el que baila verdaderamente bien es Carlos.

Michelle apenas le dedicó una mirada.

—Posiblemente. Si me disculpa... —dijo alejándose hacia el otro lado de la sala.

30

A don Enrique se le escapaban pocas cosas, pero se quedó descolocado viendo el desplante de la joven hacia su nieto. ¿Qué pasaba entre aquellos dos para que se retasen con los ojos, como si fuesen enemigos declarados?

Los anfitriones se desvivían por atender a todos y los criados no dejaban de mezclarse con los invitados llevando bandejas de bebida y canapés que doña Esperanza, sin tapujos, consumía uno tras otro.

Se inició el baile, Carlos no perdió detalle de Michelle en brazos de su abuelo. El vejete aún se movía por la pista con el estilo de antaño y él sonrió, admirándolo en silencio. Antes de que la pieza finalizara se aproximó a ellos y cuando se oyó el último acorde, se apresuró a solicitar la siguiente a la muchacha, casi al mismo tiempo que otros dos caballeros. Su ego masculino sufrió un nuevo descalabro cuando ella se excusó, prometiendo a los otros dos que bailarían más tarde, y rogó a don Enrique que la acompañase a la salita de los refrigerios. Su abuelo tomó de nuevo el brazo de Michelle y le miró a él de reojo haciéndole un guiño. A Carlos casi se le escapó una palabrota.

Se desentendió pues de Michelle, convencido ya de que lo que ella trataba era de hacerle pagar por la confrontación en el coche. Clavó sus ojos en el reloj de pared. Faltaba poco para que Pascual hiciera acto de presencia, así que, para disimular su nerviosismo, entabló conversación con la anfitriona.

—¿Tendré el honor de que me conceda este baile?

La esposa de Reviños lo miró como a una aparición. Enrojeció tanto que se hacía difícil distinguir su rostro de la tela de su abominable vestido. Mientras ella volvía a abanicarse, apabullada por la inesperada petición, Carlos mantuvo una sonrisa seductora que levantó algún que otro suspiro en las acompañantes de doña Esperanza.

—Será un placer, marqués —contestó por fin.

Los músicos atacaron las primera notas de una *rueda* y Carlos rezó todas las oraciones que sabía para recordar los pasos de la antigua danza. El origen de la Rueda se remontaba al pasado, incluso se decía que provenía de los arévacos, en los tiempos de la Uxama celtibérica. Se escucharon algunas risas, porque no era una pieza para ese tipo de fiestas, sino de las que solían bailar los campesinos, pero algunas parejas se atrevieron a salir a la pista de baile. Se colocó pues junto a la dama y detrás de otras parejas, con la sonrisa congelada en la boca. Los bailarines iniciaron los medios giros alternativos sobre los pies, brazos en alto, formando una fila que trazaba una circunferencia.

Carlos hubo de soportar un par de pisotones de su compañera de baile y para rematar la faena, en uno de aquellos saltitos, doña Esperanza tropezó con el ruedo de su vestido. Carlos no supo cómo fue capaz de evitar la caída de aquella mole, a punto de ser arrastrado por ella, agradeciendo mentalmente el constante entrenamiento que le hacía mantenerse en forma y escuchando las risitas y toses a su alrededor. Por fortuna, el baile finalizó sin mayores contratiempos y pudo dejar a la dama en compañía de sus amigas. Al volverse vio a Michelle. Ella se mordía los labios, haciendo verdaderos esfuerzos por mantenerse seria, aunque no podía ocultar la chispa de diversión que hacía relucir sus ojos.

Justo en ese momento escuchó la voz de Pascual a su espalda.

—Señor.

Carlos se volvió hacia él arqueando las cejas exageradamente, como si en realidad le asombrara verlo allí. Captando por el rabillo del ojo que se aproximaba don Gonzalo Torres le preguntó:

—¿Qué sucede?

—Lamento muchísimo molestaros, señor marqués, pero es imperioso que me dediquéis vuestro tiempo. Don Gonzalo. —Le hizo una inclinación de cabeza al juez.

—¿Imperioso? ¿Y qué puede serlo tanto como para que me interrumpas en medio de una fiesta, hombre de Dios?

—Son los documentos que estaba esperando, señor. —Dio unos toquecitos a la carpeta—. El correo que los ha traído debe regresar esta misma noche a Madrid y debe usted firmarlos, por eso....

Carlos le hizo callar con un gesto de fastidio.

—No pienso firmar nada sin revisarlos antes. Y ahora no es el momento. Que ese tipo espere a mañana.

—Le es imposible, señor, lo siento.

—¡Válgame el Cielo! —Miró al juez como si buscara apoyo—. Los negocios, siempre los negocios. Uno ya no puede ni disfrutar de una agradable velada con los amigos

—se quejó sacando el pañuelo de encaje que llevaba en la manga y pasándoselo por la frente.

El de Torres demostró su empatía diciendo:

—Don Manuel no tendrá inconveniente en cederle su despacho. Si es un asunto tan importante...

—Lo es —asintió el joven con gesto de hastío—. Una naviera. Por cierto, don Gonzalo, debemos hablar de ello. Seguramente os interesaría formar parte del selecto grupo de caballeros que constituiremos el Consejo directivo de la compañía.

—¡¿Yo?!

—¿Quién mejor que el pariente de la mujer con la que estoy decidido a casarme? —le picó Carlos—. Sí, sí, ya sé que no he pedido su mano formalmente pero lo hago ahora.

—Bueno... No soy el adecuado para concederle la mano de mi sobrina puesto que, como ya sabe, sus padres han aparecido y están a punto de llegar a Burgo de Osma.

—Es cierto. De todos modos, tengo por seguro que su opinión al respecto puede poner la balanza a mi favor. Hablaremos mañana acerca de la naviera, si le parece. Hoy tenemos que disfrutar de la fiesta. —Se inclinó un poco hacia él para hablarle en tono confidencial—. Por favor, guarde el secreto, don Gonzalo. Es un negocio solo para caballeros de confianza.

—¡Por supuesto! ¡Por supuesto! Tiene usted toda mi...

—Bien entonces —le cortó—. Mañana. Ahora discúlpeme, voy a pedir permiso a don Manuel para usar su despacho.

—Vaya usted, vaya...

Torres apretó los puños viéndoles alejarse para no frotase las manos de pura codicia. No se había equivocado con aquel lechuguino: el de Maqueda tenía importantes filones y contaba con él. ¡Con él! Sin duda asociarse con el marqués de Abejo le reportaría excelentes beneficios, muchos más que los burdeles o las casas de juego. Y eso, unido a la hacienda de Adriana, haría de él un hombre con una inmensa fortuna. Porque ya había decidido que ni su hermana ni Phillip de Clermont llegarían vivos a Cataluña. Había demasiados bandidos en los caminos de España y a nadie le extrañaría un lamentable atraco y la muerte de ambos en la confrontación. Celebrando su buena suerte se estiró las solapas de su levita y buscó una pareja para el baile.

Pascual echó la llave a la puerta y encendió una lámpara. Carlos ya se desprendía de la corbata, emprendiéndola luego con la chaqueta, que dejó sobre una butaca, para deshacerse de la camisa blanca y quedarse con la que llevaba debajo. Luego volvió a ponerse la chaqueta, aceptó las pistolas que le tendía su lugarteniente y el pañuelo negro con el que se cubrió el rostro.

En menos de dos minutos, Carlos de Maqueda y Suelves, marqués de Abejo, volvía a convertirse en Lobo.

Acercándose al ventanal, Pascual hizo oscilar la lamparilla tal y como habían acordado. Carlos aguardó un minuto y luego salió al jardín. No se veía a ningún guardián, de modo que atravesó el espacio que le separaba de la valla a largas zancadas, se izó sobre ella y saltó al otro lado. Su caballo piafaba escarbando la tierra. Le acarició para calmarlo y montó.

Desde la casa de los Reviños hasta la prisión había dos

kilómetros escasos. Burgo de Osma dormía, ajeno a lo que se estaba fraguando. Al llegar a su destino emitió un largo silbido y aguardó hasta que dos enmascarados a caballo salieron de las sombras para acercársele. Carlos descabalgó y ellos hicieron otro tanto, poniendo luego las monturas a buen recaudo.

—¿Estáis preparados?

Como respuesta, empuñaron pistolas y trabucos. Lobo emprendió la marcha y los otros le siguieron con sigilo.

Aparentemente, la prisión estaba poco protegida.

Amparados por la nocturnidad, se acercaron a los guardias de la puerta este y les redujeron con facilidad, escondiendo luego sus cuerpos. Abrieron la verja y atravesaron el espacio que les separaba de la angosta galería que daba a la entrada de la cárcel. El pasadizo estaba apenas iluminado por un par de antorchas apostadas en el muro. Sin un ruido, desembocaron en el patio central. Lobo se detuvo, con la tensión anudándole el estómago, para vigilar a los dos hombres que montaban guardia en el pórtico superior. Aguardaron, tensos y expectantes, hasta que aquellos dos se alejaron por el corredor dando la vuelta al edificio. Entonces se pusieron de nuevo en marcha, cruzaron el patio a la carrera y accedieron a la entrada de los calabozos.

Curiosamente, se encontraba abierta y a Carlos se le activaron todas las alarmas. Sus hombres y él intercambiaron miradas de precaución, pero ya no podían echarse atrás.

Juan Hurtado y el resto de su familia se encontraban en la tercera celda a la derecha atados de manos y pies, como borregos listos para el sacrificio. Las demás celdas se hallaban vacías. Juan, pálido como un cadáver, abrió la boca al verles, pero Lobo le hizo un gesto para que guardaran silencio, entró en el reducto y, mientras sus hombres vigilaban, atentos a cualquier contratiempo, procedió a cortar las ligaduras. La esposa de Hurtado sollozaba en silencio y el muchacho lo miraba con los ojos como platos, pero no emitió ningún ruido.

—Es una trampa, Lobo —le avisó Juan.

—Lo sé. Pero vamos a sacaros de aquí.

A Carlos la rabia de ver encarcelada a la familia le daba bríos. Trampa o no, no podía permitir que continuasen allí.

Uno de sus ayudantes le tocó en el hombro y Lobo asintió, haciendo que los prisioneros salieran aprisa de la celda. También hasta él había llegado el levísimo tintineo proveniente del patio: la taimada trampa orquestada por Torres comenzaba a tomar forma.

Ante el asombro de los Hurtado, se entretuvo en encender un cigarro puro. Luego, estiró la mano y uno de sus hombres puso sobre ella tres cartuchos de dinamita.

—Señores, vamos a armar un poco de ruido. En cuanto empiece la fiesta quiero que atraveséis al patio y salgáis por el lado oeste. No os detengáis pase lo que pase.

Tomó la delantera y, apostado a un lado de la entrada, echó un vistazo al exterior. No se veía un alma, pero él sabía que los hombres del juez estaban allí, agazapados en las sombras y listos para atacar tan pronto les viesen salir.

Respiró hondo. Le dolían todos los músculos por la tensión y la camisa se le pegaba a la espalda. No temía por él, pero el fuego cruzado que empezaría, sin duda, en segundos, podría alcanzar a los prisioneros. Sin embargo, sus enemigos no contaban con el regalo que les tenía preparado. Ni siquiera se lo imaginaban.

Consiguió ver un vago destello a un lado del patio y situó la posición de algunos de sus enemigos. ¿Cuántos serían?

—No os detengáis, ¿me habéis oído? —insistió. Revolvió el cabello del pequeño Hurtado, que seguía mirándolo con asombro—. De acuerdo, chicos, ¡que empiecen los fuegos artificiales!

31

La primera explosión se elevó con un rugido justo en el lugar en el que estaban algunos de los guardias. Se escucharon gritos de dolor y tres cuerpos saltaron por los aires.

Entonces se desató el pandemonium.

Ante la inesperada explosión, los esbirros de don Gonzalo abrieron fuego, pero una segunda andanada les cegó el tiempo suficiente para que los hombres de Lobo y los Hurtado alcanzaran la puerta oeste y se pusieran a salvo. El segundo cartucho había alcanzado a otros dos guardias y sembrado el patio de cascotes.

Lobo no aguardó a que se reorganizaran. Estaban retrocediendo para buscar refugio en las galerías, seguramente convencidos de que les atacaba un buen número de rivales. Encendió el último cartucho y con él entre los dientes y ambas pistolas preparadas se lanzó hacia delante.

Algunos guardias reaccionaron al verlo y dispararon. Las balas silbaron demasiado cerca y Lobo rodó por el suelo, activando al mismo tiempo los gatillos de sus pistolas y felicitándose al escuchar los gritos de dolor de aquellos a los que había alcanzado. Se levantó de un salto y corrió hacia la salida, pero uno de sus enemigos le vio, se echó el arma al hombro y disparó. La bala pasó a escasos centímetros de su oreja y sin pensarlo mucho, se giró y lanzó su cuchillo. El fulano se derrumbó sin un quejido, aunque dos nuevos contrincantes tomaron su puesto. El humo de las explosiones disipándose y la luna dejaron al descubierto a Lobo.

A punto de que el cartucho de dinamita le estallara en plena clara, lo lanzó contra ellos. La detonación le ensordeció porque había sido muy cerca y la onda expansiva le hizo caer al suelo.

—¡Le cubro! —escuchó el grito de uno de sus hombres.

Lobo maldijo a voz en cuello. Sin hacer caso de sus órdenes, uno de ellos se había quedado regazado para protegerle las espaldas. No pudo por menos que agradecérselo en silencio. Aturdido como se encontraba, tardó en levantarse. Y justo entonces una bala, que no supo de dónde venía, mordió su costado. Blasfemó rodando de nuevo por el suelo mientras escuchaba otra detonación a la que siguió un grito angustioso. Al instante siguiente alguien tiraba de él, incorporándolo, y se veía arrastrado hacia la seguridad de la galería de salida.

No pudo precisar lo que ocurrió después. Mareado, con un dolor lacerante en el costado, trastabilló dejando que su compinche le ayudara a correr a trompicones. Le fallaron las piernas y dejó escapar un gemido, pero de nuevo fue tomado por el cuello de la chaqueta y puesto en pie mientras, a su espalda, volvían a escucharse algunos disparos. El que le acababa de salvar se paró, se tomó un segundo para encender un fósforo y segundos más tarde volvió a estallar otro cartucho de dinamita. Tras ellos se escucharon gritos, voces de alarma, otra andanada de disparos...

Lobo se encontró al aire libre, junto a los caballos, sin saber cómo lo habían conseguido.

—¿Es grave? —le preguntó su salvador.

—Nada importante. Ayúdame a montar.

Ahogó un grito de dolor al subir al caballo, pero apretó los dientes y se hizo cargo de las riendas. En la distancia, vio alejarse a su otro subalterno y a los Hurtado.

—Lárgate.

—Pero está...

—¡Fuera de aquí!

El muchacho obedeció saliendo a galope tras los demás y él se irguió sobre la silla. Taconeó los flancos del caballo y el animal, como si intuyese el peligro, se lanzó a una carrera desbocada campo a través internándose en las callejuelas de la villa mientras los quinqués se encendían en las casas y algunos paisanos salían a la noche, alertados por las explosiones.

El potro negro cruzó como una exhalación ante la mirada atónita de muchos, se elevaron algunos gritos de asombro y otros vitoreando el nombre de Lobo, pero Carlos apenas los escuchó inmerso como estaba en su afán por llegar a la casa de los Reviños. Estaba perdiendo sangre y si no taponaba la herida cuanto antes, acabaría por desmayarse. No podía dejar que la operación se fuera al garete; si le descubrían todo estaría perdido, así que se afianzó al cuello de su caballo y le instó a correr más aprisa.

—Vuela, precioso. Vuela.

Pascual, nervioso, juraba en arameo. Y las blasfemias subieron de tono cuando vio entrar a su jefe en el despacho con el rostro descompuesto y la camisa cubierta de sangre.

—¿Qué coño ha pasado?

—Que no salió todo a pedir de boca —le contestó Carlos arrancándose ya la chaqueta.

—¡Os avisé! ¡Maldita sea!

—¿Cómo van las cosas ahí dentro? —preguntó sin hacer caso a sus protestas, haciendo tiras con la camisa.

—Todo controlado. ¡Por el amor de Dios, señor! —se desesperó Pascual—. Es imposible que os presentéis ahora así.

Demasiado lo sabía él. Tenía el traje hecho un desastre, manchado y rota una de las perneras del pantalón. Además, estaba herido. Se veía a la legua que había tomado parte en un altercado. Maldijo en voz baja, uniéndose a las blasfemias de su lugarteniente cuando el costado le lanzó una punzada de dolor.

—Silvino se está tomando tiempo para daros la oportunidad de volver a escena, pero no sé de qué va a serviros —volvió a rezongar Pascual.

—No te quedes ahí como un pasmado y venda la puta herida —le instó, pensando ya con celeridad sobre el modo de salir de tan complicada situación. O se le ocurría algo o todo habría sido inútil.

El otro lo hizo lo mejor que pudo: taponó la herida y rodeó su cintura con las tiras de tela.

—Aprieta más fuerte. Eso es.

—¿Consiguió liberar a los Hurtado?

—A estas horas están camino de las montañas. Y a don Gonzalo se le ha quedado la prisión un poco... estropeada —quiso bromear.

—Como usted, vamos.

Acabada la sencilla cura, Pascual le ayudó a ponerse la camisa blanca e intentó colocarle el corbatín. Carlos detuvo su mano, se lo arrebató y se lo colgó al cuello de cualquier modo.

—Escúchame, porque todo depende de ello.

Pascual lo escuchó en silencio, fruncido el ceño, y acabó por asentir. Luego dijo:

—No sé yo si usted aguantará.

—Eres un pájaro de mal agüero. Lo haré hasta que Silvino se largue con el botín y todos crean que han sido asaltados por el auténtico Lobo.

32

En el salón, no se escuchaba ni el vuelo de una mosca. Las damas estaban a un lado del cuarto y los hombres, incluidos sirvientes, al otro. Por deferencia, a las mujeres se les había permitido quitarse las joyas por su propia mano y dejarlas caer en una bolsa, pero los hombres, por si alguno llevaba un arma oculta, habían sido cacheados por Cosme y Zoilo mientras Silvino les apuntaba con sus pistolas. Luego, se había dedicado a dar una vuelta por el salón solicitando, muy caballerosamente eso sí, que no se moviera nadie mientras él requisaba algunas chucherías más de la casa, sin perder de vista el reloj. Tenía que hacer tiempo hasta ver aparecer al marqués de Abejo para dejarlo libre de sospechas, así que se estaba tomando su tiempo.

Michelle, sin ser consciente de que le estaba echado un cable, se lo puso muy fácil cuando Cosme se puso ante ella y le tendió la valija en la que las mujeres habían ido dejando sus alhajas. Ella seguía mantenido una cadena de oro alrededor de su cuello que se había negado a entregar. Miró tan fijamente a Cosme que él bajó un poco más el ala de su sombrero.

—Señorita, por favor, su cadena.

—No pienso entregársela —le retó haciendo que todos la mirasen, espantados ante su osadía.

Silvino dejó lo que estaba haciendo para acercarse a ella y sus ojos se quedaron fijos en el rostro de la muchacha. Era preciosa la condenada, se dijo. Y Lobo un fulano con mucha suerte. Carraspeo y movió la cabeza señalando a su compañero.

—No ponga las cosas difíciles, señorita. Al fin y al cabo, son solamente unas baratijas que podrá reponer y a nosotros nos servirán para entregárselas a los desfavorecidos.

—No se trata de las joyas, sino de mi *orgueil.*

—¿Su... qué? —bizqueó Silvino.

—Mi orgullo —repitió ella en español—. Usted, claro, no sabe de lo que estoy hablando.

—¡Michelle, por todos los santos! —intervino don Enrique adelantándose, pero retrocediendo de inmediato cuando el arma de Cosme se elevó unos centímetros hacia él—. Entregue esa cadena y acabemos con esta maldita charada.

—Que la tome él, si se atreve —se empecinaba ella mirando de frente a Silvino.

La risa del bandolero fue lo único que se escuchó en el espeso silencio que se hizo en el salón. ¡Sí que era porfiada la señorita francesa! Desde luego tenía más redaños que su tío.

Michelle, sin embargo, estaba lejos de sentirse tan valiente como quería aparentar. Pero sí estaba furiosa. ¿A quién querían engañar aquellos tres pelagatos con la farsa? Desde luego a ella no. Ella había estado cerca de Lobo, demasiado cerca para su salud mental. Y el sujeto que se hacía pasar ahora por él, aunque de igual estatura, parecida complexión y vestido a su usanza, no era Lobo por mucho que intentara imitarlo. No hubiera puesto resistencia a entregar todas sus joyas al verdadero porque ahora sabía muy bien el destino de sus robos, pero ¿a este? Solo podía ser un desgraciado que bajo su disfraz trataba de hacerse con unas ganancias fáciles. Era un ultraje a Lobo y ella no estaba dispuesta a colaborar.

Silvino empezó a ponerse nervioso. La situación empezaba a írsele de las manos y su jefe no aparecía. Siempre se había portado caballerosamente con las damas a las que asaltaba, pero ahora no sabía cómo actuar. ¿Qué debía hacer? ¿Arrancarle la cadena? ¿Permitir que se quedara con ella?

Justo en ese momento, escucharon gritos y ruidos de pelea provenientes del corredor de la derecha, donde se encontraba el despacho de don Manuel Reviños. La voz de Carlos de Maqueda llegó hasta ellos alta y clara, instando a alguien a detenerse.

Silvino, Cosme y Zoilo intercambiaron miradas. Aquello no entraba en los planes tan escrupulosamente estudiados por el marqués.

Una de los ventanales del salón saltó hecho añicos cuando el cuerpo de Carlos lo atravesó y quedó despatarrado en medio de los invitados. Algunas mujeres chillaron y doña Esperanza, que al parecer había soportado más de lo que era capaz, se desmayó encima de doña Laura llevándola con ella al suelo y quedando ambas hechas un amasijo de faldas, piernas y brazos. Algún que otro caballero intentó asistirlas pero se vieron obligados a retroceder ante las armas de los bandoleros, aunque se levantaron protestas airadas.

Los lugartenientes de Lobo estaban perplejos.

Pascual apareció en ese instante llegando desde el jardín, arma en ristre. Al ver a los tres forajidos dejó caer la pistola y alzó los brazos en señal de rendición. Don Enrique se apresuró a ayudar a su nieto, que ya se levantaba por sí solo sacudiéndose un traje convertido en una lástima y luciendo cómicamente una ramita en la oreja y algunas otras en su oscuro cabello, ahora despeinado y revuelto.

El marqués de Abejo se fue hacia Silvino echando chispas de indignación.

—¡Condenados sean todos ustedes!

Se elevó la pistola del otro para apuntarle entre las cejas y se escucharon algunos gemidos. Doña Esperanza, que se estaba recuperando del soponcio anterior, volvió a desmayarse, pero esta vez sobre su propio esposo, que desmañado e incompetente para sujetarla, acabó medio asfixiado debajo de ella.

—Su reloj, caballero —pidió Silvino, entendiendo el cambio de planes y continuando con su actuación. Algo había salido mal, pero él debía seguir con el juego—. ¿No me ha oído? Sus joyas y su bolsa.

—Ya me las acaba de robar un desgraciado enmascarado que, al parecer, trabaja para usted. ¡Esto no quedará así!

A pesar de sus palabras, Cosme lo registró, se volvió hacia el otro y negó con la cabeza.

—Larguémonos de aquí.

Con una reverencia que rezumaba ironía, Silvino se despidió de todos y un momento después desaparecían por el jardín. Pero nadie se atrevió a moverse hasta que pasaron unos minutos. Entonces sí que estalló el jaleo. Todos empezaron a hablar a la vez, recuperándose de la impresión. Unos maldecían, otros comentaban, alguna mujer se puso a llorar viéndose libre del peligro y a alguna otra le dio un ataque de histeria tardía. Doña Esperanza seguía tirada en el suelo porque ningún caballero había sido capaz de levantarla. El salón parecía un circo.

En medio de la algarabía, Carlos se apoyó en el hombro de su abuelo, que barruntaba como el resto por el atropello.

—Viejo, tengo que salir de aquí.

—No podemos irnos ahora y...

—Abuelo, por favor —gimió el joven marqués—. *Tengo que salir*.

Don Enrique inmovilizó su mirada en el rostro de su nieto. Carlos estaba pálido como un muerto y en sus labios había un rictus de dolor. Se percató también de que se apretaba el costado disimuladamente. ¡Maldito si entendía nada! Pero el muchacho parecía encontrarse en un apuro, así que hizo lo primero que se le ocurrió: dejó escapar un quejido, se llevó la mano al corazón y se tambaleó artísticamente hasta dejarse caer contra su nieto.

Volvió a montarse el alboroto. Unos intentaban ver qué le sucedía, otros pedían un médico, doña Laura solicitaba las sales a gritos. Doña Esperanza no se enteró de nada, porque seguía tirada en el suelo, intentando incorporarse mientras varios pares de piernas pasaban sobre ella para atender al de Maqueda. Don Manuel hizo un nuevo intento de ayudarla a levantarse pero se dio por vencido y allí la dejó, gimiente y soltando bilis por la boca.

Carlos felicitó mentalmente a su abuelo por su magnífica representación, pero sus fuerzas se encontraban al límite.

—¡Que alguien pida el carruaje de don Enrique! —elevó la voz.

—¿No sería mejor acostarlo hasta que llegue el médico? —intervino don Manuel retorciéndose las manos.

—Cecilia, su ama de llaves, sabe cómo atender estos ataques, no es el primero que sufre.

Entre dos caballeros llevaron a Don Enrique al coche y lo acomodaron en su interior. Michelle apartó a los curiosos y, visiblemente preocupada por su estado de salud, alcanzó el carruaje cuando Carlos cerraba ya la puerta.

—Voy con ustedes —dijo, sentándose junto a él.

Carlos no hizo nada por impedirlo porque no estaba en condiciones. Cerró y el coche se puso en marcha.

Alejándose de la casa y de la confusión reinante, Michelle fue testigo de algo insólito que la dejó muda de asombro: don Enrique se rehizo, Carlos dejó que un gemido llegara a sus labios desplomándose en el asiento y el viejo abrió su chaqueta descubriendo una camisa ensangrentada.

—¡Pero...!

Carlos abrió los ojos a duras penas. Después de tanto trabajo, todo podía venirse abajo si aquella terca francesa empezaba a atar cabos.

33

Eran las seis de la madrugada y seguía sentada en aquel sillón. Atravesando los cristales, los mortecinos rayos de un sol naciente comenzaban a filtrarse en el cuarto. Sopló las velas del candelabro reclinando después la cabeza en la butaca e intentando colocar mentalmente las piezas del jeroglífico que tenía ante ella. Habían pasado demasiadas cosas para poder digerirlas de una sola vez.

Llegaron a La Alameda ajenos a la batalla campal que se había organizado en casa de los Reviños tras su marcha, cuando se recibió la noticia de que la mitad de la prisión había volado por los aires. Desde entonces no había dejado de pensar en lo acontecido.

Cecilia había llevado a cabo una cura bastante profesional de la herida del marqués y recordó con un escalofrío todo el proceso. Y la sangre. Sí, recordó la sangre porque había pensado que Carlos moriría. Pero el ama de llaves de don Enrique había dado muestras de saber lo que tenía entre manos y, tras extraer la bala y verter unos polvos en el boquete del costado, aseguró que no corría peligro. Luego, ella se había ofrecido a velar al enfermo y allí continuaba.

A punto de caer rendida por el sueño y el cansancio, pegó un brinco cuando la puerta se abrió dando paso a don Enrique, a quien también la ajetreada noche había pasado factura en forma de oscuras ojeras.

—¿Cómo está?

Pascual entró también en el cuarto, saludó a ambos con un parco movimiento de cabeza y se acercó a la cabecera de la cama.

—No ha despertado.

—Se recuperará —dictaminó Pascual.

Michelle no había querido hacer preguntas hasta entonces. Tampoco le habían dado explicaciones, limitándose cada uno a hacer lo que podía por atender al herido, como si todos fueran cómplices de un secreto. Pero ella quería saber. Necesitaba saber qué le había pasado a Carlos, por qué había recibido un disparo y a qué se había debido la pantomima montada por don Enrique. Si el marqués había sido herido en su pelea, ¿por qué no confesarlo en casa de los Reviños? ¿Por qué salir a escape? ¿Realmente había luchado con alguno de los agresores? Demasiadas preguntas a las que exigiría una respuesta convincente.

—Acaba de llegar una nota del juez —dijo don Enrique al hombre de confianza de su nieto, que parecía reacio a mirarlo de frente—. Parece que mientras estábamos siendo asaltados en casa de los Reviños, entraron en la prisión y utilizaron dinamita para liberar a los presos.

Observó la reacción de Pascual, que no movió un músculo.

Michelle, por el contrario, afianzo los dedos en el brazo de la butaca.

Carlos abrió los ojos, dijo algo entre dientes y volvió

a cerrarlos. Los de Michelle volaron hacia él. Incluso así, postrado en la cama, con ojeras y pálido, era increíblemente atractivo. Para no mirarlo como una boba se levantó y se acercó a los ventanales. Las dudas que la asaltaban empezaban a cobrar forma y estaba asustada. No quería sacar conjeturas, pero era imposible no hacerlo: Carlos se ausentaba del salón, Lobo entraba en escena y, entre tanto, alguien atacaba la prisión. Luego, Carlos volvía a aparecer, aparentemente después de una disputa en el jardín, y ahora yacía con una herida en el costado. ¿Una mera coincidencia?

Y luego estaba el cuadro. Porque había conseguido recordar dónde había visto antes ese rostro: era el mismo que el de la pequeña acuarela que descubrió en la cueva de Lobo. No había podido evitar preguntar por él a Cecilia mientras ayudaba a retirar los utensilios de la cura.

—Es la difunta marquesa, madre de don Carlos.

Carlos la atraía. Un aristócrata.

Lobo también. Un forajido.

Muy distintos.

El marqués era un caballero correcto, refinado, rayando casi en lo cursi en ocasiones; parecía llevarse moderadamente bien con su tío, el juez, y ella misma le había escuchado decir que debían dar caza a los bandoleros. Hasta había tenido el coraje de enfrentarse a ellos la noche anterior... si es que era eso lo que había sucedido en realidad.

Lobo, por el contrario, era un sujeto rudo. Un hombre que vivía al margen de la Ley y enemigo declarado de Gonzalo Torres.

Se masajeó las sienes porque la cabeza le estallaba.

¿Y si eran la misma persona? ¿Estaba don Enrique al

tanto de las posibles andanzas de su nieto? ¿Y Cecilia? En cuanto a Pascual... ¿qué papel jugaba en todo aquello?

Carlos se agitó en el lecho y Michelle acudió a su lado poniéndole una mano sobre la frente. Tenía fiebre, pero por fortuna la herida cicatrizaba bien y, salvo unos días en cama, no veía peligro alguno.

Era guapo el condenado, pensó. Tanto como creía que pudiera serlo Lobo, aunque no le había visto el rostro. El corazón se le aceleró volviendo a pensar si ambos serían el mismo hombre. Tenía que descubrir la verdad porque estar enamorada de los dos estaba acabando con sus nervios. Pero el pánico más absoluto la atenazaba: si Carlos de Maqueda era Lobo, podría acabar en la horca o, como mal menor, encerrado en prisión de por vida.

—Michelle...

Dio un respingo al escuchar su nombre. Carlos tenía los ojos fijos en ella y vio que los atravesaba un relámpago de incertidumbre.

—¿Cómo te encuentras?

—Agua...

Ella se apresuró a escanciar un poco en un vaso. Pascual le incorporó colocando un almohadón en su espalda y él bebió con ansiedad dejándose caer de nuevo.

—Vaya a descansar, señorita. Y usted, don Enrique.

—Me quedo —dijo él.

—Yo me encargo del marqués. Ustedes necesitan descansar un poco.

Michelle se encontraba extenuada, así que viendo que su presencia ya no era perentoria, aceptó retirarse. Se dirigió a la puerta seguida por don Enrique, pero se volvió para dirigirse a Pascual.

—Si hay algún cambio...

—Les daré aviso —prometió él—. Es usted una enfermera extraordinaria, señorita.

—Usted tampoco parece haber descansado mucho.

—Yo estoy bien.

Con un suspiro, la joven abandonó el cuarto con paso cansino, dirigiéndose hacia la habitación que Cecilia le había preparado. Cerró la puerta y se recostó en ella. Luego, avanzó como una sonámbula, se dejó caer en la cama y se quedó dormida al instante.

34

Lo primero que vio al despertar fue una colcha azul y se quedó mirándola un momento, como una beoda. No era la suya. Recordó de golpe despabilándose por completo. El reloj marcaba el mediodía. Se tiró de la cama y, al verse reflejada en el espejo de la coqueta maldijo en voz alta: su vestido de fiesta era un verdadero asco, arrugado y manchado de sangre; el sublime peinado que le hiciera Claire estaba... estaba... Bueno, no estaba, así de simple: en su lugar había un desastre de rizos. Inconvenientes de haberse quedado dormida como un tronco con la ropa puesta y haber dado mil y una vueltas en la cama.

Acercándose al aguamanil se lavó el rostro y los brazos, deshaciendo después lo que quedaba de su peinado. Desenredar el amasijo en que se había convertido le costó lo suyo, pero consiguió dejarlo más o menos presentable y luego, arrancando una de las cintas del vestido, se lo recogió en una cola de caballo. Total, el traje estaba para tirarlo. Alisó la tela lo mejor que pudo sin conseguir que se viera mucho mejor, se observó en el espejo y se sacó la lengua.

—Pareces *une sorcière* —se dijo a sí misma—. Sí, una bruja.

Olvidándose de su lamentable aspecto salió del cuarto dirigiéndose hacia el de Carlos. Llamó y empujó la puerta. Cecilia se encontraba inclinada sobre el marqués llevando a cabo la cura, con Pascual ayudándola solícito. Dio un «buenos días» al que ninguno respondió y se aproximó al lecho diciendo:

—Pascual, prometió que me avisaría si...

Enmudeció al ver que Carlos estaba despierto y aparentemente bastante recuperado.

—Buenos días, *mademoiselle* —le saludó jovialmente—. Me han dicho que le debo la vida.

—Se la debe a Cecilia.

La noche anterior, mientras le atendían, angustiada por su salud, apenas se había fijado en ese cuerpo granítico que ahora tenía delante. Carraspeó y tragó saliva sin poder dejar de observar sus anchos hombros, su estrecha cintura... y la condenada sábana que se apoyaba en sus caderas. Fascinada, se dijo que le hacía más atractivo esa piel tostada que... ¿Tostada? ¿Desde cuándo un aristócrata lucía ese tono de piel, como si trabajara al sol como un bracero? Sin embargo... era lógico si se trataba de Lobo; ella lo había visto un par de veces sin camisa en el campamento mientras ayudaba a sus hombres.

Debió murmurar algo sin darse cuenta porque a los labios de Carlos acudió una mueca divertida.

—Diría que no habéis descansado bien, querida.—Ella agrió el gesto por el burlón comentario.

Michelle, perdida en sus ojos, ni se enteró de que Cecilia salía. Él sonreía como si no hubiera estado a un paso del infierno, como si no los hubiera tenido a todos sobre ascuas, pendientes de si despertaba o tenían que encargar un féretro.

—Sin embargo, a vos se os ve muy mejorado.

—Y estoy famélico. —Se palpó el costado al sentir una punzada dolorosa.

—Un poco más arriba y ahora tendríamos que estar preparando vuestro entierro.

—Os agradezco que...

—¿Cómo fue que os dispararon? —le interrumpió—. ¿Por qué no dijisteis nada anoche? —Se medio volvió hacia Pascual—. ¿Qué se me está ocultando?

El ayudante del marqués desvió la mirada hacia el techo, como si no hubiera escuchado la pregunta. No iba a ayudar a su jefe en esa ocasión. Ni en sueños le echaría un cable.

—Pascual, ¿puedes dejarnos un momento? —pidió Carlos. No hizo falta que se lo volviera a repetir y se ausentó dejando la puerta entornada. Una vez a solas, él buscó mejor postura—. Anoche ya había demasiada confusión en casa de don Manuel.

Lejos estaba Michelle de aceptar tan simple explicación. Se acomodó en el sillón que ocupara la mayor parte de la noche y cruzó los brazos bajo el pecho.

—Probad con una respuesta más convincente.

—Al tipejo que nos asaltó en el despacho se le disparó el arma mientras peleábamos en el jardín y...

—¡Falso! —estalló Michelle, levantándose y avanzando hacia él como un regimiento de caballería—. ¿Me tomáis por idiota? Una mentira más y mi tío se ahorrará la soga del patíbulo porque os retorceré el cuello yo misma y será Adela quien os amortaje. —Carlos parpadeó y el asombro lo dejó mudo—. Basta de bufonadas, señor mío. ¡Basta de fingimientos!

—Michelle...

—¡He pasado noches enteras en vela pensando que me había enamorado de un forajido! —A esas alturas estaba ya roja de ira y estiraba y apretaba los dedos como si quisiera ahogarlo de veras—. ¡Te has atrevido a seducirme bajo un disfraz! ¡Eres despreciable!

Carlos estaba atónito. ¿Qué era lo que acababa de decir? Pero ella se marchaba ya del cuarto con aire ofendido.

—Repite eso.

—¡Despreciable!

—Me refiero a que te has enamorado de un forajido.

Michelle frenó en seco dándose cuenta del error cometido: llevada por el acaloramiento acababa de confesarle que...

Carlos aguardaba su respuesta con el alma en un puño. *Ella lo sabía.* Y él ya no tenía fuerzas para continuar con aquella comedia.

—¿Quién eres realmente? —le preguntó volviéndose a mirarlo, temblando en espera de una respuesta que creía conocer.

—Carlos de Maqueda y Suelves, marq...

—No, no, no. —Se le aproximó a punto de soltar las lágrimas—. ¿Debo considerarme una dama... o la ramera de un hombre fuera de la Ley?

—¡Nunca te traté como tal, Michelle!

Allí estaba su confesión. Alta y clara, sin ambages.

—¿De verdad? —Lloraba ya sin vergüenza.

—¿De qué me acusas? —Se medio incorporó soportando el pinchazo del costado—. ¡Tú me deseabas tanto como yo a ti!

—¡Me has utilizado!

—¿Y tú? ¿No me has utilizado a mí? ¿Cómo debo considerarme yo, según tus propias palabras? ¿Como el caballero que corteja a una dama o como el proscrito que te ha servido de distracción?

Michelle enrojeció porque a él no le faltaba razón, pero la furia la cegaba.

—*Tu es un cochon!* —le dijo—. Supongo que sabes lo que significa, ¿verdad? Sí, claro que sí, porque ahora interpretas al marqués. De todos modos te lo traduzco para Lobo: ¡¡Eres un cerdo!! ¡¡Eres un...!!

Carlos se movió como una cobra alargando un brazo y atrapándola por el talle para hacerla caer en la cama, sellando sus labios para impedir que le regalara una nueva invectiva. Atrapada en el influjo de su boca, a Michelle se le olvidó todo, enroscó sus brazos a su cuello y lo besó con frenesí. ¿Para qué seguir resistiéndose? Fuera uno, otro o los dos a la vez, él hacía que su corazón palpitara desenfrenadamente, que deseara sus manos y su boca, que se sintiera atrapada en un remolino de deseo.

Carlos se contuvo. Le consumía la necesidad por ella, pero no podía continuar con aquello; no era momento ni lugar.

—Te amo, Michelle —musitó. En muda respuesta, las lágrimas de ella afloraron ya sin control—. Deja de llorar, por favor y dime que me correspondes.

—Muérete.

—De acuerdo, pero dímelo.

—Muérete otra vez —repitió ella, tercamente, sorbiéndose la nariz.

—¿Eso es un sí?

—Eso es un no. —Él se echó a reír, abrazándola con fuerza—. ¿Qué ves tan gracioso?

—Que eres más cuentista que yo, pero no puedo dejar de amarte.

—¿Como marqués de Abejo?

—Y como Lobo. —La besó otra vez—. Lo haría incluso si hubiera pronunciado los votos sacerdotales, que Dios me perdone.

Entregados a la nueva caricia, ninguno fue consciente de que don Enrique de Maqueda llevaba un rato observándolos desde la puerta. Su voz hizo que ambos dieran un respingo.

—Muchacho, creo que tú y yo debemos tener una larga conversación.

35

Aunque según todos debía reposar, Carlos se negó en redondo a aclarar las cosas guardando cama, donde se sentía en inferioridad de condiciones.

Michelle, con el apuro tiñéndole el rostro, había visto el momento más que adecuado para despedirse y regresar a casa de su tío, acompañada por Pascual.

Así que allí estaba ahora él, en la biblioteca, soportando la atenta mirada de su abuelo que esperaba impaciente, y sin saber por dónde comenzar a explicarse. Su dilatado silencio hizo que don Enrique preguntara como era habitual en él, tirándose directo a la yugular:

—¿Has estado practicando de bandolero?

Carlos no se anduvo por las ramas porque sabía que era inútil. Le contó todo cuanto quiso saber acerca de su doble personalidad. Al finalizar, su abuelo lo miraba con un gesto indescifrable. Se mantuvo un momento callado y luego resopló:

—¿Qué medidas se supone que debería tomar yo ahora, muchacho?

—Tenía que hacerlo, viejo. Don Gonzalo...

—¡Tenías que hacerlo! —barbotó—. ¿También tenías

que raptar a esa muchacha y seducirla? —Le vio encajar las mandíbulas—. ¡Contesta!

—La amo.

—Y ella esta loca por ti, lo he visto. Pero no es esa la cuestión. La cuestión es que te has convertido en un delincuente.

—¡Por las barbas de...! —se revolvió el joven. La herida le jugó una mala pasada y se dejó caer en el sillón, pálido como un muerto. Don Enrique olvidó momentáneamente su rencor para interesarse por él.

—¿Te encuentras bien?

—¡No! ¡No, maldita sea! ¡Cómo mierda voy a encontrarme bien! Tengo un agujero en el cuerpo, ni idea de cómo acabar con ese hijo de perra de Torres y, por si fuera poco, me recriminas. ¿Qué habrías hecho tú en mi lugar?

El de Maqueda suspiró con cansancio y dijo:

—Al menos esa bala no ha mermado tu mal genio. Eso es buena señal.

—Déjate de sarcasmos, por favor. Sé que te he defraudado y lo lamento, pero no pienso retractarme de cuanto he hecho. Ni voy a dejar de intentar acabar con Torres, estés o no a mi favor. Es lo único que me importa.

—Y esa francesita.

—También ella, sí.

—Me has tenido engañado —se quejó.

—Como a los demás.

—Como a los demás, no. Porque Pascual te ha estado encubriendo, ¿verdad?

—Y Silvino. Y Zoilo. Y Cosme. Son mis lugartenientes en esta guerra. No podía actuar solo.

—Duele que no hayas confiando en mí, muchacho —refunfuñó.

—Creí que sería mejor para ti mantenerte en la ignorancia sobre mis idas y venidas como Lobo. No quería ponerte en peligro.

—Pues duele de todos modos. Y ahora ¿qué vas a hacer?

—Seguir como estamos hasta que encuentre pruebas suficientes para arrebatar el poder al juez.

—La cuerda puede acabar por romperse, Carlos. Michelle conoce ahora tu secreto.

—Ella no me delatará.

—Y ¿hasta cuándo va a durar esta farsa? ¿Hasta que se persone ese tal Osuna en Burgo de Osma?

—Ni siquiera tengo la certeza de que venga, como dijo Floridablanca.

—¿Qué vas a hacer con respecto a Michelle?

—Quiero que sea mi esposa. Pero antes necesito conseguir pruebas que acusen a Torres. Estoy seguro de que guarda documentos de todas sus transacciones, pero me ha sido imposible encontrarlos.

—Tal vez no existan.

—Apostaría un brazo a que sí. El juez no es un hombre que se fíe de abogados o notarios, le gusta controlar las cosas por sí mismo. Ni siquiera su amigo Godoy podrá salvarlo si me hago con esos papeles. Entonces, y solo entonces, Lobo dejará de existir.

—Yo podría encontrarlos.

—Ni pensarlo —negó Carlos.

Paseaban junto a la glorieta, vigilados por la ladina mirada de don Gonzalo, que se había presentado, acompañado por la muchacha, para interesarse por la salud de don Enrique. Pero desde el porche, donde él y su abuelo compartían una jarra de limonada, era imposible que pudiera escucharlos.

—Si esos documentos existen, podría dar con ellos —insistió Michelle.

—Yo los buscaré.

—¿Y arriesgarte a que te descubran? ¿No hay otro remedio? Yo vivo con él, Carlos. Me será más fácil investigar.

—He dicho que no, Michelle.

Ella frunció los labios disgustada por su terquedad. No es que le hiciera demasiada gracia ejercer de espía pero si, como decía Carlos, había una posibilidad de encontrar pruebas contra los desmanes de su tío, estaba dispuesta a intentarlo. Sabía que sería peligroso porque él, desde el asalto a la casa de los Reviños, había reforzado la seguridad de la hacienda, pero ¿a quién iba a extrañar que ella entrara en el despacho? Por fuerza deberían estar allí, si es que existían. Eso sí, debería actuar con pies de plomo porque, a esas alturas, ya no le cabía la menor duda de que si su tío sospechaba de ella no dudaría en atentar contra su vida. Guardó silencio sobre sus intenciones para no preocupar a Carlos, pero ya había tomado una decisión.

—Está bien —concedió.

Su aparente docilidad no engañó a Maqueda, que le dijo:

—Te prohíbo que tomes cartas en este asunto y cometas una locura, mi amor.

Una lenta y traviesa sonrisa estiró los labios de Michelle. Con disimulo, le puso una mano en el pecho.

—Me gustaría hacer una ahora besándote.

—No me tientes, bruja.

36

Habían pasado varios días y Michelle seguía dando vueltas al asunto de los documentos; no había podido centrarse en otra cosa que no fuera eso. Aceptó la ayuda del lacayo que la había escoltado hasta la villa y descendió del carruaje. Apenas poner pie en tierra, Claire fue hacia ella hecha un mar de lágrimas.

—¿Qué ha sucedido? —preguntó temerosa. Claire intentaba hablar, pero no era capaz porque los sollozos la ahogaban—. Me estás asustando. ¿Has tenido otro altercado con mi tío?

Claire hipaba, negaba, volvía a dar rienda suelta a las lágrimas. Michelle esperó a que se calmara y se prometió que ensartaría a su tío en una pica si se había atrevido a lastimarla. Por fin, Claire se serenó lo suficiente como para poder explicarse. Se secó el rostro con el delantal y tras el llanto desgarrado sonrió como una mema.

—Están en la b... b... biblioteca, *chère*.

—¿Están? ¿Quiénes...? —La otra asentía con la cabeza, sus ojos brillantes de felicidad, y a Michelle se le escapó el color de la cara.

Dejando escapar un gemido, recogió el ruedo del vestido y corrió hacia la casa como una loca. No llamó a la puerta de la biblioteca; la empujó y tropezó en su afán por entrar en ella.

Allí estaban.

No se trataba de un espejismo sino de la más extraordinaria realidad.

Notó un ligero vahído y hubo de apoyarse en el marco para no caer. Su mirada fue desde el sujeto que se había vuelto a mirarla por su intempestiva llegada a la dama que lo acompañaba. Él estaba tan guapo como lo recordaba: alto, elegante, de anchos hombros e inmejorable figura, aunque tenía las sienes más plateadas que la última vez que lo viera. Ella, asombrosamente bella, igual que la había visto en sus sueños. Se le aflojaron las rodillas y no fue capaz de dar un paso hacia la pareja mientras notaba escozor en los ojos.

El señor de Clermont también estaba como clavado en el suelo. Después de tanto tiempo temiendo por ella, le parecía irreal tenerla ante él, más bonita y... ¿más mujer? Fue su esposa quien atravesó la estancia para tomar a la muchacha en sus brazos.

—*Ma petite*. —Ella sí, lloraba sin tapujos—. *Ma petite poupée...*

Phillip carraspeó para sobreponerse al impacto del reencuentro y dirigió una rápida mirada a su cuñado que le observaba con una sonrisa engañosamente complaciente. Luego, olvidándose de él, se unió a sus dos amores. Michelle abarcó su cintura sin soltar la de su madre, sin ser capaz de parar el caudal que brotaba de sus ojos, sin acabar de creer que los tenía de nuevo a su lado. Las palabras sobraban. Lo único que importaba era que se habían salvado, que el tan solicitado milagro cobraba forma, que podía abrazarlos, sentir su calor, saciarse de ellos, confirmar lo que su corazón le había dicho tantas veces: que vivían.

Don Gonzalo observaba la lacrimógena escena con aparente agrado, pero trinaba en su fuero interno. Le había costado un triunfo recibir a su hermana y a su cuñado con muestras de alegría cuando la rabia lo corroía, teniendo que hacer acopio de toda su fuerza de voluntad para narrarles, mientras aguardaba el regreso de la joven, todo lo sucedido desde que ella llegara a Burgo de Osma. Su aparente afabilidad, haciéndoles partícipes de su preocupación por su suerte, le estaba provocando una úlcera en el estómago. Porque la presencia de Adriana allí echaba por tierra todos sus planes. Bueno, todo tenía solución. Aunque ello pasase por hacerlos desaparecer.

Empezaba a buscar una excusa para ausentarse cuando apareció otra inesperada visita: el marqués de Abejo. Su presencia fue de inmediato acogida por el juez con muestras de agrado, yendo hacia él.

—¡Señor marqués! Llega usted en un momento inmejorable. —Estrechó su mano cogiéndole luego del brazo para hacerle entrar en el cuarto—. Permítame hacerle partícipe de las buenas nuevas y presentarle a unos familiares que creía perdidos para siempre.

Michelle se volvió hacia él dedicándole una sonrisa que hizo que el corazón de Carlos trotara como un potro desbocado. Luego, olvidándose del recato que exigían las normas, se acercó para depositar un suave beso en sus labios. Para él fue un momento incómodo porque reaccionó sin pensar devolviendo la caricia. El sujeto le lanzó una miraba tan intimidatoria que hubiese puesto en fuga a cualquier otro; la dama era una versión más madura de la propia Michelle aunque tenía el cabello oscuro. Se aclaró la garganta, repentinamente seca, y avanzó hacia ellos manteniendo a Michelle pegada a su costado.

—Ella es mi hermana Adriana y él mi estimado cuñado, Phillip de Clermont —decía Torres aunque ninguno de los dos pareció escucharle, retándose como dos gallos de pelea—. Queridos míos, tengo el placer de presentaros a don Carlos de Maqueda y Suelves, marqués de Abejo. Un buen amigo.

Adriana le tendió la mano y Carlos se apresuró a tomarla e inclinarse galantemente ante ella. Le agradó la firmeza con que el francés estrechó luego la suya, aunque el otro mantenía un gesto hosco.

—*Bienvenus en Espagne*. Michelle languidecía por tenerlos a su lado.

Adriana le dedicó una coqueta caída de pestañas. Le agradaba y mucho lo que tenía ante ella y o su vista la engañaba o a su hija también, porque la muchacha se había transfigurado desde la entrada del atractivo español y parecía reacia a separarse de él.

—El señor marqués es... —intervino don Gonzalo, a quien todos seguían obviando—. Bueno, digamos que Michelle está interesada en su amistad.

Phillip carraspeó y Adriana enarcó una sola ceja.

—¿De veras? Y usted, *monsieur*, ¿en qué está interesado? —le preguntó ella.

—En convertir a su hija en mi esposa si tengo su consentimiento. —Adriana Torres no dijo nada, pero recorrió con la mirada a Carlos desde la cabeza a la punta de los zapatos con renovada atención—. *Madame*, si va a hacerme un examen completo, preferiría que fuese delante de una copa, si don Gonzalo me invita a acompañarles.

Adriana se irguió ante su ironía y sus ojos relampaguearon un segundo. Luego se echó a reír.

—Me gusta usted, joven.

Carlos se quedó en casa del juez un tiempo breve, pero charló animadamente con los padres de Michelle, admirando a ambos por su fortaleza ante las vicisitudes que hubieron de soportar desde su salida de Francia. Antes de retirarse les ofreció su propia casa.

Michelle le acompañó hasta el carruaje, se alzó de puntillas para despedirse con un beso rápido en sus labios y le dijo muy bajito:

—Esta noche dejaré la ventana del despacho de mi tío entreabierta. A las doce. Ven como Lobo y buscaremos los documentos.

A Carlos no le dio tiempo a responder antes de que ella saliera corriendo hacia la casa. Apretó los puños y maldijo su osadía.

37

Vestido una vez más de negro y con el rostro cubierto, Carlos saltó la valla de la hacienda y se fundió con la oscuridad. Como en otras ocasiones, iba acompañado por Pascual, quien no las tenía todas consigo y se pasaba nerviosamente la pistola de una mano a otra.

Agazapados tras los parterres como lo que eran en ese momento, dos forajidos, esperaron en silencio hasta que el sujeto que montaba guardia desapareció doblando la esquina. Carlos echó un rápido vistazo por si aparecía un segundo vigilante y sus ojos volaron hacia la ventana del cuarto de Michelle, que permanecía apagada. Maldito si ahora le apetecía buscar nada en el despacho de don Gonzalo cuando lo que quería era volver a visitar su cama. Esperar a que ella fuera su esposa ante la Ley para volver a tenerla le iba a suponer un suplicio, pero ya había decidido comportarse como un caballero de honor de ahí en adelante.

Pascual llamó su atención tocándolo en el brazo: se acababa de encender una vela en el despacho del juez. No se movieron hasta descubrir la silueta de Michelle. A punto de atravesar el jardín, a Carlos le paralizó que, justo en ese momento, se encendiera también una vela en el dormitorio del juez. Maldijo en varios idiomas el revés del destino. Si aquel indeseable estaba despierto, Michelle corría serio peligro de ser descubierta.

Con el alma en un puño cruzó la distancia que le separaba de la casa, alcanzó la ventana del despacho y se coló en él. Michelle lo recibió con un beso que, por un instante, le hizo olvidarse de dónde estaba y de los condenados documentos que buscaba. Apartándose de él, señaló el escritorio de su tío.

Carlos no perdió tiempo: tanteó los cajones. Estaban cerrados, así que sacó una pequeña daga de su bota y los forzó sin que opusieran demasiada resistencia. Con ayuda de la vela los revisó uno a uno mientras ella buscaba algún lugar secreto, dudando como dudaba que su tío pudiera guardar papeles comprometedores en un cajón.

Había una libreta de pastas negras que Carlos ojeó con rapidez descartándola de inmediato.

—¿Encuentras algo? —le preguntó Michelle en susurros.

Él negó con la cabeza y continuó la infructuosa búsqueda. Tenían que estar en alguna parte, se repetía. Su confidente, el mismo que les había ayudado a dejar fuera de combate a los guardianes, le había asegurado haber visto al juez revisando un legajo de papeles mientras le servía una copa, aunque no pudo saber dónde los guardó antes de que le ordenara retirarse. Tenía que ser eso lo que buscaba, pero ¿dónde diablos estaban?

—Lárgate de aquí, Michelle —murmuró, viendo que ella seguía empecinada en encontrar un escondrijo secreto, ahora de rodillas bajo la mesa.

—No.

—Si te encuentran aquí...

—Siempre tendré la excusa de haber bajado a escribir una carta. O a buscar un libro.

—Michelle...

—Me quedo y se acabó, pero date prisa.

Carlos guardó todo según lo había encontrado, volviendo a cerrar los cajones, completamente desencantado por el fracaso. Allí no había nada que mereciera la pena y... Se quedó con la mirada fija en el cuadro que colgaba sobre el mueble de las bebidas y se irguió: era una mala copia de *La huida a Egipto* del italiano Giotto. Una muy mala copia, pensó.

—¿Has descubierto algo?

—No lo sé. —Descolgó el lienzo y se le escapó un suspiro. Michelle se unió a él para alumbrar la pequeña caja fuerte que había estado oculta tras el óleo.

—Nuestras pesquisas empiezan a dar sus frutos —musitó sintiendo que recorría su espalda un escalofrío de anticipación.

En el piso superior, don Gonzalo iba y venía por su habitación sin poder conciliar el sueño, obsesionado, maquinando el modo de deshacerse de su hermana y de Clermont. Y hasta de Michelle, llegado el caso.

Su fortuna había mermado de forma alarmante gracias a los constantes robos de que había sido objeto por parte de Lobo. Tampoco sus negocios con Reviños y Lucientes le habían dado las ganancias prometidas. Era hacerse con la hacienda de Adriana o la ruina, y no estaba dispuesto a vivir de su miserable salario como juez.

Tendría que buscar a un asesino profesional, aunque

resultara caro; alguien que conociera bien su oficio y no dejara pistas que pudieran involucrarlo.

—O que deje las suficientes para implicar a Lobo —se dijo.

De un modo u otro lograría desembarazarse de aquel malnacido que había convertido su vida en Burgo de Osma en un verdadero infierno. Si la muerte de los Clermont apuntaba hacia él, ¿quién iba a defenderlo después de ser acusado de un crimen tan horrendo? Toda la villa se levantaría en armas para cazarlo. Y él bordaría el papel de apenado familiar a las mil maravillas. Su siguiente paso sería conseguir el puesto de juez en Soria. Saltar luego a la capital solo era cuestión de tiempo y estaba seguro de gozar de la inestimable ayuda de Godoy para lograrlo.

Sí, tenía que contratar a un sicario. No podía contar a esas alturas con el respaldo de Fuertes y Castaños. No se atrevía a meterlos en el asunto porque, desde que ordenara encarcelar a la familia Hurtado, el primero se mostraba distante y el otro iba a la zaga.

Le incomodaba, sin embargo, verse en la necesidad de echar mano a las joyas y el dinero que conservaba. No era una cantidad importante, pero sí la suficiente como para hacer el primer pago al canalla que debería quitar a los Clermont de en medio. Después... ya vería cómo eliminarlo a él anulando la posibilidad de un chantaje.

Decidido a apurar el tiempo revisando sus pertenencias y escribiendo al individuo en el que ya depositaba sus esperanzas, puesto que ya le era imposible conciliar el sueño, tomó un candelabro y salió del cuarto. Cuanto antes pusiera su plan en marcha, mucho mejor.

Avanzando por el pasillo que daba a su despacho, le detuvo el ínfimo haz de luz que se filtraba por debajo de la puerta. El corazón empezó a bombearle en los oídos y se le secó la garganta. Entorpecido por el miedo de que estuvieran robándole de nuevo, estuvo en un tris de volver sobre sus pasos y encerrarse en la habitación o dar la voz de alarma. Le pudo el raciocinio. ¿Y si se trataba de su cuñado que tampoco podía dormir? Tal vez fuese su hermana.

Con pasos inseguros cubrió la distancia que le separaba hasta la puerta conteniendo la respiración. Apoyó el oído en la madera sintiendo que las piernas se negaban a sostenerlo. No escuchó nada salvo los alocados latidos de su corazón. ¿Se trataría simplemente de que algún criado se había dejado una vela encendida? Tragó saliva y, con mano vacilante empujó, rezando para que la puerta no hiciera ruido. El pánico le atacó al descubrir una alta figura vestida de oscuro. El tenue resplandor de la única vela que sostenía la mujer que lo acompañaba fue suficiente para saber de quién se trataba: Lobo. ¡El condenado forajido y Michelle! A punto estuvo de blasfemar en voz alta.

Retrocedió en silencio, pero no sin antes ser testigo de que el bandolero se inclinaba hacia la muchacha para robarle un beso.

«Michelle, Michelle...», resonaba el nombre de su sobrina en su cerebro como el martillo sobre un yunque mientras se escabullía hacia su cuarto. A buen recaudo, cerró la puerta y se dejó caer contra ella temblando de puro odio. Cuando consiguió calmarse un poco susurró:

—Acabáis de regalarme la baza ganadora, muchachos.

A esa misma hora, dos sujetos altos y delgados, cubiertos por finas capas de verano para evitar el polvo del camino, llamaban insistentemente a la puerta de una de las posadas de Burgo de Osma hasta escuchar una airada voz de mujer.

Tras esperar un par de minutos, la puerta se abrió apenas una rendija y, a la llama vacilante de una vela, unos ojos escrutadores les echaron un vistazo. La mujeruca pareció pensárselo, pero acabó cediéndoles el paso de mala gana.

—Le pedimos perdón por lo inconveniente de la hora, señora, pero nuestro carruaje sufrió un percance.

Ella se encogió de hombros, cruzó sobre su opulento pecho la roída bata que se había puesto con prisas y repuso al tiempo que trancaba la puerta:

—Un cliente es un cliente.

Sin intentar siquiera hacerse cargo de sus bolsas de mano les precedió escaleras arriba, empujó una puerta y atravesó el cuarto para dejar la palmatoria sobre la única mesilla. Bostezó exageradamente y se volvió hacia los recién llegados.

—Solo me queda esta libre, así que tendrán que apañarse.

—¿Puede traernos una botella de aguardiente?

La posadera renegó algo por lo bajo pero salió en busca de lo solicitado.

El más alto de los dos sujetos dio una mirada al cuartucho, se quitó la capa para dejarla sobre una silla y después extrajo la bolsa de dinero de su chaqueta para separar unas cuantas monedas. Cuando la posadera regresó con una botella y dos vasos, se hizo con ellos, le entregó el dinero y cerró la puerta. La escucharon volver a renegar pasillo adelante.

—Es la habitación más triste en la que me he alojado nunca —comentó su acompañante.

El que había satisfecho el importe de cama y bebida asintió. Ciertamente, allí no había lujos, pero al menos parecía limpia y desde la ventana podía verse la catedral. Ya habría tiempo de buscar otro alojamiento. Se pasó los dedos entre el ensortijado cabello oscuro y aceptó el vaso que el otro le tendía. Necesitaba dormir porque el viaje había resultado agotador, pero antes debía quitarse el polvo del camino del gaznate.

—Siento haberte hecho salir tan precipitadamente —se excusó un momento después.

—No importa. Sabes que te seguiría al fin del mundo.

Lo sabía, sí. Amalio había sido su mano derecha desde hacía años. Un amigo leal, un camarada como pocos y un lince en finanzas, lo que le vendría muy bien en la misión que les habían encomendado.

—Mañana será un día duro —le dijo.

—Si quieres, puedo salir a dar una vuelta ahora para enterarme de cómo están las cosas. He visto alguna cantina abierta.

Osuna negó.

—Nos merecemos un buen sueño, Amalio. Espero que no te importe dormir conmigo en la misma cama —bromeó.

—Preferiría que me acompañara una buena moza, pero ¡qué se le va hacer! —A Osuna se le escapó una sonrisa—. ¿De veras crees que lo que nos han contado puede ser cierto?

—Es posible que hayan exagerado. Algún soborno, algún impuesto que se le ha ido de las manos... Se me hace difícil imaginar a un juez cometiendo tanta tropelía.

—Tú eres una buena persona, pero yo no me fiaría ni de mi padre. Y digo yo que cuando corren rumores sobre la admiración de estas gentes por un bandolero, será por algun motivo.

—El pueblo siempre ha ensalzado a los ladrones que roban a los ricos.

—¿Qué haremos con ese enmascarado si conseguimos atraparlo?

El nuevo juez de Burgo de Osma, nombrado directamente por Godoy a pesar de no compartir sus ideales políticos, se acabó su bebida y se encogió de hombros.

—Ya veremos.

—¿Por qué no tomar posesión de tu cargo mañana mismo? Puedes pedir cuentas a Gonzalo Torres y organizar algunas patrullas para cazar a ese forajido.

—No es mi intención que el pájaro vuele, Amalio. Es mejor dejar pasar unos días mientras investigamos y hacernos pasar por simples comerciantes. Una vez que esté convencido de que son ciertas las artimañas de Torres, me daré a conocer. Eso sí, mañana mismo entregas las notas que llevas en el bolsillo, necesito ver a esa dama.

—¿Y si no ha llegado aún?

—Está aquí. Lo presiento —repuso tercamente echando un vistazo por la ventana.

Amalio asintió. Empezó a quitarse las botas, pero se detuvo.

—¿No piensas acostarse?

—Déjame acabar la copa. Vete calentando la cama.

Su ayudante soltó una carcajada, acabó de descalzarse, dejó luego sus ropas pulcramente dobladas sobre la silla y se metió en el lecho.

—Buenas noches.

—Buenas noches. Que descanses.

—Y tú deja de pensar en esa mujer. Las féminas son la perdición de los hombres, jefe.

—No es lo que piensas. Ella ha sido el único amor de mi vida, pero no estaba hecha para mí. No voy a iniciar un cortejo, si es lo que temes, pero necesito volver a verla, saber que está bien y que es feliz... aunque ahora esté casada con otro hombre.

—Nunca me habías hablado de ella, así que agradeceré al aguardiente tus confidencias.

—Te gustará cuando la conozcas.

—Mañana le entregaré la nota. Y haré otro tanto con la que me has dado para don Enrique Maqueda.

38

Los de Clermont se encontraban desayunando solos puesto que don Gonzalo se había excusado aludiendo un compromiso a pesar de lo temprano de la hora.

Para Michelle supuso un alivio porque aún tenía los nervios de punta tras la incursión de Carlos en la hacienda y el hallazgo de los documentos. No había sido capaz de pegar un ojo en toda la noche.

Tampoco a Adriana Torres parecía importarle la ausencia de su hermano. No es que hubiera esperado que él la recibiera con los brazos abiertos, pero tampoco el rictus amargado de quien se encuentra con alguien que no desea volver a ver, por mucho que Gonzalo hubiera intentado disimular ante ellos. Al parecer, la enfermiza enemistad entre ambos, desde que eran pequeños, seguía latente en el corazón de su hermano. Nunca comprendió su inquina. Se olvidó de su mezquindad cuando escuchó reír a su hija por un comentario de Phillip. Gracias a Dios les tenía a ambos. El Régimen del Terror les había hecho perder sus propiedades en Francia, pero daba todo por bueno con tal de verlos a salvo. Por otro lado, conservaba aún fortuna suficiente como para poder rehacer sus vidas en España, la tierra que la había visto nacer y a la que tanto había echado de menos. Phillip acabaría amando los paisajes y a las gentes españolas como los amaba ella, como los había amado a pesar de la distancia y de los años.

Miró a Michelle por encima de la taza y se preguntó qué le pasaba. Parecía inquieta aunque lo encubría bien no parando de hablar, y en sus ojos había una chispa de ilusión, como si fuese la guardiana de un secreto maravilloso que solo ella conocía.

—¿Dormiste bien, cariño?

—Como un bebé —mintió la joven.

Adriana recibió a Claire, que entraba en ese momento en el comedor, con una franca sonrisa. Nunca le podría agradecer lo suficiente haber protegido a Michelle. La criada, respondiéndole con otra, tan contenta que no cabía en sí de gozo por volver a ver a sus señores sanos y salvos, hizo una ligera reverencia y le entregó un sobre.

—Para usted, señora.

Adriana frunció el ceño. ¿Quién podía enviarle una carta cuando acababan de llegar a la villa? Le dio las gracias y rasgó el sobre. Al leerla no pudo dejar de exclamar:

—¡Dios mío!

—¿Qué sucede? —preguntó Phillip—. ¿De quién es?

—¿Son malas noticias? —quiso saber Michelle.

—Es de Jaime.

—¿De quién?

—¿Quién es Jaime? —A Michelle le extrañó que su madre se hubiera sonrojado.

Adriana acabó por echarse a reír, dobló la cuartilla y la dejó a un lado. Cuando les miró parecía haber rejuvenecido.

—Jaime Osuna —le dijo a su esposo—. ¿Le recuerdas?

Phillip de Clermont carraspeó. Claro que le recordaba. Aquel nombre había supuesto una espina para él durante mucho tiempo. Exactamente hasta que Adriana le confesó que lo amaba a él, jurándole que el otro no significaba para ella más que una maravillosa amistad.

—¿Qué quiere después de tantos años?

—No pongas esa cara, *mon amour*. Está aquí, aunque me pide que lo mantenga en secreto, y quiere verme.

—Vaya. Así que te pide una cita.

—Sí.

—¿Vas a ir? —preguntó muy tieso.

—*Vamos* a ir. Los dos.

—No tengo intención de...

—¡Por favor, Phil! ¿No has aprendido nada durante todos estos años, terco francés?

Michelle observaba a uno y otro sin acabar de comprender lo que estaba sucediendo. Su madre parecía entusiasmada y su padre había perdido el humor. ¿Por qué? ¿Quién era aquel tal Osuna? Apoyó los codos en la mesa, cruzó los dedos y reposó su barbilla en ellos para no perderse detalle de lo que llevaba trazas de acabar en discusión.

—Francamente, Adriana —protestó Phillip dejando la servilleta sobre la mesa—, lo que menos me apetece es volver a ver a ese sujeto.

—Fue un gran amigo para mí.

—Pero no para mí.

—¡Aún tienes celos de Jaime!

—¿Celos? ¿Celos yo? —Phillip casi dio un brinco—. ¡Mujer, no digas tonterías!

—Los tienes. De otro modo, no estarías tan irritado.

—Simplemente me fastidia que te portes como una chiquilla.

—¡¡Phillip de Clermont!!

Michelle se lo estaba pasando en grande enterándose de sus asuntos. ¿Así que el estirado e impávido señor de Clermont estaba celoso como un colegial? Porque lo estaba y no podía negarlo.

—¿Puedo acompañarte también yo para conocer a ese antiguo amor, mamá?

Phillip se atragantó y Adriana la miró alterada, reparando entonces en su presencia, sintiendo que el rubor de sus mejillas se hacía más intenso. Pero viendo el gesto de complicidad en los ojos de su hija acabó por sonreír.

—No es un antiguo amor, *petite*. Al menos no lo es para mí, aunque se lo parezca aún a tu padre. Jaime Osuna pertenecía a una buena familia de Madrid, fuimos amigos en la adolescencia y... Bien, sí, quiso casarse conmigo.

—¿Por qué no le aceptaste? ¿Ya estabas enamorada de papá?

—Sí, cariño. Ya lo estaba. Y eso que tu padre aún no me conocía, ni siquiera nos habían presentado.

—¡Qué romántico!

—¡Oh, ya vale! —Phil aceptó su derrota—. Parecéis dos cotorras. De acuerdo, iremos a visitar a Osuna si es lo que quieres.

—¿De verdad estás celoso de él, papá?

Su esposa aguardaba una respuesta con un rictus pícaro.

—No —respondió, atrapando la mano de Adriana. Sus ojos brillaban como los de un hombre profundamente enamorado. *Como los de Lobo*, pensó Michelle—. Lo estuve. Pero tu madre me demostró que yo era el único en su vida.

Adriana le tiró un besito con los labios.

—Voy a cambiarme. Quiero estar muy atractiva cuando vea a Jaime. —Y guiñó un ojo a su esposo, que prorrumpió en carcajadas.

Entretanto Torres, desconocedor de la llegada de Osuna, preparaba su siguiente movimiento.

Tras haber visto a su sobrina junto a Lobo, en su despacho, había esperado a que se despidieran y ella regresara a su habitación. Después, revisó su escritorio y la caja fuerte, solo para descubrir lo que ya temía: Lobo tenía en su poder los documentos que podían dar con su vida en prisión y había que actuar con rapidez. Debía llevar a cabo una jugada maestra antes de que el forajido decidiera utilizarlos en su contra. Si todo salía como quería —y saldría—, sería el bandolero quien acabase entre rejas o abatido como un perro por los propios ciudadanos de Burgo de Osma.

El sujeto con el que se entrevistaba en ese momento en las afueras de la villa, asentía mientras le escuchaba. Torres le conocía porque lo había condenado hacía tiempo por robo y extorsión. Le provocaba repugnancia sus pringosos mechones de cabello tratando de cubrir la incipiente calvicie, la cicatriz que cruzaba su párpado izquierdo y bajaba por la mejilla y su sonrisa amarillenta y sucia. Pero lo necesitaba.

—No es fácil —dijo el fulano tras un dilatado silencio—, pero se puede hacer.

—No quiero fallos.

—No los habrá.

Torres había cambiado su plan después de pensarlo bien durante toda la noche, tras descubrir la relación de Michelle con el forajido. Antes que matar a su hermana y a su cuñado, primaba retener a Michelle y amenazar a Lobo con su vida a cambio de la devolución de los documentos. Era cierto que la duda de que él pudiese negarse le inquietaba, pero el bandido había dado sobradas muestras de anteponer el bien de los demás al suyo. Existiera un vínculo amoroso entre ellos o fuese un simple flirteo, Lobo no permitiría que a la joven le pasara nada; apostaba todo a esa carta. Y durante el intercambio... mataría dos pájaros de un tiro.

La otra parte del programa corría a cargo del hombre con el que estaba hablando. Él acabaría con Adriana y Phillip cuando fueran camino del cementerio para enterrar a su hija.

Don Gonzalo dejó en manos del otro la bolsa que llevaba. En esos momentos se alegraba de haber seguido el dicho de no poner todos los huevos en la misma cesta porque, gracias a ello, tenía el montante suficiente como para comprar al otro.

—Cumple y tendrás más dinero.

—Tranquilo —dijo el sicario después de comprobar las monedas—, soy un profesional.

—Falla, y te buscaré para rebanarte el cuello. —El de la cicatriz se lo quedó mirando con cara de pocos amigos; no le gustaban las amenazas y así se lo dio a entender—. ¡Está bien, está bien! Sobre todo, no te confundas de víctimas.

—Ya me los ha descrito y me ha descrito el carruaje en el que irán, así que deje de preocuparse, me está poniendo nervioso.

—Después del trabajo te quiero fuera de circulación por unos días. Nos veremos en este mismo lugar dos semanas después.

El delincuente asintió y Torres dio por finalizada la entrevista. Le dio la espalda y caminó hasta su caballo, pero se detuvo cuando una mano de hierro le atrapó del brazo.

—Si no aparece, seré yo quien le busque a usted... patrón.

39

Osuna dudó un momento antes de atender la llamada a la puerta del reservado donde había citado a Adriana Torres. No podía negar que estaba nervioso ante el hecho de volver a encontrarse con ella.

De pronto, al verla, sintió que el pasado regresaba a él con una fuerza inusitada y dolorosa. Adriana apenas había cambiado. Bueno, eso no era cierto, estaba incluso más hermosa. Se le atascaron las palabras en la garganta y no pudo hablar.

Tampoco lo hizo ella y el mutismo entre ambos se alargó durante un momento que resultó eterno.

El carraspeo de Phillip les devolvió al presente y Osuna reparó en el sujeto alto y elegante que lo miraba con fijeza y que, al segundo siguiente, abarcaba posesivamente el talle de Adriana.

—Disculpen —se excusó haciéndose a un lado para permitirles la entrada. Cerró y encaró al hombre que le había robado a su amor de juventud—. Lamento tener que recibirles aquí, pero acabo de llegar a la villa y no he tenido tiempo de buscar una casa. Gracias por venir, Adriana —dijo tomando entre las suyas las manos que ella le tendía.

El nombre de su esposa en boca de Osuna sonando casi como una oración y su afectuoso saludo hizo que Phil volviera a carraspear.

—Insistí en venir acompañada porque quería que os conocierais por fin. Phillip de Clermont, mi marido. Él es Jaime Osuna, Phil. Como sabes, un amigo muy querido.

—¿Todavía? —quiso bromear el juez estrechando la mano del francés.

La risa de Adriana fue un bálsamo en un ambiente que empezaba a resultar incómodo para todos.

—Siempre —repuso ella acariciándole el mentón—. ¡Dios mío, Jaime, cuánto tiempo ha pasado! ¡Te he echado tanto de menos!

—Una eternidad, es verdad.

—Pero sigues igual de atractivo... o más.

—Y tú igual de aduladora. —Se removió, perturbado por una alabanza que no esperaba y por el arco que formó una de las cejas del de Clermont—. Pero por favor, tomad asiento.

—Ardo en deseos de saber acerca de tu vida durante estos años, Jaime. También de conocer los motivos por los que me has citado, por supuesto. Porque mi instinto me dice que no estoy aquí solo para recordar viejos tiempos. ¿O me equivoco?

—Tu instinto nunca ha fallado —admitió mientras escanciaba vino en las copas. Entregó una a cada uno y ocupó la butaca frente a ellos. El francés seguía mirándolo con frialdad y decidió que ya era hora de aclarar ciertas cosas—. Señor de Clermont, no voy a negarle que estuve muy enamorado de su esposa.

—Lo sé.

—No estoy aquí para intentar reconquistarla, sin embargo, así que puede dejar de mirarme como si deseara verme muerto. —Risita de ella y nuevo carraspeo por parte de él—. Es otro asunto el que me ha traído hasta Burgo de Osma. Un asunto que te afecta, Adriana, por eso al saber que llegabas he querido verte antes de iniciar mis pesquisas.

—¿Te has casado? —preguntó ella como si no hubiese escuchado nada de lo que acababa de decir.

—Sí, lo hice —asintió Jaime con melancolía—. Begoña era una mujer exquisita. Casi una criatura cuando me la presentaron. Y muy distinta a ti.

—¿Has dicho... era?

—Falleció.

—¿Fuiste feliz a su lado?

—La quise —tardó en responder—. Todo cuanto pude. Creo que conseguí hacerla feliz y sí, lo fui a su lado.

—Lamento tu pérdida, Jaime.

—Gracias. Me queda su maravilloso recuerdo.

Escuchando el modo en que hablaba de su difunta esposa y viendo el brillo de sus ojos cuando lo hacía, a Phillip le abandonó el recelo hacia él. No le cupo duda: había estado enamorado de ella; puede que no tanto como lo estuvo de Adriana, pero la había amado.

—Dejemos a un lado las penas y dinos, Jaime: ¿por qué me has hecho llamar?

—Te pedí en mi nota que guardaras silencio porque tengo órdenes de investigar a un hombre, Adriana: tu hermano.

—¿Gonzalo? —se alarmó ella—. ¿Por qué? ¿Investigar sobre qué? ¿Y en nombre de quién, Jaime?

—En nombre de Godoy y, por ende, de la propia Corona.

Adriana lo miraba perpleja. Buscó a tientas la mano de su esposo para apretarla.

—Explícate —exigió.

—Tenemos informes que dicen que tu hermano ha estado abusando de su poder como juez de Burgo de Osma. Condenas injustas, torturas, robo, impuestos desmedidos, sobornos, pactos con negociantes nada limpios... Puede que incluso asesinato.

—¡Eso no es posible!

—Lo siento. Tu hermano no debe enterarse de nada o, si como pensamos es culpable, escondería sus garras. Pero no he querido hacer nada sin ponerte al tanto.

—Los que le acusan deben estar confundidos, Jaime. No creo que...

—Es posible. Todos tenemos enemigos. Por eso he aceptado investigar por mí mismo los supuestos delitos. Y si son ciertos, me veré obligado a deponerlo de su cargo y encarcelarlo. Yo ocuparía su lugar como juez en la villa.

—¡Santo Dios! —Adriana se levantó para pasearse por la habitación retorciéndose las manos—. Gonzalo es un... un... desagradecido. Un ser huraño, vengativo y hasta despreciable, lo admito. Pero de ahí a acusarlo de semejante cúmulo de barbaridades...

—Lo siento —repitió Osuna.

—Anoche pude hablar con él un rato antes de retirarme. Me dijo que todos los desmanes se deben a un bandolero, un tal Lobo.

—También investigaré ese asunto. Pero de momento, Phillip —dijo dirigiéndose a él—, os recomendaría que guardéis las distancias entre don Gonzalo y vosotros. No me sería plato de buen gusto tener que arrestarlo en vuestra presencia, si llega el caso.

Adriana no daba crédito a lo que estaba escuchando. Era duro enterarse de que su hermano estaba siendo investigado por un sinfín de supuestas fechorías. A pesar de todo, no podía ponerse en contra de Jaime, sabiéndole un hombre de honor.

Phillip creyó que era el momento de marcharse. Se levantó y abrazó a su esposa por los hombros notando que temblaba.

—Seguiremos el consejo, Osuna. Mañana mismo buscaremos otro alojamiento.

—Poned una excusa para que no sospeche. Pero si es cierto lo que me temo, verá el campo libre con vuestra marcha.

—¿Qué le harán si se demuestras que es...? —A ella se le atragantó la pregunta.

—Caerá sobre él todo el peso de la Ley.

—Y tú no podrías mediar para...

—No. Porque no sería juzgado aquí ni por mí, sino en Madrid.

Tal y cómo imaginaba Osuna, Gonzalo Torres recibió con alivio la marcha de Adriana, quien, según le dijo, no deseaba abusar de su hospitalidad.

—Ansío mostrar a Phil esta tierra, sus costumbres y sus gentes. No queremos importunarte con nuestras idas y venidas, hermano; tú te debes a tu función como juez y necesitas tranquilidad.

Torres se apresuró a facilitarles los nombres de dos casas que se alquilaban junto a la catedral y, por descontado, insistió en que, de no encontrarse cómodos, regresaran a su hacienda donde serían recibidos con los brazos abiertos. Fue tanta su amabilidad que a Adriana le sobrevino la duda. Aceptó de buena gana que su hermano acompañara a Michelle al mercado para comprar unas flores con destino a la capilla del Convento del Carmen, mientras ellos hacían las gestiones sobre la casa.

A pesar de no estar segura de lo que sucedía y de no entender la repentina decisión de su madre de marcharse de la casa, Michelle intuía que algo andaba mal. Nada quisieron explicarle de la visita a Osuna y eso la intrigaba. Lo que menos deseaba, además, era la compañía de su tío después de haber averiguado que, realmente, estaba metido hasta las cejas en negocios turbios. Hubiera preferido tener a Claire con ella, pero la criada estaba ocupada en empaquetar sus cosas y no se le ocurrió una excusa convincente para desestimar lo que parecía ser un sincero ofrecimiento de su tío. Tomó una sombrilla y aceptó la mano de don Gonzalo para montar en el carruaje que les aguardaba, con los nervios de punta pero mostrando la mejor de sus sonrisas. Sobre todo, él no debía sospechar que estaba al tanto de sus mezquindades.

40

Carlos estudiaba los documentos sustraídos de la caja fuerte de Torres junto a su abuelo. Aún le parecía mentira, pero tenía lo suficiente como para empapelar al juez. Y hasta para ponerle una soga al cuello.

—¿Seguro que no se dará cuenta del robo? —preguntó don Enrique, sin estar muy convencido de que aquel asunto fuera a salir bien.

—No lo hará, salvo que tenga que anotar algún nuevo soborno, e imagino que estando aquí su hermana y su cuñado, se mantendrá unos días sin hacer movimientos que le comprometan. No te preocupes, viejo, tuve mucho cuidado de tomar los documentos pero dejar las carpetas donde se encontraban. A simple vista, su caja fuerte sigue intacta.

Don Enrique estaba asombrado. Sabía que Torres no era trigo limpio, pero nunca había imaginado la podredumbre de sus negocios.

—Lo que más me fastidia es haberlo tenido sentado ahí, donde tú estás ahora —rezongó.

Carlos dejó los papeles a un lado y se pasó las manos por la cara. La tensión de las últimas horas le había agotado. Desde que regresara no había pegado un ojo revisando repetidamente cada transacción. Tanta basura le había levantado un horrible dolor de cabeza: cifras de las ganancias habidas por robos, por denuncias falsas, por crímenes. Incluso algunas cantidades importantes por la venta de niños. Estaba aturdido.

—¿Qué piensas, abuelo?

—Que no me importaría ayudarte a cazar a ese desgraciado.

—No me vendrá mal tu ayuda para entregarlo a la Justicia.

Don Enrique se incorporó y empezó a pasear por el cuarto, como solía hacer cuando algo le ponía furioso. Carlos admiró el modo en que se movía, con agilidad a pesar de sus muchos años. Nadie hubiera adivinado su edad viéndole ágil y alerta. Frenó sus nerviosos pasos frente al ventanal que daba al jardín y se quedó allí, con las manos cruzadas a la espalda y tieso como el mástil de un barco. Un minuto, tal vez dos mientras Carlos esperaba que dijera algo más. Cuando se volvió hacia él sus ojos refulgían.

—Acaba con él, muchacho —dijo—. Hazlo como el marqués de Abejo o como Lobo, pero ¡maldito sea su negro corazón, mátalo!

Carlos no contestó. Claro que quería acabar con aquel cerdo, pero su deber era entregarlo a la Justicia. Le sorprendía que su abuelo le pidiera algo así, cuando siempre había sido fiel a las leyes. Lo que más le preocupaba, sin embargo, era saber que Michelle y sus padres estaban viviendo en la guarida de esa serpiente de cascabel.

Michelle se asomó a la ventanilla del carruaje y frunció el ceño. ¿No iban a la villa? Entonces, ¿qué hacían en campo abierto?

—Creo que el cochero se ha confund... —Enmudeció al ver la pistola que empuñaba su tío. Se le paralizaron los latidos del corazón y un escalofrío de miedo le recorrió la espalda, pero no se dejó intimidar—. ¿Qué significa esto?

—Significa, palomita, que Lobo tendrá que entregarme lo que me ha robado.

Michelle sintió un repentino mareo. Si él había descubierto el hurto acababan de perder la oportunidad de sorprenderlo. Aunque temblaba por dentro, hizo como que no entendía.

—¿Cree que podemos encontrarnos con él? ¿Qué puede asaltarnos? ¿Por eso va usted armado? Por favor, tío, guarde el arma. O apunte hacia otro lado, las pistolas me ponen nerviosa.

Torres se cambió de asiento para acomodarse a su lado. No solo no guardó la pistola sino que su mano libre salió disparada hacia el rostro de Michelle alcanzándola en un lado de la cabeza y enviándola contra el mamparo del carruaje.

—¡Para! —gritó al cochero, el único hombre de su servicio en el que confiaba plenamente porque tenía un pasado que ocultar y él lo conocía.

El coche se detuvo. Michelle, mareada por el brutal golpe y ya asustada de veras, intentó escapar. No llegó a alcanzar el picaporte de la puerta porque su tío la agarró por el escote del vestido rasgando la tela y regresándola al asiento. Le regaló un insulto que le costó una nueva bofetada.

—¡Maldita puta!

Con las lágrimas de dolor rodando por sus mejillas, Michelle se dio cuenta de la mirada libidinosa de su tío a la porción de piel que dejaba al descubierto la desgajada tela de su corpiño. Se cubrió de un manotazo y se apartó de él cuanto pudo. De poco sirvió porque el juez se abalanzó sobre ella y sus manos, ansiosas y repugnantes, alcanzaron lo que llevaba tiempo deseando disfrutar. Michelle se revolvió a la vez que lo insultaba con los peores calificativos que conocía, consiguiendo que su pequeño puño alcanzara el rostro masculino. A Torres, el golpe acabó por enfurecerlo y la muchacha recibió un puñetazo en el estómago que la hizo boquear, falta de aire. Sin embargo, su resistencia había quitado las ganas de juerga a Gonzalo, quien, de un empujón, la envió contra el otro asiento.

—En el fondo —rumió palpándose la mandíbula—, no merece la pena sobar lo que ya ha sobado ese hijo de perra de Lobo. Pero sacaré buenos cuartos vendiéndote a un burdel. —Ella agrandó los ojos por la descarnada amenaza—. En Marruecos pagarán bien por tus encantos.

—Se ha vuelto loco. ¿Qué tiene contra mí? ¿Por qué...?

Torres se echó a reír. Estaba gozando de veras asustando a la pequeña zorra francesa y haciendo que pagara su traición.

—Anoche os vi en el despacho. —Rio de nuevo ante su estupor—. Os vi, sí. Fui testigo de cómo ese desgraciado te besaba y de cómo le devolvías el beso. ¿Cuánto tiempo hace que te acuestas con él? ¿Desde que te raptó?

—¡Eso no le importa!

La rabiosa patada del juez le alcanzó en un muslo y, acto seguido, recibió otro bofetón que la hizo caer entre los asientos. Él no se molestó en volver a sentarla y la dejó allí, hecha un ovillo, aturdida.

—¡Perra! Te has estado entendiendo con ese asqueroso bandolero delante de mis narices. ¡Te has confabulado con él para sacarme el dinero de tu rescate! ¡Me has robado! —gritaba, con los ojos ensangrentados por la ira—. Debería matarte ahora mismo.

Michelle respiró despacio para calmarse. Le dolía el estómago y la cara por los golpes recibidos, pero no podía permitirse dejarse llevar por el miedo, mal compañero siempre. Lo miró con odio y prometió:

—¡Y ayudaré a Lobo a que cuelgues de una soga, desgraciado!

Gonzalo, destilando rabia, la agarró del cabello y pegó su congestionado rostro al de ella.

—No, preciosidad. Seré yo el que cuelgue a Lobo. Porque él va a entregarse a cambio de tu vida.

—No lo hará —respondió invadiéndola el pánico.

—Verás que sí. Ya verás que sí. He dejado una nota en el camino del río. Alguno de sus secuaces la habrá descubierto y dado aviso. Vendrá, Michelle. Vendrá. Y cuando le tenga en mi poder voy a arrancarle uno a uno los dedos de las manos, por haberse atrevido a apuntarme con un arma; los dedos de los pies, por haber osado pisar el suelo de mi casa. —Rezumaba cólera por los cuatro costados—. Voy a cortarle lo que tiene de hombre.

Michelle no se lo pensó más: se lanzó contra él y sus uñas rasgaron su cara, tan certeramente que a punto estuvo de arrancarle un ojo, aplaudiéndose al escucharle gritar de dolor. Poco más pudo hacer porque era imposible luchar contra la locura que daba fuerzas a su tío. Recibió un mazazo en la cabeza y se desplomó. Antes de perder el conocimiento pudo escuchar la siniestra letanía de Torres:

—Descuartizaré a Lobo. Y serás testigo preferente antes de reunirte con él en los infiernos.

41

Cosme ni se molestó en llamar a la puerta, simplemente la empujó con tanta fuerza que chocó contra el muro alertando a los dos hombres que conversaban.

Antes de que pudiese hablar, la expresión desencajada de su lugarteniente le dijo a Carlos que algo muy grave acababa de suceder. Cosme no se tomaría la licencia de aparecer en casa de su abuelo de un modo tan intempestivo. Tomó la hoja de papel que le tendía, la leyó y a su boca acudió una sonora blasfemia que hizo dar un brinco a don Enrique. Se puso en pie tambaleante, arrugando la nota entre sus dedos.

—¿Quién te la ha entregado?

—Nadie, señor. La encontró Benito clavada en el tronco de un árbol, camino de... —Echó un vistazo al viejo y calló—. Hace apenas una hora.

—¡Hijo de puta! —bramó Carlos, completamente desquiciado.

En vista de que ni su nieto ni el otro explicaban qué estaba pasando, don Enrique arrebató el papel al joven.

—Tienen a Michelle —gimió Carlos.

—Y quieren la cabeza del bandolero a cambio, chico —apuntilló su abuelo.

—Voy a entregarme.

—Eso te pondrá en la picota —se opuso el viejo—. Sin contar con que descubrirías a todos los tuyos.

Cosme enarcó una ceja y miró al de Maqueda con atención. Así que ya sabía que...

—¡Me importa una mierda si descubre mi verdadera identidad! —gritó Carlos fuera de sí. Agarró su chaqueta para ponérsela—. Me marcho.

—Dirás que nos marchamos.

—He dicho lo que quería decir, abuelo. *Me marcho.* Vosotros os quedáis. Cosme, cuida de él.

—Espera un momento...

—Ni un segundo. No voy a arriesgar la vida de la mujer que amo. Encárgate de los documentos y guárdalos a buen recaudo. Y si ese cabrón me mata... acaba con él en mi nombre.

—¡Piénsalo, por Dios! —Consiguió retenerle antes de que consiguiera cruzar la puerta—. No como marqués de Abejo, muchacho. Piensa como lo haría Lobo.

A Carlos le comía la ira y el miedo, pero las palabras de su abuelo le hicieron recapacitar. Tenía razón: no podía actuar cegado por la violencia, necesitaba calmarse y enfocar el problema con frialdad. Era la vida de Michelle la que estaba en juego; no podía permitirse un error. Si a ella le pasaba algo, no se lo podría perdonar nunca.

—¿Has pensado que puede ser el propio Torres quien retenga a Michelle?

—Lo he pensado, sí.

—¿Entonces...?

—Poco importa si está haciendo esto en persona o

es alguno de sus secuaces. La tiene a ella y yo la quiero libre.

—¿Quién te asegura que la dejará ir cuando te entregues? Presentarte ante el que está tras el rapto con las manos atadas está fuera de toda lógica, así que escúchame. Escuchadme los dos —pidió mirando a Cosme.

Michelle trataba en vano de librarse de las cuerdas que mantenían sus manos y sus pies atados. Tenía el vestido destrozado, le dolía todo el cuerpo y la sangre se le había secado en el corte del labio. Pero no quería ni podía someterse al aciago futuro que le aguardaba. Como pudo, se arrastró, valiéndose de los codos, hasta quedar sentada en un rincón del carruaje.

Atardecía. En el horizonte, el disco solar iniciaba su descenso velado en parte por algodones negros que anunciaban tormenta. ¿Cuánto tiempo había permanecido sin sentido?

Pensó en sus padres. ¿Les extrañaría su ausencia? ¿Les habría dado alguna excusa su tío? ¿Dónde estaba él? ¿Pensaba realmente matarla? Tantas preguntas sin respuesta hicieron que el dolor de la cabeza se le agudizase.

Evocó el rostro de Lobo y dejó escapar un quejido de angustia. Si no hubiese creído en él, los últimos acontecimientos la habrían obligado a hacerlo: su tío era capaz de todo con tal de conseguir sus propósitos, incluso de chantajearle con asesinarla con tal de atraparlo. ¿Qué haría si lo conseguía, si él se entregaba para salvarla? Los mataría. Sí, tendría que matarlos para ocultar su delito. Seguramente ya habría pensado en algo para justificar ambas muertes y quedar impune.

La puerta del coche se abrió y Michelle quedó encerrada en el círculo mortecino de luz que penetraba desde el exterior. Se le atascó el aire en los pulmones al ver al empleado de su tío con un cuchillo en las manos e intentó retroceder. En el rostro de él apareció una mueca de disgusto. Tiró de ella, arrastrándola, pero antes de que Michelle pudiera lanzar un grito, cortó la cuerda que ataba sus tobillos. Luego la obligó a darse la vuelta.

—No se mueva, señorita. No me gustaría herirla.

Un segundo después, Michelle quedaba libre de las ligaduras que cortaban la circulación de sus manos. Respiró aliviada, sin atreverse a moverse. Al menos, no iban a asesinarla de momento y un solo segundo de vida ya era mucho.

—¿Qué...?

—Salga.

Obedeció. Apenas pudo sostenerse en pie una vez fuera del carruaje y se dejó caer contra él, mordiéndose los labios para no dejar escapar un gemido e ideando ya una forma para escapar en cuanto le diesen la mínima oportunidad.

Oportunidad que no se produjo porque su tío la tomó del brazo con rudeza pegándola a él. Michelle se retorció asqueada por su contacto, como si acabara de rozarla una serpiente.

—No seas arisca, sobrina —bromeó Torres—. Estás a punto de ver a tu amado Lobo.

Carlos esperaba, con todos los nervios en tensión, en el lugar indicado. Su caballo, uniéndose a la intranquilidad de su jinete, piafaba impaciente arañando la tierra con las pezuñas.

El ocaso hacía que la figura del marqués de Abejo, erguido sobre la montura y quieto, asemejara la de un fantasma. Salvo el músculo que palpitaba en su mandíbula y sus ojos, atentos a cualquier movimiento en el bosque, era una estatua.

Siguiendo las instrucciones recibidas, había acudido a la cita aparentemente solo. Aparentemente. Porque, aunque no pudiese verlos, sabía que sus hombres estaban cerca. Ocultos y a la espera, lo suficientemente alejados para que no fuesen descubiertos. Ahora solo quedaba esperar y rezar para que a Michelle no le hubiese pasado nada.

Temeroso por la suerte de la muchacha, se removió sobre la silla de montar y afianzó sus dedos en las riendas. La amaba con desesperación. Si tenía que dar su vida por la de ella, lo haría con gusto. Pero si podía... si tenía la oportunidad, arrastraría a Torres con él al Averno.

Un ligero chasquido lo puso alerta. Entrecerró los ojos y atisbó el camino que llegaba hasta el claro del bosque en el que lo habían citado. Los secuestradores de Michelle habían elegido el sitio con bastante acierto porque, sin el abrigo de los matorrales, era un blanco perfecto si decidían dispararle. Además, sus enemigos podían ver a distancia, antes de delatar su presencia, si estaba solo. Aunque también le benefició a él estar al descubierto cuando localizó a las figuras que se aproximaban: dos hombres escoltaban a una mujer que identificó de inmediato. Le dio un vuelco el corazón al reparar que ella parecía caminar con dificultad y ya no tuvo ojos para otra cosa que no fuese ella. Si le habían hecho daño... Si se habían atrevido a tocar un solo cabello de Michelle iba a...

Se puso rígido al reconocer al sujeto que la llevaba

cogida por el brazo. Los andares petulantes de su peor enemigo lo descubrían: Gonzalo Torres.

—Sigue caminando, cabrón —murmuró entre dientes—. Ni te imaginas hasta donde te has citado con un lobo.

Michelle silenció el grito que le subió a los labios cuando vio a Carlos. Hizo intento de soltarse y correr hacia él, pero su tío tiró de ella para dejarla pegada a su costado y, un segundo después, el cañón de la pistola se apoyaba en su sien derecha.

Carlos hubo de hacer un esfuerzo sobrehumano para controlar la furia. Su corazón le pedía arremeter contra el juez aunque le costase la vida, pero su mente le obligaba a mantenerse impávido. Ahora no era el marqués de Abejo. Era Lobo. Un carnicero que acabaría con su rival fuera como fuese.

Torres y su subordinado habían permanecido durante mucho rato escondidos, vigilando los alrededores del claro, hasta confirmar que el bandolero estaba solo. Así y todo, el juez no las tenía todas consigo, no se encontraba cómodo estando tan cerca del forajido. Le había burlado demasiadas veces como para confiarse. Pero tenía un rehén con el que protegerse de cualquier contratiempo. Sujetó a la muchacha con más fuerza para que no se acercara más y se pasó la lengua por los labios, repentinamente resecos.

—¡Torres! —alzó la voz Carlos para hacerse escuchar en la distancia—. Aquí me tiene.

42

El juez volvió a mirar nervioso a todos lados. Había planeado todo con minuciosidad, pero ahora, frente a su enemigo, se enfriaba por momentos su aparente valentía.

—¡Tira tus armas y baja del caballo!

Carlos tardó un largo minuto en quitarse las cartucheras y dejarlas caer. Después, con toda la calma que pudo reunir, echó pie a tierra. Levantó los brazos por encima de la cabeza en señal de rendición y avanzó.

—No des un paso más. Empuja primero las pistolas hacia aquí.

—Suéltela, Torres.

—¿Exigencias? —se burló—. No creo que estés en condiciones de hacerlas, Lobo.

Carlos sabía que era así. Cualquier movimiento brusco y Michelle podría acabar con una bala en la cabeza. Nadie le impedía a Torres matarla y disparar luego contra él. O al revés. El orden de factores nunca alteró el producto, se decía. Acató la orden empujando las armas hasta dejarlas fuera de su alcance y volvió a caminar. Su oponente retrocedió un par de pasos jalando del brazo de Michelle.

—Tengo una propuesta mejor que la suya, don Gonzalo.

—¿Propuesta?

—¿Puedo...? —pidió Carlos permiso señalando el bolsillo de su chaqueta.

—Si te mueves le pego un tiro a ella.

—Son los documentos.

—¡Sácalos! Pero ni se te ocurra intentar una jugarreta o ella morirá.

Asintió Lobo. Abrió con cuidado la chaqueta para que el juez viera que no llevaba más armas y sacó el paquete de papeles mostrándoselos.

Por los ojos de Torres pasó un relámpago de tranquilidad. Rodeó el cuello de Michelle con un brazo y afianzó el cañón de la pistola en su cabeza.

—De acuerdo. Ya sabes lo que quiero: los documentos a cambio de su vida. Déjalos en el suelo y la dejaré libre.

Carlos estuvo a punto de soltar una carcajada. ¿A quién pretendía engañar? No se permitió que el rostro angustiado de Michelle le distrajera ni un segundo. Sacudió el envoltorio y dio un par de pasos. Con mucha calma. Con mucha sangre fría. Como si estuviese meditando acerca de la proposición del juez.

—¿Sabe, Torres? No estoy muy seguro de que deba entregarle esto.

A don Gonzalo se le escapó un juramento.

—¿Quieres burlarte de mí? ¿Acaso no ves que llevo ventaja? ¿No temes por la suerte de tu ramera?

Carlos se acercó un poco más. Solo unos cuantos metros le separaban del trío. Necesitaba tiempo. ¿Y dónde coño se habían metido sus hombres?, se preguntó encolerizado, incapaz de descubrirlos entre la maleza. Sin embargo, agradecía infinitamente que no se hubieran dejado ver aún porque la vida de Michelle pendía de un hilo. No harían nada hasta su señal y él presentía que Torres, en su nerviosismo, podría apretar el gatillo. No podía arriesgarse ni arriesgarla a ella. Solo le quedaba jugarse el todo por el todo y rezar para que el juez cayera en la trampa.

—Su sobrina me importa un ardite, Torres.

Aprovechando el asombro que le produjo al juez su afirmación, dejó caer los documentos y, en un parpadeo, apareció una pequeña pistola en su mano derecha que apuntó directamente a don Gonzalo. Torres empalideció y su compinche soltó una imprecación, apuntándole a su vez.

—Dudo mucho que pueda disparar a Michelle antes de que yo le meta una bala entre ceja y ceja. De todos modos, ya le digo que la chica no me interesa en absoluto.

—Pero usted mantiene una relación con ella.

—Como con otras muchas. —Se encogió de hombros—. Lo lamento de veras, preciosa, si has creído otra cosa —se dirigió a Michelle, que le miraba con un gesto indescifrable, a medias entre el enojo y el asombro.

A Torres no hacía falta que le recordaran la maldita puntería del forajido. Sí, él podía pegar un tiro a la muchacha pero ¿a cambio de qué? Ni siquiera estaba convencido de llegar a apretar el gatillo antes de caer muerto. A pesar de las sombras que iban cubriendo el bosque, sabía que Lobo no erraría. Su hombre podría después disparar contra él, pero ¿de qué serviría si él ya estaba muerto?

—Está mintiendo. Está intentando...

—Baja el arma, Eusebio —le ordenó Carlos al compinche de Torres, que no disimuló su asombro al verse reconocido.

Don Gonzalo apretó más el cañón de su arma contra la cabeza de Michelle, pero él tomó buena nota de que le temblaba la mano. A espaldas del juez descubrió un leve movimiento y sonrió. Sus hombres se ponían en marcha. Esperaban su orden, pero no pensaba darla aún. No hasta que Michelle estuviera a salvo.

—Hagamos un pacto entre caballeros —dijo el juez—. Déme los documentos y...

—¿Un pacto, dice? —Se echó a reír—. ¡Vamos, hombre! Usted sabe que yo no soy un caballero, así que sobran sus tretas. He revisado esos asquerosos papeles y no me sirven de nada. ¿Qué los hace tan importantes como para que rapte a su propia sobrina y amenace con matarla con tal de recuperarlos?

—Los pagarés. Me interesan los pagarés —mintió, porque era lo que menos le preocupaba. Era verdad que tenía unas cuantas letras libradas por un buen importe, pero lo principal eran los contratos y cuanto papel le comprometía.

—Así que quiere rescatar el dinero que le deben. —Echó un rápido vistazo al envoltorio que permanecía en el suelo—. ¿Tanto es? ¿Y qué si disparo sobre ellos? Si se convierten en cenizas... —Torres dio un paso hacia él, temeroso de que cumpliera su promesa, olvidándose momentáneamente de la muchacha, pero Carlos le apuntó y se frenó.

—Puedo darle una buena suma por ellos. Nunca ha visto tanto dinero junto y hasta podrá emprender una nueva vida lejos de aquí. ¿No está cansado de ser un proscrito?

—Mi primer acuerdo honesto, ¿eh? —Como si estudiara la propuesta, acortó distancias—. ¿Por qué no? Hasta puede que le tome el gustillo. ¿En cuánto está pensando, juez?

—Un porcentaje de la suma total. Habrá de esperar a que los haga efectivos, por supuesto... —Retrocedió al ver que Lobo, frunciendo el ceño, parecía dispuesto a disparar—. ¡No puede hacerse de otra forma! Le aseguro que podrá vivir como un potentado. ¡Baje la puñetera pistola, por Dios!

—Bajen ustedes las suyas.

Torres hizo un gesto a su empleado.

—Una vez que le entregue ese dinero, Lobo desaparecerá.

—Eso ya es una segunda condición, Torres.

—Mire, las cosas están así: los pagarés están a mi nombre. Usted no gana nada destruyéndolos y tampoco quedándoselos. Pero si nos ponemos de acuerdo, le haré un hombre rico.

—Le doy cinco días.

—Necesito más tiempo para hacerlos efectivos.

—Una semana. Ni una hora más o lo asesinaré en su propia cama. Lo toma o lo deja, juez.

Michelle callaba, atenta a la insensata conversación, sin dar crédito. ¿A qué estaba jugando Carlos? Se encontraba solo, a merced de su tío y de su esbirro, y aún intentaba poner condiciones. ¿Qué tramaba? Fuera lo que fuese que él tenía en mente, la angustia por su suerte la estaba ahogando. Si su tío intentaba algo contra él le sacaría el corazón con sus propias manos. La asustaba que Carlos pareciese estar confiando en una alimaña como el juez y ella no podía quedarse parada.

—Tenemos un problema: la chica. No podemos dejarla ir ahora, sabe demasiado.

—Seguro que usted conoce algún prostíbulo, lejos de aquí, donde la cuiden como es debido. En esos sitios siempre buscan putas jóvenes y bonitas. Pero quiero mi porcentaje también en esa transacción.

Michelle dejó escapar una exclamación. ¡Condenado fuera! Carlos estaba llegando demasiado lejos con su farsa.

—Pensaba de veras que le interesaba.

—Un simple entretenimiento. Encantador, no voy a negarlo, pero sin pasar de ahí. Al grano. ¿Cuánto cree que podemos sacar por esta hermosura?

Ella se mordió los labios y aguantó la pulla lanzándole una mirada furiosa. «Te estás pasando de la raya, marqués, y si salimos de esta me las vas a pagar todas juntas», pensó. Y supo, por el brillo de sus ojos, que él le había leído el pensamiento.

Gonzalo Torres sonrió como un zorro. Tenía a Lobo justo donde le interesaba, pero si creía que iba a repartir ganancias no le conocía aún. Sin responder a la pregunta empujó a Michelle hacia Eusebio.

—Llévala al coche. Y átala. Cuando acabe de hablar con mi... socio, te diré qué hacer con ella. Y si escuchas algo extraño, la matas.

Carlos reprimió el deseo de lanzar un suspiro de tranquilidad. Eusebio no llegaría al coche, sus hombres se encargarían de él.

—¿Confía en ese tipejo? —le preguntó al juez.

—Lo suficiente como para encargarle el trabajo.

Asintió el de Maqueda. En cuanto Eusebio fuese interceptado, solo le quedaba una cosa por hacer: matar al juez. Pero no esperaba lo que sucedió en ese momento: Michelle se revolvió contra Eusebio como una fiera, le pateó las canillas y cuando este se inclinó elevó una rodilla que impactó directamente en el mentón del sujeto lanzándolo hacia atrás; momento que aprovechó la joven para clavar la puntera de su zapato justo en sus genitales.

El alarido de Eusebio llegó a oídos del juez, que se distrajo un segundo. El segundo que Carlos necesitaba y que, aunque impresionado por la valerosa reacción de Michelle, aprovechó para acercarse más a su enemigo apuntándole a la cabeza. A la vez, dos figuras salían de la espesura aproximándose al que había quedado fuera de combate.

Torres, enfrentado al arma, se quedó perplejo y hasta olvidó que él también tenía una.

—Y ahora, juez —dijo Carlos arrastrando las palabras, quitándose el pañuelo que le cubría—, creo que es hora de que conozca realmente al hombre que va a mandarle al infierno.

—¡¡Usted!!

43

El primer instante de sorpresa fue sustituido por otro de pánico. El cerebro de Torres, paralizado, era incapaz de asimilar el repentino giro de los acontecimientos.

—¿Quiere decir que usted es... que siempre ha sido...? —Se le atascaban las palabras.

—Lobo.

—Todo este tiempo he estado confraternizando con mi más encarnizado enemigo... —murmuró Torres hablándose a sí mismo, sin poder acabar de creerlo.

—Usted jamás ha confraternizado conmigo, Torres. No se confunda. Solo ha tenido un escorpión debajo del trasero sin saberlo.

Don Gonzalo tragó el nudo que se le había formado en la garganta y sus ojos se fijaron en la negra boca del cañón que lo apuntaba. Sabía que no era rival para el bandolero y, aunque sus dedos apretaron temblorosos la culata de su pistola, no se atrevió a ir más allá. Un movimiento equivocado y su peor enemigo no dudaría en acabar con él.

—¿Qué va a hacer ahora, de Abejo? ¿Matarme?

—Ganas no me faltan.

—¡Soy el juez de Burgo de Osma! —chilló Torres.

—Usted no es más que una sabandija que ha robado, manipulado y asesinado.

—Aún podríamos llegar a un acuerdo... Usted y yo unidos...

—¿Bromea? Deje caer la pistola, no tiene escapatoria —ordenó viendo que Michelle, que se había hecho con el arma de Eusebio, caminaba resuelta hacia ellos. Era tal la furia con que acortaba distancias que temió que hiciera una locura.

El juez estaba a un paso de sufrir una apoplejía: había caído en la trampa que él mismo ideara, todo se desmoronaba a su alrededor, estaba irremisiblemente perdido. ¡Tanto tiempo maquinando, mezclándose con gente de baja estofa, soportando mequetrefes como Íñigo de Lucientes o Manuel de Reviños para que ahora, por culpa del hombre que tenía delante, se fuera todo al garete! Poseído por la cólera, se dio cuenta de que realmente no tenía escapatoria, como decía Lobo. Si se dejaba atrapar acabaría en un calabozo de por vida o, lo que era peor, colgando de una soga. No habría misericordia para todos los cargos que le imputarían. La única salida que le quedaba era pegarse un tiro o intentar acabar con Lobo. Ciego de rabia alzó la pistola dispuesto a vender cara su vida.

Michelle captó su movimiento, se frenó y blandió la suya con las dos manos, dispuesta a disparar.

Carlos se movió como un felino cuando el juez apretó el gatillo, haciéndose a un lado para evitar la bala que se perdió por encima de su cabeza. Escuchó, casi al mismo tiempo, el disparo efectuado por Michelle. Afortunadamente no era tan buena tiradora y erró en su intención de acertar a su tío.

Un instante después, Carlos estaba encañonando de

nuevo a Torres, que, aterrado y sin posibilidad de reacción, soltó su arma y retrocedió un paso. Su rostro era la viva estampa de la indefensión.

Eran tantas las ganas de matar a Torres que al marqués de Abejo le temblaba el pulso. Solo tenía que apretar el gatillo. Solo eso, y terminaría con el despreciable sujeto que había convertido en un suplicio la vida de los habitantes de Burgo de Osma. Una única bala y pondría fin a tanta ignominia.

Pero viendo a Michelle corriendo hacia él, se sobrepuso al odio, tiró la pistola y, con un puñetazo escalofriante, derribó a su enemigo que cayó como un fardo quedando inerte en el suelo. Luego, se volvió hacia la muchacha que se lanzó a sus brazos.

—Me alegro de que haya tomado esa decisión, marqués —se escuchó entonces una voz que desconocía y provenía del grupo que se les aproximaba.

Michelle ni se fijó en ellos, solo tenía ojos para Carlos y se fundió en esos brazos que la envolvieron con amor. Él la estrechó con fuerza contra su pecho sintiendo que se evaporaba su miedo, pero sin perder de vista a los que se acercaban, reconociéndolos.

Más tranquilo, tomó entonces el rostro de Michelle entre sus manos. Despeinada, magullado un pómulo y con el labio tumefacto, era lo más bonito que había visto nunca. Maldijo mil veces a Torres por haberla maltratado y estuvo tentado de acabar con la vida de aquella asquerosa rata. La rabia no le dejaba pronunciar palabra. Había pasado verdadero pánico pensando en que ella podía acabar herida o muerta... La besó con dulzura en la comisura de los labios una y otra vez, con cuidado de no rozar el corte, negándose a que se apartara de él.

Cuando se hubo saciado de la boca de Michelle, se dio cuenta de que estaban rodeados: sus lugartenientes, su abuelo, los padres de ella... Todos iban armados, incluso doña Adriana. También portaban pistolas los dos sujetos a los que no conocía.

El más alto de ellos hizo desaparecer la suya bajo su chaqueta y le tendió su mano abierta. Carlos lo miró con reticencia, con Michelle pegada a su costado. Acabó por estrechársela.

—Soy el nuevo juez, marqués. Jaime Osuna.

Epílogo

Dos días después, Gonzalo Torres partía de Burgo de Osma con destino a Madrid, fuertemente escoltado, a bordo de un coche de la prisión, atravesando las calles de la villa entre insultos, lanzamientos de verduras y huevos podridos. En Madrid le aguardaba un juicio que lo condenaría, con total seguridad, a la horca.

No viajaba solo: Manuel Reviños e Íñigo Lucientes lo acompañaban; su sentencia no sería más indulgente.

Doña Esperanza y doña Laura se vieron obligadas a marcharse, llevándose apenas lo puesto, esa misma mañana. Tampoco a ellas les despidió la plebe con muestras de cariño.

Eusebio permanecía en los calabozos a la espera ser juzgado por complicidad en el rapto de Michelle.

El asesino contratado por Torres fue detenido esa misma tarde gracias a la descripción facilitada por el ex juez, a quien Amalio arrancó la confesión con métodos no del todo ortodoxos.

El teniente Fuertes y el sargento Castaños fueron degradados en la plaza pública. Deberían enfrentarse en Soria a un juicio sumarísimo que, posiblemente, y por haber manchado el honor de la milicia, acabaría con ellos ante un pelotón de fusilamiento.

Jaime Osuna se presentó como el nuevo juez siendo recibido con auténtica alegría por el pueblo. No solo había encarcelado a los delincuentes y sustituido a los militares corruptos, sino que promulgó un indulto que alcanzaba a los proscritos cuyas faltas se limitasen a haberse opuesto a los desmanes de Torres. Le quedaba mucho trabajo por hacer, sin embargo: sustituir las propiedades expoliadas haciendo que volvieran a sus legítimos dueños. Trabajo arduo que emprendería de inmediato.

Don Enrique de Maqueda alzó su copa manteniendo su mirada fija en Osuna. Se habían reunido en Los Moriscos para celebrar el final de las tropelías y la restauración del orden en la villa.

—Si me prestan un momento de atención, damas y caballeros —dijo paralizando la conversación—, quisiera proponer un brindis: ¡por el nuevo juez!

Mientras chocaban las copas, hizo una seña a uno de sus criados que se apresuró a entregarle un sobre. Sacó la escueta nota que iba dentro y se dispuso a darla a conocer.

Intrigado, aunque seguro de que eran buenas noticias porque los ojos de su abuelo brillaban emocionados, Carlos tomó la mano de Michelle por debajo de la mesa. Ella le dio un ligero apretón.

—«Mi más sincero agradecimiento a los hombres que han conseguido mi libertad —empezó a leer don Enrique—. Que Dios les premie sus esfuerzos y guarde de todo mal a nuestra amada patria. Caballeros, desde ahora soy su más humilde servidor. José Moñino y Redondo.»

Guardó silencio y paseó la mirada por cada comensal para ver su reacción, acabando por centrarla en su nieto.

—Así que el viejo zorro de Floridablanca ha sido puesto, por fin, en libertad. —El joven cabeceó complacido. Elevó su copa y dijo—: ¡Por su vuelta y por España!

Todos se unieron jubilosos al nuevo brindis, pero se hizo el silencio cuando la voz de Phillip de Clermont se sobrepuso a las mutuas felicitaciones.

—Yo brindo, además, por una boda. Dentro de diez días, a lo sumo. O por un duelo. El marqués de Abejo decide si será lo uno o lo otro.

Michelle se mordió los labios y apretó con más fuerza la mano de Carlos, que se había quedado sin posibilidad de reacción. Aguantó la risa al ver el gesto de dolor de su progenitor porque, si no estaba equivocada, la puntera del zapato de su madre acababa de impactar en su pierna.

Adriana no dudaba de la honorabilidad del marqués, pero comprendía a su esposo. Todos habían sido testigos del intercambio de palabras entre Carlos y Gonzalo en la explanada del bosque. No le cabía duda de que el de Abejo estaba enamorado de Michelle y de que ella le correspondía, pero Phillip tenía que llevar a cabo su rol de padre ofendido. No sería ella la que lo impidiese, pero escondió una sonrisa recordando que, también ellos, habían obviado las normas morales antes de ser bendecidos por la Iglesia. Claro que eso... era otra historia.

Carlos suspiró y cuadró los hombros. Desde el primero al último de los presentes aguardaba su respuesta y la dio:

—No pienso batirme con vos, *monsieur* de Clermont. Pero no soy yo el que debe decir la última palabra en este asunto, aunque le pido perdón, ante todos, por obrar como me dictaba el corazón y no la cabeza. Es Michelle, vuestra hija, la que debe decidir. Es ella quien tiene mi vida y mi alma en sus manos y, si no acepta convertirse en mi esposa, poco me importará que me matéis aquí mismo.

Por la espalda de Michelle pasó un escalofrío de felicidad. Se le quedó mirando y sus ojos se fueron cubriendo de lágrimas. Parpadeó con rapidez para no derramarlas, porque no deseaba que la vieran derrumbarse.

—Conseguí escapar del Terror —repuso con voz temblorosa—. ¿Acaso piensas que me asusta estar casada con un bandolero engreído, insoportablemente orgulloso y terco como una mula, que ha arriesgado su vida por los demás? Me parece, *mon amour*, que aún no sabes hasta dónde puede llegar la temeridad de una francesa.

En el comedor, explotó un coro de risas.

El momento y la compañía deberían haber obligado a Carlos a mantener la compostura, pero perdido en esas pupilas celestes, en esa boca que pedía un beso y prometía noches de pleno amor, desapareció el aristócrata y renació, tal vez por última vez, Lobo. Y a Lobo le importaban un ardite las normas sociales. Así que se levantó, enlazó el talle de Michelle, la estrechó contra él y se apoderó de su boca. Ella se colgó de su cuello retribuyendo la caricia y el mundo volvió a desaparecer para ambos.

Se escuchó algún que otro carraspeo unido a la risa de Adriana Torres, que, a su vez, besó a su esposo, plena de dicha.

Ni Carlos ni Michelle escuchaban nada, encerrados en el capullo de su amor, respirando el mismo aire, prometiéndose con la mirada un maravilloso futuro en común.

—Eres todo mi mundo —le dijo él muy bajito—. Mi amanecer, mi noche, la sangre y el aire que me mantienen vivo, mi amor. Quiero estar a tu lado hasta el fin de mis días, envejecer contigo, adorarte a cada instante, acunar en mis brazos a los hijos que Dios nos envíe... Te amo, mi alocada francesa.

Volvió a besarla con toda la pasión que sentía, sin hacer caso a los nuevos carraspeos llamándoles la atención. ¡Al diablo todo! Tenía a Michelle en sus brazos y ella le devolvía el beso. ¿Qué otra cosa era más importante?